Lilli Beck
Geld oder Liebe

atb aufbau taschenbuch

Lilli Beck lebt zurzeit in München. Ihr größter Traum ist es jedoch, im Alter selbst einmal in einer rosa Villa am See zu wohnen. Mit dem Gesetz ist sie aber noch nicht in Konflikt geraten.

Zuletzt erhienen bei atb »Liebe auf den letzten Blick« und »Liebe verlernt man nicht«.

www. lilli-beck.de

Mimi ist verzweifelt. Was soll nach Igors Tod nur aus ihr und den anderen Bewohnern der Seniorenvilla werden? Das idyllisch gelegene Haus am See, in dem sie mit ihren Freunden den Lebensabend verbringen wollte, droht, verkauft zu werden. Doch die rüstigen Alten halten an ihrem Traum fest. Voller Energie und wilder Pläne starten Mimi und Co. eine Rettungsaktion, bei der sie auch schon mal zu Tricks greifen müssen – aber der Zweck heiligt die Mittel! Und dann tritt plötzlich auch noch Siegfried auf den Plan und macht Mimi ein wunderbares Angebot ...

Lilli Beck

# Geld oder Liebe

Roman

aufbau taschenbuch

MIX
Papier aus verantwor-
tungsvollen Quellen
FSC® C083411

ISBN 978-3-7466-3027-4

Aufbau Taschenbuch ist eine Marke
der Aufbau Verlag GmbH & Co. KG

1. Auflage 2014
© Aufbau Verlag GmbH & Co. KG, Berlin 2014
Umschlaggestaltung Mediabureau Di Stefano, Berlin
unter Verwendung einer Illustration von © Gerhard Glück
Satz LVD GmbH, Berlin
Druck und Binden CPI – Clausen & Bosse, Leck
Printed in Germany
www.aufbau-verlag.de

»Das sicherste Mittel, arm zu bleiben,
ist ein ehrlicher Mensch zu sein.«

*Napoléon Bonaparte 1769–1821*

# Die Villenbewohner

Mimi Varelli, ehemaliger Operettenstar, mit dem Vornamen der Hauptfigur aus *La Bohème*. Eine echte Diva mit rosa getönten Haaren, irgendwo zwischen 60 und 70, die ihr wahres Alter aber geheim hält, gerne im Negligé durch die Villa huscht und nach dem Tod ihres Fast-Ehemannes und Besitzer der Seniorenvilla vor einem unlösbaren Problem steht.

Roderich von Haidlbach, 75, ehemaliger Theaterregisseur, langjähriger schwuler Freund und Weggefährte von Mimi, der ihr mit Rat und Tat zur Seite steht. Er ist zwar schon lange in Rente, kann es aber nicht lassen, immer und überall die Regie zu übernehmen.

Margot Thurau, 66, ehemals Besitzerin eines Schreibwaren- und Zeitschriftenladens und Mimis attraktive, aber leicht mollige Cousine, die eine Begabung für Zahlen hat und ständig essen muss. Vor allem in stressigen Situationen.

Penelope Fischer, 69, genannt Pistolen-Penny, Witwe eines Jägers und dreifache Schützenkönigin mit Unterschenkelprothese am rechten Bein. Trägt gerne selbst erlegte Pelzkrägen, ist jederzeit bereit, sich in gefährliche Abenteuer zu stürzen und ihre Schießkünste anzubieten.

Wastl Liebknecht, 70, Ex-Amateur-Boxchampion, jetzt Hausmeister in der Seniorenvilla. Er kümmert sich um die Haustechnik, den Garten und fungiert auch mal als Butler. Durch die vielen Schläge auf den Kopf hat sein Sprachvermögen gelitten.

Rollstuhl-Rudi, 75, gelähmter Stuntman. Er ist ironischerweise nicht durch einen missglückten Stunt im Rollstuhl gelandet, sondern durch einen rasenden Ferrari. Fürchtet sich seitdem vor »fliegenden Autos«, geht nie ohne Helm aus dem Haus und hält Gevatter Tod für einen absoluten Stümper. Trotz seiner Behinderung ist er ein Frauenheld geblieben und hat ein Auge auf Hanne geworfen.

Hanne, 67, Maskenbildnerin und Friseurin in Rente, schneidet allen Bewohnern der Seniorenvilla die Haare und spart die Trinkgelder für eine Schönheitsoperation.

Erika, 69, pensionierte Drehbuch- und Theaterautorin, hat vor kurzem das Rauchen aufgegeben und treibt seitdem ständig Sport.

Herlinde, 72, ehemalige Souffleuse, die nie ohne Strickzeug anzutreffen ist.

Walther, 73, ehemaliger Pressefotograf, der von Mimi nur die vorteilhaftesten Fotos an die Medien weitergegeben hat.

# 1

»Wo ist Igor?«

»Da unten im Sarg!«

»Ist er tot?«

»Ja, beim Sterben ums Leben gekommen.«

»Aber ich habe ihn doch gestern noch gesehen.«

»Tja, so schnell kann's gehen. In unserem Alter sollte man eben höllisch aufpassen, wohin man tritt, sonst …«

»Heute rot, morgen tot!«

Stünde ich nicht vollkommen aufgelöst und von Freunden und Bekannten umringt auf einem Friedhof, würde ich mir vorkommen wie bei der Premiere eines grotesk surrealen Theaterstückes, in dem jemand einen Kranz hinter sich wirft wie den Hochzeitsstrauß, um zu sehen, wer der Nächste ist. Passen würde es, schließlich ist heute der 1. April.

Aber ich starre mit von Tränen verschwommenem Blick tatsächlich in Igors Grab. An sich würde die Szene einer vollkommen normalen Beisetzung gleichen, mit Blumengebinden, Kränzen und Gestecken, hätten nicht alle Trauergäste ein Glas Wodka in der einen Hand und in der anderen ein Stück Brot. Ein unbeteiligter Zuschauer würde vermutlich auch über Roderich schmunzeln: Ein alter Mann in buntgemustertem Samtmantel und grünen Cowboystiefeln, der sich unablässig das durch den Wind verrutschende Toupet zurechtrückt. Ebenso würde er sich wahrscheinlich fragen, was mit dem Mann im Rollstuhl los ist, dessen feuerroter Fahrradhelm wie eine einsame rote Blume aus der schwarz gekleideten Menge herausleuchtet. Er könnte Pistolen-Pennys schmerzverzerrte Miene über dem mottenzerfressenen Silberfuchskragen als einen Ausdruck ihrer Trauer deuten, weil er nicht wüsste, dass ihre Beinprothese bei längerem Stehen unangenehm drückt. Und beim Anblick des grimmig dreinblickenden Wastl mit der platten Boxernase und den türbreiten Schultern, würde er vermutlich auf die Beisetzung einer Unterweltgröße tippen. Die kleine Gruppe bulliger Herren mit Pokerface, Sonnenbrillen und schwarzen Hüten könnte diesen Verdacht erhärten, genauso wie der idyllische Friedhof mit Seeblick und romantischer Zwiebelturmkirche. Nur Alteingesessene werden noch auf diesem exklusiven Gottesacker bestattet. Am Starnberger See klingt »Sozialwohnung« mittlerweile wie ein Fremdwort, und Normalverdiener müssten einen Bankraub begehen, um hier wohnen oder sogar ein Haus erwerben zu können.

Die Unterwelt-Vermutung wäre also nicht von der Hand zu weisen. Aber Igor war kein Gangster, obwohl auch ich anfangs nicht wusste, was ich von ihm halten sollte. Zumindest war er mir ziemlich suspekt. Nur optisch fand ich ihn sofort äußerst sympathisch, vor allem sein Kinngrübchen hatte es mir angetan. Er selbst hasste es, bezeichnete es gerne als Einschussloch , und brachte mich damit zum Lachen. Mein über alles geliebter russischer Kuschelbär war eine außergewöhnliche Mischung aus Kabarettist und Kalaschnikow. Allein sein erster Auftritt in meinem Leben war bühnenreif.

Es war vor neun Jahren in München, am Abend der letzten Vorstellung der Operette *Die Csárdásfürstin*. Ich hatte die Titelrolle gesungen und rauschende Ovationen erhalten. Erschöpft begab ich mich nach dem letzten Vorhang in meine Garderobe, wo ich neben vielen Blumensträußen einen Brief in einem blassblauen Kuvert vorfand. Darin versicherte mich Igor Komarow seiner glühenden Verehrung und bat höflich, von einem Unwürdigen ein winzig kleines Geschenk anzunehmen. Es würde vor dem Bühnenausgang auf mich warten. Kopfschüttelnd legte ich die Nachricht zur Seite. Üblicherweise wurden kleine Aufmerksamkeiten direkt nach der Vorstellung überbracht oder auf die Bühne geworfen, aber nicht großartig angekündigt. Ich trank mit den Kollegen ein Gläschen Champagner auf unseren Erfolg und vergaß den Brief. Es dauerte eine Weile, bis ich die Csárdásfürstin abgelegt, mich wieder in Mimi Varelli verwandelt hatte und das Theater über den Bühnenausgang verließ. Getarnt mit dunkler Diven-Brille beabsichtigte ich wie jeden Abend die paar Meter zum Taxistand zu laufen, um etwas frische Luft zu schnappen. Doch es schüttete wie aus einer Regenmaschine und ich wollte schon kehrtmachen, als jemand mit einem Schirm aus dem Dunkel auftauchte. Überrascht schrak ich zusammen, erkannte dann aber unseren jungen Saaldiener aus dem Theater. »Ich begleite Sie zum Wagen, gnädige Frau«, sagte er höflich. Ich wandte ein, dass ich zwar keinen bestellt hätte, er aber genau zur richtigen Zeit käme, und ließ mich gut beschirmt zur Straße führen. Statt eines Taxis erwartete mich jedoch eine weiße Stretchlimousine. »Bitte«, sagte mein Begleiter, und noch bevor ich etwas erwidern konnte, öffnete sich die Tür. In einem Meer aus blassrosa Rosen saß Igor und strahlte mich aus leuchtend blauen Augen an. Mit seinem blonden Haar, den ergrauten Schläfen und dem hellen Anzug hatte er eine verblüffende Ähnlichkeit mit Peter Ustinov in *Mord im Orient-Express*. Allerdings ohne Schnurrbart. Ich habe mich auf Anhieb in ihn verliebt.

»Wenn ich nicht bald den Wodka trinken und das Brot essen darf, werde ich grantig.«

Die Stimme von Margot, meiner Cousine, drängt sich in meine schmerzhaften Erinnerungen.

»Die Zeremonie ist gleich zu Ende«, flüstere ich ihr zu.
»Mir ist kalt«, setzt sie mürrisch nach.

Ich spüre weder Hunger noch Kälte, fühle mich einfach nur hundeelend und bin kurz davor, mich zu Igor ins Grab zu stürzen. Aber Margot könnte recht haben, für April scheint es ungewöhnlich kalt zu sein: Ein schneidender Wind treibt vereinzelte Schneeflocken vor sich her. Sibirisch sozusagen. Igor hätte das scheußliche Wetter gefallen. Er hätte sogar gewollt, dass am Tag seiner Beerdigung schwere dunkle Wolken die Szenerie verdüstern. Dass der Himmel weint, wenn Igor Komarow uns verlässt. Er hätte darauf bestanden, dass sämtliche Schleusen aufgedreht werden. Und zur dramatischen Verstärkung des russisch-orthodoxen Bestattungsrituals hätte er auch noch Donner und Blitz bestellt, als eine Art überirdischen Applaus. Seine russische Seele hatte keine Angst vor Kitsch.

»Der Mensch braucht rosarote Träume wie der Künstler das Publikum und den Applaus«, hat er immer gesagt, wenn ich mit einer allzu schwülstigen Inszenierung haderte. Logisch, dass Igor seine »letzte Vorstellung« genau geplant hat. Wie alles in seinem Leben. Er glaubte nicht an Schicksal oder Zufälle.

»Das ist mein Leben, und ich bestimme, wo es langgeht«, war sein Motto. Er hatte für alles einen Plan. Für seine Geschäfte und auch für meine Eroberung. Und in den letzten Jahren für die Villa, die wir zusammen in ein privates Seniorenheim umgestaltet haben. Keines, in dem alte Menschen mit Pillen ruhiggestellt und Demenzkranke ans Bett gefesselt werden. Wir wollten ein würdiges Zuhause für uns Oldies schaffen, in dem mündige Bewohner sich selbst um ihre Räume kümmern, miteinander kochen und waschen, aber in Krankheitsfällen auch versorgt werden. Ihm schwebte ein Haus vor, in dem die Bewohner ihre Ideen frei äußern, Haus und Garten mitgestalten können und nicht zur Tatenlosigkeit verdammt sind. Ein Heim, das von jedem als Zuhause und nicht als letzte Station vor dem Tod empfunden wird. Ein bewundernswertes Vorhaben, bei dem ich ihn nur zu gerne unterstützt habe. Nach jahrzehntelangen Theatertourneen in kollegialer Gesellschaft war es für mich undenkbar, im Alter allein oder nur zu zweit zu leben. Igor und mich verband nicht nur unsere Liebe, sondern auch der gemeinsame Plan für die Seniorenvilla. Dass uns der Tod einen dicken Strich durch die Rechnung machen könnte, damit haben wir beide nicht gerechnet.

Die Sängerin stimmt ein Duett mit dem Popen an. Auf Russisch, versteht sich. Keine andere Sprache ist so voller Melancholie, Trauer und Wehmut. Und wer bisher noch keine Tränen vergossen hat, der tut es spätestens jetzt. Ich habe seit Igors Tod vor drei Tagen ununterbrochen geweint, kaum eine Stunde geschlafen und mit dem Schicksal gehadert. Hinzu kommt noch die Sorge, was nun aus mir und meinen Freunden wird. Wie geht es mit dem Seniorenstift weiter? Mit welchen Mitteln soll ich Igors Vermächtnis erfüllen?

»Tolle Show!«, flüstert der Fotograf eines Boulevardblatts, der mich aus Karrierezeiten kennt.

Er hält sein Objektiv direkt auf den Popen, der nun eine große weiße Kerze am Grab entzündet und anschließend das goldene Weihrauchgefäß in rhythmischen Bewegungen schwenkt. Gemäß dem Ritual wird er nach einem letzten Gebet um das Grab laufen, begleitet vom würzigen Duft des verbrennenden Harzes. Nach orthodoxem Brauch soll die Flamme während der Umrundung verlöschen, erst dann hat uns Igor verlassen.

»Geht's schon los? Ich kann nichts sehen. Schiebt mich mal jemand an die Bühne.« Das war Rollstuhl-Rudi, unser Stuntman in Rente. Ironischerweise ist Rudi nicht durch einen missglückten Stunt im Rollstuhl gelandet, sondern verdankt seine schwerwiegende Rückradverletzung einem rasenden Ferrari. Seitdem fürchtet er sich vor »fliegenden Autos«, geht nie ohne Helm aus dem Haus und hat ein sarkastisches Verhältnis zum Sterben. Er hält Gevatter Tod für einen absoluten Stümper, der seinen Job nicht versteht. Ich bin ganz seiner Meinung, sonst hätte er Igor niemals so abrupt aus dem Leben gerissen.

Murmelnd läuft der Pope die zweite Runde um das offene Grab. Wirkungsvoll flattert sein langer schwarzer Mantel im Wind. Betörende Weihrauchwolken hüllen uns ein. Doch die Flamme der Kerze flackert nur leicht.

Der Pope erhöht das Tempo. Schneeflocken wirbeln auseinander. Die Kerze brennt weiter. Runde drei. Das Murmeln wird lauter, ungeduldiger, beinahe zornig.

Igor will nicht gehen, denke ich und einige Sekunden später, nach einem letzten Aufflackern, verlöscht die Kerze. Ein feiner, zarter Rauchfaden wirbelt nach oben und tanzt mit den Schneeflocken davon. Igor ist gegangen.

Nun doch aufschluchzend angle ich ein Tütchen mit Schwarzer Erde aus der Manteltasche. »Das ist Heimaterde aus Odessa«, sagte Igor, als er mir an seinem Fünfundsiebzigsten Geburtstag vor einem Jahr das Tütchen überreichte und unbedingt mit mir über seine Beerdigung sprechen wollte. »Die musst du auf meinen Sarg streuen.« Ich taumele nach vorne, um ihm seinen Wunsch zu erfüllen. Wie soll ich das Leben ohne ihn aushalten? Wie die Tage ohne seine Fröhlichkeit überstehen? Wie die Nächte, ohne seine Nähe, seine Liebe. Plötzlich höre ich ihn lachen: »Verschwende deine Zeit nicht mit Grübeln, meine süße Mimi, verschwende sie an das Leben«. Das hat er immer gesagt, wenn ich mal wieder zu viel nachdachte.

Eine opulente Trauerfeier war nicht geplant, ich wollte keine Gäste empfangen und endlose Beileidsbekundungen entgegennehmen. Ich wollte mich in mein Zimmer zurückziehen und trauern. Aber nun findet doch eine kleine Feier statt, es hat sich einfach so ergeben. Wegschicken wäre unhöflich gewesen, wo Igor doch so gerne Gäste hatte. Ungefähr sechzig Menschen versammeln sich nach der Bestattung in der Seniorenvilla. Die zehn Bewohner, das Personal und Igors Geschäftskunden. Wobei Letztere den größten Teil der Trauergemeinde ausmachen, obwohl ich sie alle nicht kenne.

Nachdem ich die Trauergesellschaft wie in Trance in den Salon geführt habe, begebe ich mich in die herrschaftliche Küche. Sie liegt im Souterrain, neben den Lagerräumen für Kaviar und Wodka. Mit diesen beiden Luxusgütern hat Igor im großen Stil gehandelt und vom Gewinn die rosa Villa am See unterhalten.

Trotz der halben Kellerhöhe kommt durch die nach Osten ausgerichtete Fensterreihe genug Licht in die Küche. Der Wirtschaftsraum verfügt über einen schönen alten schwarzweißen Kachelbußboden und eine weniger schöne wackelige Einbauküche, die noch aus den späten Sechzigerjahren stammt, als Igor die Villa mit seiner damaligen Frau gekauft hat. Es existierte auch noch ein nostalgischer Herd, Baujahr 1915, dem Entstehungsjahr der Villa, der mit Holz beheizt werden kann. Inzwischen sieht jeder Halbblinde, dass eine Renovierung längst überfällig ist. Das einzige einwandfrei funktionierende Gerät ist der mächtige Gastronomie-Kühlschrank, den er gegen drei große Dosen echten Belugakaviar eingetauscht hat.

Igors liebte es, seine Gäste mit Luxusgütern zu verköstigen. Also frage ich unsere gertenschlanke bayrische Köchin, die er nicht zuletzt wegen ihres russischen Vornamens eingestellt hat: »Was meinen Sie, Tatjana, sollen wir Kaviar und Wodka servieren?«

»Frau Mimi!« Sie starrt mich entsetzt an. »In Anbetracht der Lage finde ich das unökonomisch ...«

Sie hat nicht ganz unrecht, es grenzt an Snobismus. Der Kaviar-Vorrat ist auf fünf Ein-Kilo-Dosen geschrumpft. Dennoch stellen sie ein Vermögen dar, das wir dringend für die Unterhaltskosten der Seniorenvilla benötigen. Davon abgesehen bröckelt der Putz, der Außenanstrich ist überfällig und die Dachreparatur kann auch nicht länger aufgeschoben werden. Zudem sind die Wasserleitungen marode. Möchte man abends in ein Vollbad steigen, muss man morgens den Hahn aufdrehen. Nicht zu vergessen der Treppenlift. Er wurde nach Igors Hüftoperation eingebaut, da er beim Treppensteigen Probleme hatte. Dummerweise hat Igor ihn nur zum Hochfahren benutzt. Abwärts wollte er Laufen üben, um bis zu unserer Hochzeit wieder fit zu sein. Bei einer dieser »Übungen« ist er dann mit dem Stock abgerutscht und zu Tode gestürzt. Dass ich für dieses Ungetüm auch noch bezahlen muss, betrachte ich als Farce. Aber all das zählt nicht, denn Igors Trauerfeier soll ein würdiger Abschied sein und ihm gerecht werden. Es ist das Letzte, was ich für ihn tun kann.

»Ich denke, er würde es wollen«, sage ich zu Tatjana.

Sie antwortet nicht, öffnet stattdessen den Kühlschrank und dreht sich nach kurzer Inspektion wieder zu mir. »Ich empfehle Pumpernickel-Schnittchen mit scharfer Salami. Das passt ebenso gut zu Wodka. Obwohl ich finde, ein Gläschen Rotwein tät's auch. Der Monat ist bald rum, dann benötigen wir jeden Cent, um die Lebensmittelvorräte aufzufüllen. Es ist blanker Irrsinn, die Gesellschaft derart verschwenderisch zu bewirten.«

Aber ich kann Igors beste Geschäftskunden nicht mit

Schnittchen und Rotwein abspeisen. »Vielleicht kommen wir auch mit *einer* Dose Kaviar aus«, entgegne ich, ohne wirklich dran zu glauben, denn sobald der Wodka in Strömen fließt, kommt der Appetit. Da ist eine Dose schneller ausgelöffelt, als die zweite geöffnet.

Eilige Schritte sind zu hören, und gleich darauf betritt Margot die Küche.

»Gibt's bald Abendessen?«, fragt sie, während ihr Blick durch den Raum wandert und begierig an den Kaviardosen hängen bleibt. »Ich kann testen, ob die Ware noch in Ordnung ist.«

Reine Nächstenliebe ist nicht der Grund für ihr Angebot, eher ihr ständiger Hunger, der noch aus ihrer Zeit als alleinerziehende Mutter stammt. Ein Kind ohne Unterstützung großzuziehen ist kein Zuckerschlecken. Dazu noch für sein Studium zu sparen – ihrer Überzeugung nach war ihr Sohn ein überdurchschnittlich kluges Kind und würde auf jeden Fall studieren – glich einem Kunststück, das sie mit an Geiz grenzender Sparsamkeit geschafft hat. Danny hat Medizin studiert, wurde unser Hausarzt und ist natürlich Margots ganzer Stolz. Fehlt nur noch ein Enkelkind.

Die Tür fliegt auf und Roderich kommt hereinspaziert. »Erscheint« trifft es genauer. Roderich von Haidlbach, fünfundsiebzig Jahre alt, mit Preisen überhäufter Theaterregisseur im Ruhestand, seit Jahrzehnten mein bester Freund, Entdecker, künstlerischer Förderer und ebenfalls Bewohner der Villa. Er hat das Trauergewand abgelegt, trägt nun einen hellgrauen Anzug mit silberner Brokatweste, dazu ein rosa Hemd plus Einstecktuch und graue Cowboystiefel. Auch das Toupet sitzt bei Windstille tadellos. In dieser Aufmachung und einem Zylinder könnte er glaubwürdig Johannes Heesters geben.

»Ah, hier hast du dich verkrochen!« Schnaufend befördert

er den unvermeidlichen Seidenschal, ebenfalls in Rosa, in einer fließenden Bewegung über die Schulter. »Mimmiii, die Volksseele trauert. Sie verlangt nach Trost in doppelter Hinsicht. Wodka und meine Rede werden sie aufrichten. Du als *lustige Witwe* willst doch sicher dabei sein.« Er wedelt mit den Händen. Eine Bewegung, die mich zur Eile antrieben soll.

Von wegen Witwe! Höchstens Beinahe-Witwe. Unsere Heirat war für den Sommer geplant. Genau das könnte zum Problem werden. Ich weiß zwar, dass Igor weder Familie noch Verwandte hatte, aber nicht, wem er die Villa vermachen wollte, oder ob ein Testament existiert. Ihn danach zu fragen, wäre mir nie in den Sinn gekommen. Ich habe ihn geliebt, liebe ihn immer noch und dachte weder an seinen Tod noch an Erbschaft. Sein Geld war mir egal. »Na los, Teuerste«, treibt Roderich mich erneut an. »Alle ersehnen deinen Auftritt.«

»Roddy, mein Lieber, du verwechselst die Realität mal wieder mit einer Operetteninszenierung«, erinnere ich ihn. »Leider spielen wir nicht mehr Theater. Was ich heute zutiefst bedauere. Dann würde ich nämlich den Ausgang der Geschichte kennen.«

Er breitet die Arme aus, als stünde er an einem Rednerpult. »Ach was, du bist immer noch ein Star! Dein Make-up ist makellos, die Doppellage künstlicher Wimpern verleihen dir einen melancholischen Blick und das kleine Schwarze von Chanel mit den Perlen passt großartig zu deinem rosa schimmernden Blondhaar. Also los, ab mit dir auf die Bühne, man darf sein Publikum nicht warten lassen.«

Seufzend ergebe ich mich. Mein lieber Freund und Weggefährte kann es einfach nicht lassen, die Regie an sich zu reißen. Ich bitte Tatjana, den Kaviar doch zu servieren. Dann ergreife ich das Tablett mit den Gläsern. Margot schnappt sich drei

Flaschen Wodka, und gemeinsam folgen wir Roderich, der im Stechschritt voraneilt.

Im Salon herrscht gedämpfte Atmosphäre. Einige Gäste haben sich auf Sofas und Sessel verteilt. Der Rest steht in kleinen Grüppchen zusammen. Allgemeines Gemurmel füllt den Raum, aus einzelnen Gesprächsfetzen entnehme ich, dass die Trauergäste über Igor sprechen.

»Eine prachtvolle Inszenierung in feudaler Umgebung«, flüstert mir Roderich verzückt ins Ohr. »Wirklich angemessen für einen spendablen Mann wie Igor.«

Ja, bei flüchtiger Betrachtung verdient der hallenartige Salon mit dem Jugendstilkamin die Bezeichnung feudal. Die schadhaften Stellen an den Sitzgelegenheiten fallen in der tiefstehenden Nachmittagssonne kaum auf. Auch der abgeblätterte Anstrich von Fenstern, Türen und die angeschmutzten Wände scheinen beabsichtigt. Ganz im angesagten Shabby-Chic-Einrichtungsstil. Die Sonne kommt hinter den Wolken hervor, und auf dem noch ansehnlichen Parkett tanzen die Schatten dreier Kentia-Palmen. Das doppeltürige Flügelfenster zur Terrasse steht halb offen und lenkt den Blick vorbei am langsam erwachenden Garten hinunter zum ruhigen See. Zusammen mit den vorwiegend älteren Menschen wirkt die Szenerie wie ein verstaubtes Gemälde. Doch es ist auch mein Zuhause, in dem ich mit meinem geliebten russischen Kuschelbär glücklich war. Ich sehe uns Arm in Arm auf der Gartenbank die Frühlingssonne genießen, im Sommer bei Grillabenden und im Winter vor dem brennenden Kamin. Nie wieder werde ich seine Nähe spüren, über seine Scherze lachen oder mich einfach nur bei ihm geborgen fühlen. Die traurige Gewissheit raubt mir die Luft zum Atmen.

»Wir trinken auf Igor!«

Roderich drückt mir ein Glas in die Hand und holt mich

zurück in die schäbige Gegenwart. Während ich wie paralysiert am Türrahmen lehne, hat er gemeinsam mit Wastl die Gläser gefüllt und an die Gäste verteilt.

Wastl brummt: »Igor Komarow!«, worauf von allen Seiten *Nastrovje!* ertönt.

Es folgt eine zweite Runde, und erst bei der dritten klopft Roderich mit dem goldenen Siegelring ans Glas. Selbiger untermauert seine »adelige Herkunft«. Dass der Ring vom Flohmarkt stammt, und er das »von« nur eingefügt hat, weiß außer mir niemand. Für seine Rede hat er sich die Stirnseite des Raums ausgesucht, direkt vor dem Kamin, der wirksamste Platz für eine Ansprache. Zumal uns von dort auch Igor aus einem silbernen Rahmen entgegenlacht. »Freunde!«, hebt Roderich mit feierlichem Tenor an. »Wir haben uns hier versammelt, um einen großen Mann zu ehren. Lasst uns ein letztes Glas auf das Wohl unseres Gönners trinken und ihm eine gute Reise wünschen. Er ist an einen anderen Ort vorausgegangen, aber sein Geist und sein Esprit werden immer bei uns sein. *Farewell*, Igor Komarow!«

Murmelnd wiederholen die Anwesenden den Wunsch und kippen anschließend den Wodka auf ex.

Ich war noch nie besonders trinkfest, weshalb ich nach dem dritten Glas leicht beschickert bin. Womöglich liegt es auch an meinem leeren Magen. Außer einem halben trockenen Toastbrot heute Morgen habe ich nichts gegessen. Trotzdem bin ich nicht mehr ganz so verzweifelt wie noch vorhin am Grab. Wodka scheint doch ein Lebenswässerchen zu sein, wie die Russen es nennen.

Roderichs vernehmbares Räuspern lässt das letzte Flüstern verstummen. »Ich erinnere mich noch sehr genau, als Igor und ich uns zum ersten Mal auf einer Premierenfeier begegneten«, beginnt er. »Ich wusste, dieser rundliche blonde Mann mit der Ausstrahlung eines Bären war Mimis neuer Verehrer und mir allein deshalb sofort sympathisch. Doch er blitzte mich eifersüchtig an und drückte meine Hand so fest, als wollte er mir alle Knochen brechen. Erst als ich ihm meinen damaligen Liebhaber vorstellte und klarmachte, dass ich schwul bin, hat er mich herzlich umarmt und geküsst.« Roderich legt eine kleine dramatische Pause ein und blickt in die Runde.

In Erinnerung an diesen Moment füllen sich meine Augen erneut mit Tränen. Igors Eifersucht fand ich ebenso schmeichelhaft, wie ich von seinen romantischen Komplimenten hingerissen war. Er nannte mich die ›Sonne seines Lebens‹.

Roderich räuspert sich erneut von Rührung ergriffen. »Ab da zählte er mich zu seinen engsten Freunden, denn Mimis Freunde waren auch seine«, fährt er schließlich fort. »Viele der Anwesenden können das sicher bestätigen?«

Neben mir zieht Margot die Nase hoch. Auch sie kann ihre Emotionen nicht mehr zurückhalten und schluchzt hemmungslos.

»Um unsere neue Freundschaft zu besiegeln, lud er mich zu einer Kaviar-Verkostung ein, was allein schon ungewöhnlich genug war«, erzählt Roderich weiter. »Als er mich später durch die unzähligen Zimmer der Villa führte, war ich einfach nur sprachlos. Freunde, ihr wisst, wie schön es hier ist.« Er streckt die Arme vor und breitet sie langsam aus. »Es gibt wohl kaum einen schöneren Ort, um alt zu werden. Und genau das habe ich Igor gesagt, worauf er mich einlud einzuziehen, da die Villa reichlich Platz böte.«

Margot nickt mir mit rotverheulten Augen zu.

Ja, auch sie kann Igors Großzügigkeit nur rühmen. Ich sehe sie noch wie gestern vor mir, als sie mit drei Koffern und fünf Umzugskisten in der Villa ankam. Sie hatte ihren kleinen Zeitungs- und Schreibwarenladen nahe der Münchner Universität schließen und auch aus der dazugehörigen Wohnung ausziehen müssen. Danach war sie in eine winzige Bruchbude am Stadtrand gezogen. Etwas Größeres, geschweige denn Komfortableres, wäre bei ihrer Minirente nicht drin gewesen. Als ich es erfuhr und Igor erzählte, bestand er darauf, dass Margot bei uns einzog. Für eine lächerliche Kostenbeteiligung von 100 Euro. Familie müsse zusammenhalten, sagte er, außerdem gäbe es in der Villa zu viele ungenutzte Zimmer. Damals entstand die Idee, das Haus zu einem Seniorenheim für Freunde und Verwandte umzugestalten.

»Von dem Tag an lud Igor mich regelmäßig ein«, berichtet Roderich weiter. »Nicht nur zu Kaviar und Wodka, nein, er nahm mich zu Boxkämpfen mit, zu denen uns auch Wastl begleitete. Wo bist, alter Spezl?« Suchend hält er Ausschau nach dem Ex-Boxer und winkt ihm dann zu.

Wastl hat sich breitbeinig an einer Wand postiert, als fürchte er, jeden Moment umzukippen. Sebastian Liebknecht, ehemaliger Amateur-Boxchampion, nicht das hellste Licht am Kronleuchter, aber seit zwanzig Jahren ein zuverlässiger Hausmeister und Mädchen für alles, erhebt sein Glas. Über sein knautschiges Gesicht laufen dicke Tränen, und mit sichtbar letzter Beherrschung kippt er den Wodka auf ex. Danach knallt das Glas mit voller Kraft aufs Parkett. »Für Igor!«

Seine Geste animiert zur Nachahmung, und binnen weniger Minuten ist der Fußboden mit Scherben bedeckt. Ich bin sicher, Igor hätte begeistert geklatscht. Aber unsere beiden Putzmädels starren entsetzt auf den Scherbenteppich, dem die Nachmittagssonne ein paar wirkungsvoll-glitzernde Lichtpunkte aufsetzt. Nachdem auch das letzte Glas zu Bruch gegangen ist, beginnen die mir unbekannten Geschäftsfreunde rhythmisch zu klatschen. Sekunden später fängt der erste an zu singen. Das russische Lied klingt dermaßen todtraurig, dass einige Gäste hemmungslos schluchzen, andere wiegen sich langsam im Takt und dann wird plötzlich getanzt. Auf den Glasscherben! Das trockene Knirschen auf dem alten Parkett und die Erkenntnis, den antiken Holzboden vermutlich rausreißen zu müssen, löst bei mir einen Weinkrampf aus.

Pistolen-Penny kommt angestakst und legt tröstend ihren Arm um meine Schultern. »Weine nur, Mimi, wir werden Igor immer in liebevoller Erinnerung behalten und ihn niemals den Tod des Vergessens sterben lassen«, flüstert sie mir zu und seufzt solidarisch.

»Danke, Penny ... aber ... ich ... weine nicht nur ... um Igor ...«, stammle ich schniefend.

Sie schaut mich verwundert an.

Wortlos deute ich auf den splitterbedeckten Fußboden, der vor wenigen Minuten bis auf ein paar Kaffeeflecken noch ganz passabel aussah.

»Ich könnte meine Pistole holen und die Nummer ganz schnell beenden.« Ihre Augen leuchten begehrlich auf.

Das fehlt mir gerade noch. »Lieb von dir, Penelope, aber das halte ich für höchst gefährlich.«

»Ach komm ...«, bettelt sie förmlich. »Nur ein bisschen aus der Hüfte ballern, damit sie erschrecken. Ohne Verletzte. Versprochen! Igor würde es gefallen, wäre er hier, würde er es vermutlich selbst krachen lassen. Du erinnerst dich sicher, dass er ein langjähriges Mitglied in meinem Schützenverein war. Und wir waren beide äußerst treffsicher. Nüchtern und auch noch nach einigen Gläsern Wodka.«

Mit strenger Miene fixiere ich ihre rechte Unterschenkel-Prothese. Das war nämlich weder ein Unfall noch ein Raucherbein. »Treffsicher« wie sie ist, hat sie sich vor fünfzehn Jahren bei einer ausufernden Schützenparty mit einer Schrotflinte ins Knie geschossen. Nach exorbitantem Alkoholgenuss, wie mir Igor berichtete, der es miterlebt hat. Das Bein war nicht mehr zu retten gewesen. »Das war Schicksal!«, verteidigt sie sich wie jedes Mal, wenn das Thema auf ihr Missgeschick kommt. »In einem anderen Leben war ich eine berühmte Seeräuberbraut, hatte ein Holzbein und bekanntermaßen wiederholt sich die Geschichte. Mein Ruf als Scharfschützin ist dennoch legendär. Immerhin bin ich dreifache Schützenkönigin.«

Mein Kopf schmerzt von dem anhaltenden Lärm, meine Beine vom Stehen, und wenn meine Freunde nicht wären, würde ich mich zu Igor ins Grab legen. »Mag sein, Penny, aber mein Bedarf an Schicksalsschlägen ist für die nächsten paar Jahre ... «

»Hallooo!« Unvermittelt erscheint ein junger Mann in der offen stehenden Terrassentür. Er trägt einen gut sitzenden dunklen Anzug, dazu ein weißes Hemd mit dunkler Krawatte. Quer über seiner Schulter hängt eine Collegetasche. Ich kann mich nicht erinnern, ihn schon einmal gesehen zu haben, und wundere mich, wieso er durch den Garten kam. Ob er wegen des Lärms vergebens geklingelt und deshalb den Zugang über den Garten gesucht hat? Wastl, unser zuverlässiger Schlosswächter, spurtet sofort auf ihn zu und versperrt ihm breitbeinig den Zutritt. Ein kurzer Wortwechsel, dann zieht der Eindringling einen Brief aus seiner Umhängetasche. Ein Kondolenzschreiben? Was auch immer es ist, er scheint nicht bereit, es sich von Wastl abnehmen zu lassen. Doch der hält ihm die geballte Faust vor der Nase. Der Bote wird blass, überreicht das Kuvert und verschwindet genauso schnell, wie er gekommen war.

Wastl schließt die Fensterflügel, und bringt mir den Brief mit der Botschaft: »Für dich, Frau Mimi, soll ich unbedingt persönlich übergeben tun.«

Umringt von meinen Mitbewohner betrachte ich den Umschlag. Jemand hat mit schwarzer Tinte *Mimi Varelli, persönlich* draufgeschrieben. Auf der Rückseite lese ich den Absender: Dr. Magnus Kaltenbach, Igors Rechtsanwalt.

»Was Wichtiges?«, fragt Roderich, der nervös an seinem Schal nestelt.

Mich beschleicht eine dunkle Vorahnung, aber um meiner Freunde willen zucke ich die Schultern. »Keine Ahnung. Ich habe nichts angestellt. Ansonsten hatte ich noch nie mit einem Anwalt zu tun. Es kann sich also nur um einen Irrtum handeln. Vielleicht eine Namensverwechslung. Alles schon vorgekommen. Ich werde den Schrieb zurückschicken mit dem Vermerk: Empfänger unbekannt.«

»Eine Verwechslung halte ich für sehr unwahrscheinlich. Mimi Varelli ist ja kein sehr häufiger Name«, bemerkt Margot und zupft mir den Brief aus der Hand. »Lass mal riechen!« Sie schnüffelt an dem Umschlag wie ein Drogenhund der Zollfahndung.

»Kokain?«, fragt Roderich, der in jungen Jahren mit dieser, wie er es nannte, ›Substanz‹ experimentiert hat.

Ich werfe ihm einen fragenden Blick zu. »Nach was soll Koks denn riechen?«

Er verzieht den Mund. »Nach Geld! Vielleicht hatte Igor einen kleinen Nebenjob und irgendwo liegen ein paar Milliönchen rum, die unsere Probleme mit einem Schlag aus der Welt schaffen. Ohne Moos nix los, heißt es doch.«

Wie kann Roddy nur so herzlos sein und jetzt über schnöden Mammon nachdenken? Margot gibt mir den Brief zurück. »Der Absender ist Kettenraucher, so viel kann ich schon mal sagen.«

Pistolen-Penny zieht eine dicke Nadel aus dem rotbraun gefärbten Haarknoten. »Jetzt mach endlich das Kuvert auf. Die Spannung ist ja unerträglich.«

»Wenn dir einer drohen tut, tu ich dem einen Besuch abstatten«, schnauft Wastl mit geballten Fäusten und einem gefährlichen Funkeln in den braunen Augen.

Ohne Brille sehe ich nichts, also gebe ich Penelope den Brief. »Mach du auf, ich trau mich nicht.«

Entschlossen schlitzt sie den Umschlag auf, zieht den Briefbogen heraus und überfliegt den kurzen Text. »Keine Drohung!« Pistolen-Penny strahlt in die Runde, als habe sie direkt ins Schwarze getroffen und eine Trophäe errungen. »Der Anwalt bittet dich schnellstmöglich zu einem Gespräch in seine Kanzlei, es handle sich um Igors Nachlass!«

Augenblicklich ertönt wildes Jubeln.

»Igor hat ein Testament hinterlegt!«

»Wir sind gerettet!«

»Das muss begossen werden!«

Neue Hoffnung erwacht. Frische Gläser werden besorgt, weitere Wodka-Flaschen geöffnet und die Hochrufe auf Igor verstummen erst, als die letzte Flasche geleert ist.

Nur mich kann nichts trösten. Ich will meinen Igor zurück.

# 2

Nach der schlimmsten Nacht meines Lebens, mit Albträumen, in denen meine Freunde und ich auf der Straße gesetzt wurden, quäle ich mich am nächsten Morgen mit letzter Kraft aus dem Bett. Im Badezimmer der nächste Schock. Meine Augenlider sind geschwollen, mein Gesicht aufgedunsen und mein Kopf brummt, als hätte ich allein die unzähligen Flaschen Wodka geleert. In dieser Verfassung kann ich unmöglich heute zum Anwalt, wie ich es gestern vollmundig versprochen habe.

Meine resolute Cousine fackelt nicht lange, vereinbart einen Termin für den nächsten Tag und verordnet mir einen Ruhetag mit Erfrischungsmasken.

Einigermaßen erholt, tadellos geschminkt, inklusive traurigem Kunstwimpernblick, im besten Armani-Kostüm und mit den passenden Accessoires, schleppe ich mich zum Anwaltstermin. Offiziell lasse ich beim Frisör die Rosatönung auffrischen. Meine Freunde wollten mich nämlich unbedingt zur Testamentseröffnung begleiten. Diese nervliche Belastung hätte ich jedoch nicht ertragen. Nur Margot weiß Bescheid.

Um zu sparen, fahre ich sogar zum ersten Mal im Leben mit der S-Bahn in die Münchner Innenstadt.

Gegen elf betrete ich nervös die vornehme Kanzlei in der Residenzstraße – die ich eine Stunde später völlig aufgelöst verlasse.

Bevor ich mich auf den Heimweg mache, muss ich mich mit einem Cognac beruhigen, den ich im nächsten Café zu mir nehme.

Als ich einen zweiten ordere, guckt der Kellner etwas schräg, er scheint sich um mein Wohlergehen zu sorgen. Beim dritten Glas erkundigt er sich schließlich, ob ich Hilfe benötige, und mit flüchtigem Blick auf den funkelnden Verlobungsdiamanten, ob er meinen Mann verständigen solle. Nur mit größter Beherrschung schaffe ich es, zu behaupten, dass es mir gut ginge und ich lediglich eine alles verändernde Neuigkeit verdauen müsse.

Angetüddelt trete ich die Heimfahrt im Taxi an. Der Fahrer schnüffelt kurz in den Fond und zieht die Brauen hoch. Ich beruhige ihn mit der Versicherung, lediglich ein Gläschen auf eine überraschende Erbschaft getrunken zu haben. Die frohe Botschaft zaubert ein breites Grinsen in sein feistes Leberkäsegesicht. Vermutlich rechnet er mit einem fürstlichen Trinkgeld – das er auch bekommt.

Inzwischen ist es Mittag. Um diese Zeit sind meine Freunde immer im ebenerdigen Erkerzimmer anzutreffen, wo wir unsere täglichen Mahlzeiten einnehmen. Der Raum liegt nach Osten, hat Morgensonne, einen Fernseher, um Frühstücksmagazine oder Nachrichten anzusehen, und einen praktischen Speiseaufzug in die Küche. Eingerichtet wurde es mit stilvollem Mobiliar aus einer Hotelauflösung. Die Versteigerung war ein glücklicher Zufall, denn kurz vorher hatten Igor und ich beschlossen, die Umgestaltung der Villa in Angriff zu nehmen. Die Anschaffung der Möbel für das Erkerzimmer war unsere erste gemeinsame Aktion. Ich sehe uns noch wie heute um den seltenen venezianischen Spiegel mit filigranen Gravuren bieten. Wie haben wir gezittert, ob wir den Zuschlag für den Kronleuchter aus Murano mit rosé-weißen Rosetten und goldenen Akzenten bekommen. Hartnäckig hat Igor für die beeindruckende Glasbläserarbeit geboten, bis der Leuchter schließlich uns gehörte. Werde ich diesen Raum jemals wieder betreten können, ohne in Tränen auszubrechen? Ich muss mich einen Moment sammeln, bevor ich eintrete.

Wie in den letzten Tagen seit Igors Tod, sitzt die versammelte Seniorenmannschaft seit dem Frühstück apathisch auf denselben angestammten Plätzen. Im Fernsehen läuft irgendein Mittagsmagazin, das kaum jemand beachtet. Einige spielen *Mensch ärgere dich nicht*, manche sortieren unablässig das Besteck, Herlinde, unsere dauerstrickende Ex-Souffleuse, trennt eine Socke auf und Rollstuhl-Rudi befummelt den Verschluss seines roten Helms.

Roderich beäugt mich kritisch. Er hat mir den »Frisörtermin« ohnehin nicht abgenommen, wo ich mich doch sonst nur in die Hände meiner alten Maskenbildnerin Hanne begebe. »Bei welchem Stümper hast du denn die Haare machen lassen?«, grummelt er. »Der Farbton sieht unverändert aus.«

»Ich war nicht beim Frisör, sondern beim Anwalt«, bekenne ich.

»Hab ich's doch gewusst.« Er schnappt kurz nach Luft, als sei er beleidigt, erfasst aber gleich darauf die Bedeutung. »Und, wie viel hast du geerbt?«

»Darf ich mich vielleicht vorher noch setzen?«

Wastl schiebt mir den Stuhl neben Margot zurecht. Meine Cousine schnuppert kurz und fragt dann ungerührt: »Fand die Testamentseröffnung in einem Stehausschank statt?«

Ich lege meine Jacke ab und sinke auf den Stuhl. »Ihr werdet auch gleich ein Schnäpschen zur Beruhigung benötigen«, prophezeie ich.

»Sämtlicher Alkohol wurde bei der Trauerfeier vernichtet«, erklärt Rollstuhl-Rudi.

Roderich klatscht lautstark in die Hände. »Freunde! Ruhe, bitte! Mimi ist dran«, ertönt die Regieanweisung, und mit Blick an mich: »Bitte en Detail.«

Ich atme tief ein wie vor einer großen Arie und sprudle dann auf einem Atemzug los. »Alleinerbe ist Sergej Komarow, Igors Bruder, der uns die Villa exklusiv für drei Millionen zum Kauf anbietet, die Anzahlung von einer halben Million wäre in vier Wochen fällig, bei Nichtinteresse müssen wir das Anwesen binnen drei Monaten räumen!«

Die Nachricht löst entsetzte Gesichter aus, und es wird so still, dass man durch die geschlossenen Fenster die Vögel zwitschern hören kann.

Rollstuhl-Rudi fängt sich als Erster. »Gemach, gemach, Freunde. Nichts ist so schlimm, wie es scheint. Wer möchte Schnaps? Ich spendiere was aus meinem privaten Vorrat. Leider nur billiger Fusel gegen Igors Edelgesöff.«

Das Fusel-Angebot wird dankbar angenommen. In derartigen Extremsituationen ist alles egal, Hauptsache, es betäubt. Nachdem jeder drei Schnäpse intus und sich einigermaßen wieder gefangen hat, prasseln Fragen auf mich ein.

»Seit wann hat Igor einen Bruder?«

»Warum war er nicht auf der Beerdigung?«

»Ich habe keine Brüder gesehen. Nicht mal einen halben.«

»Taucht einfach aus dem Nichts auf und will sich unser Zuhause unter den Nagel reißen.«

»Ein ominöser Erbe. Unfassbar.«

»Was machen wir denn jetzt?«

»Wo sollen wir hin, wenn wir hier rausmüssen?«

»Ich will nicht in so ein doofes Altersheim.«

»Mich würden sie in einem Heim ans Bett fesseln und mit einer Überdosis Pillen ruhigstellen«, grinst Rudi unter seinem roten Helm hervor. »Da gehe ich lieber ins Wasser, wie König Ludwig.«

»Ich komme mit«, schließt sich Hanne, meine ehemalige

Maskenbildnerin, an. »Mein Steuerberater hat schon vor Jahren gesagt: Sie können es sich nicht leisten, alt zu werden. Rauchen und saufen Sie sich schnellstmöglich ins Grab. Oder Sie landen im Armenhaus.«

Penny nickt zustimmend. »Meine Rede! Niemand kann sich das Altwerden heute noch leisten.« Mit ihrem Einzug hat sie – unter Protest – das Rauchen aufgegeben, hält aber ständig ein Zigarillo in der Hand, um zumindest die Illusion aufrechtzuerhalten.

»Mimi, hast du jemals von diesem ominösen Bruder gehört?«, fragt Roderich. »Es könnte doch auch ein Erbschleicher sein. Ein Schwindler, der auf die Villa scharf ist.«

»Nein, ich hatte keine Ahnung«, seufze ich ratlos. »Igor hat auch nie irgendwelche Verwandtschaft erwähnt, und ich dachte immer, nach dem Tod seiner Frau Irina, vor über zehn Jahren, sei er völlig allein gewesen. Auch das war ein Grund, die Villa zum Seniorenheim umzugestalten. Er wusste, was es heißt, ohne Familie zu sein, und wollte im Alter nicht vereinsamen. Aber der Bruder scheint echt zu sein. Der Anwalt meinte, er befände sich zurzeit nur geschäftlich in Südamerika und sei deshalb nicht zur Beerdigung aufgetaucht. Im Grunde war es keine offizielle Testamentseröffnung, da ich ja nicht erbe. Nur aus alter Freundschaft zu Igor hat er mir das Testament vorgelegt. Es stammt noch aus der Zeit, bevor ich Igor kennengelernt habe. Aber es ist rechtskräftig. Laut Anwalt wollte Igor es nach unserer Vermählung ändern ...« Der Gedanke an unser Hochzeit lässt meine Tränen fließen. Bevor ich Igor kennenlernte, wollte ich nie heiraten. Wozu die Bewunderung vieler Männer gegen die Nörgeleien eines Ehemannes austauschen? Aber Igor war kein Nörgler, und ihm zuliebe habe ich meine Aversion gegen die Ehe dann irgendwann aufgegeben. Die Erinnerung an seine Liebe und Zuneigung zerreißt mir das Herz. Ich sinke auf meinem Stuhl zusammen und kann kaum atmen. Roderich ahnt meinen Schmerz und reicht mir ein Taschentuch. Ich putze mir die Nase, straffe die Schultern und verkünde kämpferisch: »So einfach lassen wir uns nicht vertreiben. Ich werde die Villa kaufen. Immerhin war das Seniorenheim Igors Traum. Und unser gemeinsames Projekt. Wir wollten einem Ort schaffen, an dem wir mit euch alt werden und uns gegenseitig unterstützen. Niemand sollte abgeschoben werden, wenn er krank oder gar mittellos wird.«

Verblüffte Gesichter starren mich an. Nur Cousine Margot, als ehemals clevere Geschäftsfrau, reagiert nüchtern: »Seit wann hast du drei Millionen auf der Bank rumliegen?«

»Hab ich nicht! Aber irgendwie werde ich die nötigen Finanzmittel schon auftreiben. Und wer jetzt Lottospielen sagt, fliegt raus.« Ich unterstütze meine Drohung mit einem strengen Blick über die Tischrunde.

»In meinem Sparstrumpf befinden sich fünftausend Euro, die steuere ich zum Kaufpreis bei«, verkündet Roderich generös. »Wer hat die restlichen zwei und ein paar zerquetschte Mios unter der Matratze?« Er mustert die Anwesenden der Reihe nach.

»Für den Anfang würde schon eine halbe Million genügen«, sage ich leise und mehr zu mir selbst. Denn tatsächlich habe ich keine Ahnung, woher ich derart viel Geld nehmen soll. Der größte Teil meiner Ersparnisse steckt in der Renovierung eines der Bäder. Ein paar Tausender sind noch übrig. Leider bekomme ich noch keine Rente.

Minutenlang höre ich nur monotones Gebrummel. Anscheinend zählt jeder seine Spargroschen zusammen. Vor Rührung spüre ich einen dicken Kloß im Hals. Die meisten von uns sind alleinstehend oder haben keine Verwandten in unmittelbarer Nähe. Nicht zuletzt deshalb wurde aus der Truppe eine perfekt funktionierende Patchwork-Familie, die eisern zusammenhält und sich in allen Notsituationen beisteht.

»Zweihundertfünfzigtausend!«, schreit Rudi plötzlich laut.

Wir starren ihn an, als fasle er wirres Zeug.

»So hoch ist die Summe meiner Lebensversicherung, wenn ich über die Wupper gehe«, erklärt er feixend. »Stammt noch aus meiner aktiven Zeit als Stuntman.«

»Nettes Sümmchen«, meldet sich Penny mit glänzenden Augen. »Wie wär's, wenn wir heiraten? In der Hochzeitsnacht könnte ich dich dann mal eben erschießen. Aus Versehen, versteht sich.«

»So schnell kann hierzulande niemand heiraten«, mischt Margot sich ein. »Wäre höchstens in Las Vegas möglich.«

»Gemach, gemach«, entgegnet Rudi. »Das geht doch viel einfacher. Ich werde die Villengemeinschaft in die Versicherungspolice als meine Erben eintragen lassen, dann meinen Tod vortäuschen, und schon bekommt ihr die Kohle.«

»Nicht schlecht, Rudi, gar nicht schlecht.« Roderich kratzt sich nachdenklich am Kopf, wobei sein Toupet verrutscht, was allgemeines Gekicher auslöst, er aber in der Aufregung nicht bemerkt. »Bleibt nur die Frage ...«

Rudi starrt ihn fragend an. »Und die wäre?«

»Woher nehmen wir eine Leiche?«

»Ach was«, winkt Rudi ab. »Wir warten einen stürmischen Tag ab, davon gibt's im April mehr als genug, und irgendjemand von euch findet beim Spaziergang meinen leeren Rollstuhl. Ihr müsst nur behaupten, dass ich in letzter Zeit dermaßen viel trainiert habe und sich mein Zustand dank der genialen Physiotherapie von Aida so weit gebessert hatte, dass ich ohne Hilfe schwimmen konnte. Das ist glaubwürdig, da ich nicht vollständig gelähmt bin und außerdem mal Ironman war.« Er hebt seinen rechten Arm, schiebt den Pullover hoch und spannt demonstrativ den Bizeps an. »*Popeye* ist ein armes Tofu-Würstchen gegen mich.«

»Super!« Penny stampft begeistert mit der Beinprothese auf. »Ich bin dabei!«

»Das könnt ihr vergessen«, wendet Oberrealistin Margot ein. »Die Versicherung würde es garantiert als Selbstmord eines depressiven Behinderten auslegen und nicht bezahlen. Und sobald sie dich in deinem Versteck aufgestöbert haben, wirst du wegen versuchten Versicherungsbetrugs angeklagt und landest samt Rollstuhl im Gefängnis.

»Schwarzseherin«, kommentiert Penny abfällig und zieht an ihrem kalten Zigarillo. »*No risk, no fun*, sagt man doch. Mir wäre jedenfalls kein Risiko zu hoch, um die Villa zu retten.«

Margot schüttelt den Kopf. »Und woher bekämen wir eine Leiche für die Beerdigung?«

»Das ist leicht«, höre ich Hanne einwenden. »Wir bestatten einfach einen leeren Sarg. Das gab's mal in einem Film, bei dem ich als Maske engagiert war.«

»Nette Idee, aber zwei Einwände«, kontert Margot. »Wo verstecken wir Rudi, wenn ein Versicherungsspion auftaucht und überall rumschnüffelt? Und wenn Rudi offiziell tot ist, was dann? Darf er sein Versteck nie wieder verlassen, oder muss er sich mittels Schönheitsoperation total verändern?«

Hanne zieht eine enttäuschte Grimasse. »Das war nur ein Vorschlag«, brummt sie. »Im Detail müsste das natürlich noch genauer ausgearbeitet werden.«

»Die Nummer mit dem leeren Sarg müssen wir leider auch vergessen«, greift Penny die Idee auf. »Hierzulande ist doch alles dermaßen durchorganisiert, da würde eine Beerdigung ohne einen echten Toten sofort auffliegen. Die noch dazu ausschließlich von Bestattern organisiert werden. Welche Leiche könnten wir dem liefern?«

Margot nickt eifrig. »Und selbst wenn wir es schaffen würden, den Sarg mit etwas anderem zu füllen ... Sandsäcke meinetwegen ... stellt sich erneut die Frage, was dann mit Rudi wird, der ja offiziell nicht mehr lebt.«

Wastl, der von seinem Platz in der Ecke nur stumm zugehört hat, erhebt sich plötzlich, kommt auf mich zu und fällt vor mir auf die Knie. »Frau Mimi! Willst du mich heiraten tun?«

Mir fehlen die Worte und ich starre ihn nur ungläubig an.

»Weil ich auch einen Wasser-Selbstmord für dich machen tu und dann tust du meine Rundumsorglos-Invarente bekommen«, erklärt er mit treuherzigem Augenaufschlag. »Fette dreihundert pro Monat, weil mich doch der ... der ... ach, tu ich mich nicht erinnern ... hat mich zu Brei geschlagen, und jetzt bin ich immer so gaga im Kopf ...«

Rudi klopft ihm freundschaftlich auf die Schulter. »Tolle Idee, Kumpel. Doch leider bringen uns deine dreihundert Mäuse nicht weiter. Wir brauchen mehr. Viel mehr.«

»Wie viel?« Wastl, den Igor nach jenem schicksalhaften Kampf als Hausmeister eingestellt hat, kann nur noch sehr eingeschränkt mit der Realität und noch weniger mit Finanzen umgehen.

»Zehntausend mal mehr möchte der Erbschleicher für die Villa«, sagt Margot, die mindestens so gut rechnen kann wie essen.

Wastl rappelt sich hoch. »Und wenn ich dem Schleicher im Dunkel auflauern tu und ein bisschen kaputt machen tu?« Zur Verdeutlichung seiner ehrenhaften Absichten, ballt er die Linke, für die er damals landesweit berühmt war, und quetscht sie mit der Rechten lautstark knackend zusammen.

»Guter Vorschlag«, murmelt jemand.

Penny bietet sich ebenfalls an, den angeblichen Erben kurz mal »wegzupusten«. Wobei ihre Augen sofort wieder glitzern.

Mir wird ganz warm ums Herz bei so viel Unterstützung. Leider klingt das alles doch sehr nach Straftaten, und wenn ich darüber nachdenke, bekomme ich Angstzustände. »Vielen Dank, das ist wirklich lieb von euch. Aber wenn etwas schiefgeht, landen wir *alle* im Knast, wegen gemeinschaftlich geplanten Mordes, oder so.«

Betretenes Schweigen ist die Antwort auf meine düstere Prophezeiung.

»Wie wär's, wenn wir ein Testament fälschen?«, stellt Margot die Frage in die Runde. Vor lauter Aufregung zerbröselt sie dabei ein Stück Brot, statt es zu essen.

Entsetzt starre ich sie an. »Margot, was für eine absurde Idee!«

Sie verzieht den Mund. »Och, in der Not wird der Mensch erfinderisch ... und ich wüsste ...«

»Nein«, unterbreche ich sie resolut.

»Dann eben nicht«, lenkt sie ein, stippt ein paar Brösel auf und verspeist sie genüsslich. »Oder«, hebt sie noch kauend an, »du behauptest, Igor hätte erst kurz vor seinem Tod ein Schriftstück aufgesetzt, in dem du als Erbin genannt wirst. Das hatte er hier im Haus verwahrt, und der Bruder muss es gestohlen haben.«

»Der Sauhund tut meinen linken Haken kennenlernen«, knurrt Wastl wütend und boxt mehrmals in die Luft. »Ich tu das ... das Testament zurückholen.«

»Schon gut, Wastl, wir finden eine andere Lösung«, sage ich und überlege, ob ich wieder auf Tournee gehen sollte. Aber, wer würde mich engagieren? Noch dazu für eine halbe Million!

Wo alle Welt von meiner Kehlkopfentzündung gehört hat und glaubt, ich habe meine Stimme für immer verloren.

Die Tür fliegt auf und Tatjana betritt den Raum. »Ah, da seid ihr ja alle. Kann ich jetzt endlich das Mittagessen servieren?«

»Wir haben keinen Hunger«, bestimmt Roderich wie das Familienoberhaupt persönlich. »Aber, beste aller Köchinnen, frischer Kaffee wäre schön. Wir haben Wichtiges zu besprechen und müssen wach bleiben.«

»Übernimm nicht schon wieder die Regie«, ermahne ich ihn mit einem freundschaftlichen Knuff. »In unserem Alter ist regelmäßiges Essen sehr wichtig.«

Zu meinem Erstaunen winken tatsächlich alle ab. Bevor die angespannte Lage nicht geklärt ist, hat keiner Appetit. Selbst Margot möchte nichts essen, Tatjana aber beim Kaffeekochen helfen.

Also willigt Tatjana notgedrungen ein. »Na gut, die Rindsrouladen schmecken auch aufgewärmt. Aber Kaffee bekommt ihr nur koffeinfreien. Ihr scheint mir reichlich aufgedreht.«

Penny kichert. »Wäre ich jünger, würde ich mir einen reichen Mann angeln. Schließlich trifft man in Starnberg an jeder Ecke auf Millionäre«, sagt sie, um einen Moment später betrübt ins Leere zu starren. »Leider wirken alte Frauen auf Männer lediglich wie ein Salzkorn in einer Zuckerdose. Also schlage ich stattdessen einen Banküberfall vor. Die dazu nötigen ›Eisenwaren‹ stifte ich aus meinem privaten Bestand.«

Dem Vorschlag folgt nach kurzem verblüfften Schweigen, heftiger Beifall, begleitet von euphorischem Gebrüll: »Ba-, Ba-, Baanküüüberfaaalll!«

Ich bin schockiert. Meine Freunde entwickeln langsam eine kriminelle Energie, die mir zunehmend unheimlich wird. »Ach, vielleicht auch noch mit Strickmützen vorm Gesicht?«, frage ich scherzhaft, um die Idee als Witz abzutun.

»Ich stricke euch gerne welche«, bietet Herlinde an. »Das wäre endlich mal eine sinnvolle Arbeit, die ständige Sockenstrickerei geht mir nämlich langsam auf den Zeiger.«

Mir platzt der Kragen: »Habt ihr noch alle Zähne im Gebiss? Bankraub ist ein Schwerverbrechen. Das bringt uns ins Gefängnis. Auf Lebenszeit!«

»Nur, wenn wir uns erwischen lassen«, kommentiert Rudi lakonisch und klopft auf seinen roten Helm. »Wir müssen eben gut planen, und mit Herlindes Strickmützen kann gar nichts schiefgehen.«

»Nein, Mimi hat nicht ganz unrecht«, lenkt Roderich ein und tätschelt sein Toupet. »Außerdem ruinieren Strickmasken die Frisur!«

Penny verzieht beleidigt das Gesicht. »Okay, okay, Überfall gestrichen. Jammerschade, ich hätte so gerne mal ›Geld oder Leben‹ gerufen.«

In dem Moment tauchen Margot und Tatjana mit dem frischen Kaffee auf. Offensichtlich haben sie Pennys halblauten Ruf vernommen.

Tatjana guckt entsetzt. »Was ist denn hier los?«

Unterbrochen von Wastls verbalen Gewaltfantasien liefere ich eine Kurzfassung der prekären Situation. »Wenn wir also die Anzahlung nicht innerhalb der Vier-Wochen-Frist auftreiben, sind wir geliefert.«

Sie seufzt betrübt. »Wenn wir nicht schon vorher verhungern«, murmelt sie leise und bittet mich zu einem Vier-Augen-Gespräch in die Küche.

Die Unterredung mit Tatjana lässt mich vollends verzweifeln. Nicht nur die Vorratskammer ist leer, es fehlt praktisch an allem. Ratlos begebe ich mich in mein Schlafzimmer, schlüpfe in mein bestes Seidennegligé und lasse mich aufs Bett fallen. Mir war überhaupt nicht bewusst, wie viel laufende Kosten an so einem Haus hängen. Igor hat zwar alle Aktivitäten rund um die Seniorenvilla mit mir besprochen, sämtliche Finanzen aber allein geregelt. Als Geschäftsmann war er damit bestens vertraut, im Gegensatz zu mir. Ich nehme an, er wollte mich auch nicht damit behelligen. Zudem beschränkt sich mein Wissen in Gelddingen auf normale Kontobewegungen. Und jetzt muss ich von Tatjana erfahren, dass wir auf die Schnelle mindestens 20 000 Euro benötigen. Der Lebensmittellieferant wartet auf die Begleichung der Forderungen, die Personallöhne sind in wenigen Tagen fällig und die Rechnung vom Treppenlift ist auch noch fällig. Margot, unsere clevere Geschäftsfrau, hat sofort nach der Beerdigung den Papierkram übernommen und bereits in Igors Büro nach dem Kreditkarten-Pin gesucht. Leider vergeblich. Und ich besitze nichts weiter als einen Haufen teurer Designerfummel, Taschen, Schuhe und eine Ladung Schmuck. Darunter auch viele Geschenke von Igor, verbunden mit romantischen Erinnerungen an unsere gemeinsame Zeit.

Wehmütig betrachte ich den in Platin gefassten Diamantring an meiner linken Hand. Ein besonders schönes Stück, das Igor auf einer Moskaureise erstanden hat. Mit Freuden würde ich ihn verschenken, brächte er mir Igor zurück. Was nützt mir der funkelnde Dreikaräter ohne meinen geliebten Mann? Im Grunde ist er totes Kapital, wie alles andere auch. Einige Sachen sind neu und ungetragen. Die berühmte *Kelly-Bag* besitze ich sogar doppelt, in zwei unterschiedlichen Rottönen. Die hellere hat Igor mir nach einem lukrativen Geschäftsabschluss geschenkt. Die dunklere habe ich vor längere Zeit selbst erstanden, sie aber so gut wie nie benutzt. Schade, dass ich sie nicht zurückgeben kann. Mit dem Gegenwert ließe sich die

Lebensmittelrechnung bezahlen und Vorräte für den nächsten Monat anschaffen. Ich müsste nur jemanden finden, der sie mir abkauft.

Mit einem Ruck fahre ich hoch. Vielleicht gibt es doch eine Möglichkeit, schnell zu etwas Bargeld zu kommen, um die ersten Kosten zu decken. Ein kleiner Hoffnungsschimmer blinkt auf, und noch im Negligé begebe ich mich auf die Suche nach meiner Cousine. Wie vermutet finde ich sie in der Küche, wo sie Tatjana bei den Vorbereitungen fürs Abendessen hilft, und Kartoffeln schält.

»Du bist doch bestens mit allen Möglichkeiten im Internet vertraut, hast du auch schon mal was versteigert?«, falle ich ohne lange Erklärungen sofort mit der Tür ins Haus. »Bei diesem ebay?«

Sie legt das Messer zur Seite. »Was sollte ich denn versteigern?«, fragt sie mit erstaunt aufgerissenen Augen. »Ich bin ja noch ärmer als die ärmste Kirchenmaus, das solltest du doch eigentlich wissen.«

»Aber du weißt, wie das ganze System funktioniert?«, frage ich, ihren Einwand übergehend.

»Kann nicht so schwierig sein. Was hast du denn vor?«, erkundigt sie sich neugierig.

Ich erläutere mein Anliegen in Kurzfassung, worauf sie mir erklärt, dass man bei Auktionen selten den Wunschpreis erzielen würde. Es wäre klüger, die Sachen in Kleinanzeigen anzubieten, wozu wir aber aussagekräftige Fotos benötigten. Gut, dass Walther, unseren Pressefotograf, der seit zwei Monaten bei uns wohnt, sofort bereit ist, unsere Schätze im allerbesten Licht glänzen zu lassen. Als die anderen Mitbewohner von meiner Aktion Wind bekommen, sind sie mit Feuereifer bei der Sache und bieten ebenfalls ihre Wertsachen an. Noch vor dem Abendessen vereinbaren wir ein Treffen im Salon, zu dem jeder mitbringt, was er bereit ist zu verkaufen. Binnen kürzester Zeit verwandelt sich unser großes Wohnzimmer in einen Antiquitätenladen, mit filigranem Schmuck, goldenen Uhren und anderen Preziosen.

Wastl besitzt ein Paar sehr unansehnliche, speckige Boxhandschuhe, die er mir freudestrahlend vors Gesicht hält.

Die Dinger müffeln zwar authentisch nach Schweiß, aber ich bezweifle, ob wir damit den großen Reibach machen. Dennoch würde ich unseren lieben Wastl niemals enttäuschen, bedanke mich freundlich und lege sie etwas zur Seite. »Sehr schön, Wastl, die sind klasse.«

Er nimmt die Speckhandschuhe wieder an sich und hält sie mir erneut unter die Nase. »Tun sie mal früher Max Schmeling gehören«, sagt er mit erhobenem Haupt. »Tu ich mit K. o. Kampf gewinnen.«

Roderich lobt ihn euphorisch. »Hervorragend, Kumpel. Die Dinger bringen ein schönes Sümmchen. Und ich steuere noch einen Zylinder und einen weißen Seidenschal bei. Beides hat Johannes Heesters bei seinem ersten Auftritt in ›*Die lustige Witwe*‹ getragen, als er ›*Heut geh ich ins Maxim*‹ gesungen hat.« Er reicht mir einen staubigen Karton.

Gerührt öffne ich ihn und lasse den Schal durch die Finger gleiten. Ich weiß, wie sehr er an diesen Devotionalien hängt. »Du willst dich wirklich von deinen Lieblingsstücken trennen, Roddy?«

»Ich hab das Zeug als Altersvorsorge angeschafft, und somit erfüllen sie ihren Zweck«, erklärt er gelassen.

Pistolen-Penny möchte eine ihrer alten Waffen beisteuern. »Die stammt zwar von keiner Berühmtheit, aber wir könnten sie ohne rot zu werden als die vom Tatort-Schimanski anpreisen«, meint sie eiskalt.

Margot winkt ab. »Ich kann mir nicht vorstellen, dass wir so einfach Waffen anbieten können, ohne dass wir Probleme bekämen.«

»Gut, dann bleibt ›Schimanskis‹ Schießeisen eben über Pennys Bett hängen. Aber auch ohne die Pistole kann sich die Ausbeute sehen lassen«, verkünde ich stolz.

Walther steht mit gezücktem Fotoapparat bereit, die Ware abzulichten.

Margot räuspert sich. »Ähm … es ist ja allgemein bekannt, dass ich ärmer als die ärmste Kirchenmaus bin, aber ich hätte auch eine Kleinigkeit, von der ich mich trennen könnte.«

Wir mustern sie erstaunt, denn Margot hat von uns allen die kleinste Rente.

»Die … Geige!«, verkündet sie.

Ich bin fassungslos. Dieses Instrument ist das einzige Erinnerungsstück an die folgenschwere Affäre mit dem amerikanischen Orchestergeiger, aus der Danny hervorging. Der Musiker verschwand über den großen Teich, noch ehe Margot bemerkte, dass sie schwanger war. Und obwohl sie es nie zugeben würde, hofft sie auch nach über dreißig Jahren noch auf die Rückkehr ihrer großen Liebe. Schließlich hat er ihr sein wertvolles Instrument hinterlassen, das sie wie ein Liebespfand hütet.

»Du willst dich von der ›heiligen Geige‹ trennen? Das kann ich auf keinen Fall annehmen«, wehre ich ab. »Lieber verscherbeln wir Igors gut erhaltenen Benz Baujahr 1970, der längst als Oldtimer gilt und viel wert sein müsste. Ich kann ihn nicht fahren und viele von uns haben ihren Führerschein bereits abgegeben.«

»Ich nicht!«, erklärt Roderich. »Und ich bin gegen den Verkauf. Ab und zu benötigen wir einen fahrbaren Untersatz.«

»Ihr könnt mein Auto benutzen«, bietet Tatjana an. »Der ist zwar nicht so schön wie der alte Benz, aber er fährt.«

»Und für die Geige bekommen wir ein hübsches Sümmchen«, verheißt Margot mit wehmütiger Miene, bleibt aber tapfer und zieht ihr großzügiges Angebot nicht zurück.

Mit neuem Mut machen wir uns gemeinsam an die Verkaufsvorbereitungen, die mehrere Stunden beanspruchen. Walther gibt sich große Mühe mit den Fotos, Margot stellt ein Angebot nach dem anderen ins Netz, und spät in der Nacht ist es endlich geschafft.

Am nächsten Morgen schrillt das Telefon tatsächlich schon zu unhöflich früher Zeit. Ein Interessent klingt hörbar euphorisch und ist wild darauf, die Geige sofort in Augenschein zu nehmen. Auch die anderen Angebote erwecken Interesse. Die Seniorenvilla scheint gerettet! Innerhalb weniger Tage wechseln viele Gegenstände den Besitzer, und schließlich zählt Margot mit hochrotem Kopf die Einnahmen.

»Knapp fünfzigtausend Euro; bis zur halben Million fehlen also nur noch neunzig Prozent.« Gutgelaunt verstaut sie die Geldscheine in einem Kuvert.

Vermutlich ist sie so fröhlich, weil die Geige keinen neuen Besitzer gefunden hat. Es gab zwar mehr als einen Interessenten, aber allen war sie zu teuer. Auch »Schmelings Boxhandschuhe« fanden keinen Käufer.

Roderich verfolgt die Szene Hände wedelnd. »Ein Desaster. Bis zur großen Katastrophe fehlen nur noch zwei Wochen.« Er schnauft, als planten wir eine Uraufführung.

Ich funkle ihn wütend an. »Vielen Dank, dass du mich daran erinnerst.«

Er grinst nur amüsiert. »Merke dir diesen Blick, Mimi«, sagt er, als wär's eine Regieanweisungen. »Mit dem könntest du den Erbschleicher töten, wenn er vor der Tür steht und den Schlüssel der Villa verlangt.«

Bei dem Wort »Erbschleicher« erwacht sofort wieder Wastls Killerinstinkt, und ehe ich »Stopp« sagen kann, entbrennt aufs Neue die Diskussion, wie man Sergej um die Ecke bringen könne. Zur Wahl stehen: Betonschuhe von Wastl, die er ihm höchstpersönlich anpassen würde. Verkehrsunfall mit Rudi im Rollstuhl, was ihm vielleicht den Tod, aber Sergej garantiert ins Kittchen bringen würde. Dann könnten wir Rudis Lebensversicherung kassieren und wären gleichzeitig vor Sergej sicher, denn Mörder erben nicht! Penny bietet wieder eine Ladung »verirrter Kanonenkugeln« an, wobei sie noch überlegt, wie sie das deichseln könnte. Mittlerweile kann ich es wirklich nicht mehr ignorieren, dass meine Mitbewohner auch bereit wären, über Leichen zu gehen. Falls nötig auch über mehrere.

»Die legalen Möglichkeiten sind noch längst nicht ausgeschöpft«, stoppe ich meine mordlustige Rentnergang. Ich strecke meine linke Hand aus und betrachte melancholisch den Diamanten, der an meinem Ringfinger glitzert. Bevor meine Freunde sich zu irgendwelchen Dummheiten hinreißen lassen, trenne ich mich lieber von Igors Verlobungsgeschenk.

»Dafür müsste doch ein ordentlicher Batzen zu erzielen sein.«

»Als Geschäftsfrau bist du eine Niete«, wechselt Margot das Thema, die meinen Blick offensichtlich falsch gedeutet hat. »Wenn ich daran denke, dass du bei unserer Verkaufsaktion diesem seltsamen Mann deine ...«

»Er heißt Ewer Fuchs«, unterbricht Pistolen-Penny sie und funkelt Margot böse an. »Und ein Mann, der ein Geschenk für seine sterbenskranke Frau ersteht, ist nicht seltsam, sondern äußerst sensibel.«

Penny hat ihren Mann durch eine Krebserkrankung verloren und zerfloss beinahe vor Mitleid, als dieser Herr Fuchs vor uns stand und erzählte, für wen er die Handtasche kaufen wollte.

»Meinetwegen«, winkt Margot ab. »Aber deshalb hätte Mimi ihm die wertvolle *Kelly-Bag* nicht hinterherwerfen müssen. Läppische einhundert Euro für ein edles Designerstück, das gut und gerne zehntausend wert ist.«

»Er hat so viel bezahlt, wie er konnte«, verteidige ich mich. Und ja, ich habe die Tasche fast verschenkt, denn ich hatte ebenfalls Mitleid mit einem Mann, der den letzten Wunsch seiner Frau erfüllen wollte. Irgendwie hat er mich an Igor erinnert. Er hätte die Hölle mit Eis gefüllt, wenn es mir gefallen hätte. Und wenn ich zwischen Geld oder Liebe wählen müsste, würde ich mich immer für die Liebe entscheiden. Leider stellt sich diese Frage nicht mehr.

Unsere Diskussion wird unterbrochen, als Aida, unsere Physiotherapeutin, die zweimal wöchentlich Rudis Muskeln trainiert, den Raum betritt. Die dunkelhäutige Schönheit mit bayrischen Wurzeln, dem Namen der nubischen Prinzessin aus Verdis Oper und dem Aussehen einer modernen Pop-Prinzessin, hat uns Danny empfohlen. Wie niemandem verborgen geblieben ist, sind die zwei bis über beide Ohren ineinander verliebt.

Rudi hindert das nicht, Aida mit glänzenden Augen anzuschmachten. »Meine afrikanische Prinzessin entführt mich zu einem Schäferstündchen«, seufzt er, als sie ihn in seinem Rollstuhl in den Behandlungsraum im Souterrain schiebt.

Kaum ist er verschwunden, klingelt es. Wie ertappte Übeltäter schrecken wir alle gleichzeitig zusammen. Unangemeldete Besucher sind bei uns so selten wie tropische Sommer in Sibirien. Wer Besuch erwartet, öffnet selbst die Tür, soweit er gesundheitlich dazu in der Lage ist, oder gibt Wastl Bescheid. Der springt auch jetzt sofort hoch, um nachzusehen.

Kurz danach meldet er aufgeregt stammelnd: »Da ... da ... steht der Schleicher vor der Tür ... mi... mi... mit ... Blumen für Mimi.«

Unwilliges Gemurmel erfüllt den Raum. Ich ignoriere Pennys Vorschlag, ihn einfach draußen stehen zu lassen, und gehe in die Halle, um ihn zu begrüßen. Außerdem hege ich die leise Hoffnung, dass ich ihn bezirzen und zu einer besseren Lösung überreden kann.

Auf dem Überwachungsmonitor erblicke ich einen riesigen Blumenstrauß und darüber eine schimmernde Halbglatze. Tritt der geheimnisvolle Bruder vielleicht nur zu einem verspäteten Kondolenzbesuch an?

Als ich die Haustüre öffne, streckt mir ein Herr in dunklem Anzug und blau-weiß-getupftem Krawattenschal den Strauß entgegen.

Eine Sekunde mustert er mein unziemliches Negligé, doch dann hat er sich wieder im Griff. »Liebste Mimi, darf ich dir mein aufrichtig empfundenes Beileid aussprechen?« Er schenkt mir einen treuherzigen Hundeblick. »Ich las in der Tageszeitung von deinem schrecklichen Verlust, war zutiefst ergriffen und eilte umgehend herbei.«

Liebste Mimi? Ich brauche einen Moment, um den mopsigen Blumenkavalier mit der schwülstigen Sprache zu erkennen. Es ist Harro von Reitzenstein, ein echter Blaublüter mit echtem Siegelring am kleinen Finger. Seines Zeichens Erbgraf in x-ter Generation und unanständig reicher Grundstücksspekulant. Zudem ein heißer Verehrer aus längst vergangenen Zeiten, als ich noch ein umschwärmter Operettenstar war. Er wiederum hatte damals noch volles Haar und etliche Kilo weniger.

»Harro, wie aufmerksam, ich bin überrascht!«, flöte ich und bitte ihn einzutreten.

Wenig später habe ich mich umgezogen, und wir plaudern beim Tee über die Unwägbarkeiten des Lebens. Argwöhnisch beäugt von Wastl, der seine geliebte Butler-Uniform angelegt hat, was er sogar für ungebetene Besucher tut. Er war nicht davon abzubringen, dass es sich bei Harro um Igors angeblichen Bruder handelt, und bestand darauf, den Tee zu servieren. Im Moment steht er mit auf dem Rücken verschränkten Armen friedlich in der Ecke und starrt ins Leere. Ein wenig besorgt bin ich wegen der Ausbuchtung seiner linken Hosentasche. Das sieht verdächtig nach Pennys »Eisenwaren« aus.

Während Harro mit gespreiztem Siegelring-Finger Tee schlürft, versichert er mir gefühlte dreißig Minuten lang, dass er mein Leid nur zu gut nachfühlen kann. »Wann immer du eine starke Schulter oder anderweitig Unterstützung benötigst, zähle auf mich, liebste Mimi«, beendet er seinen Monolog.

Und genau auf dieses Angebot habe ich gewartet, sonst hätte ich es auch nicht geschafft, ihm in der letzten halben Stunde höflich schweigend zuzuhören. Warum nicht die halbe Million von Harro borgen? Wenn ich daran denke, was er mir früher für teure Geschenke zuschicken hat lassen, wird mir jetzt noch schwindelig. Blöderweise habe ich keines davon behalten, es war mir immer zu unangenehm gewesen. Wie auch immer, der Mann schwimmt im Geld. Harro hat so viel, dass er es wiegen muss. Schätzungsweise gibt er allein für das Futter seiner Rassepferde-Zucht 500 000 pro Jahr aus.

»Wie reizend, liebster Harro«, zwitschere ich also mit züchtigem Augenaufschlag und lege meine Hand auf sein Knie. »Ich könnte tatsächlich deine Hilfe brauchen.«

Einen winzigen Moment scheint es, als habe er nicht damit gerechnet, dass ich auf sein Angebot eingehen könnte. Doch dann lächelt er verbindlich und legt seine Hand auf meine.

»Selbstverständlich, ich stehe zu meinem Wort. *Noblesse oblige.*«

Ich atme einige Male tief ein, denke an Igor, wie er zu Tode gestürzt ist, dass der Treppenlift noch nicht bezahlt ist, und schon fließen ein paar wirkungsvolle Tränen. Schniefend berichte ich Harro von Erbschaftssteuer und überfälligen Renovierungen. »Eine halbe Million würde fürs Erste genügen«, beende ich meinen Vortrag.

Harro schluckt. »Prekäre Lage, liebste Mimi, höchst prekäre Lage«, grummelt er betreten, zieht die Hand zurück und klingt mit einem Mal überhaupt nicht mehr hilfsbereit. »Freunde in Geldangelegenheiten zu beraten, zerstört meist die beste Beziehung.«

Wie bitte!? Hat er tatsächlich »beraten« gesagt, oder bin ich reif für ein Hörgerät? Abrupt ziehe ich meine Hand von seinem Knie. »Nun, eigentlich dachte ich weniger an einen *Rat*«, beginne ich und sage nach einer dramatischen Pause: »Stattdessen würde ich die Summe gerne von dir leihen.«

Der Graf erblasst vornehm, wie man es in diesen Kreisen vermutlich von Kindesbeinen an beherrscht, und nestelt nervös am getupften Seidenschal.

»Gegen den üblichen Zinssatz, versteht sich«, füge ich der Vollständigkeit halber hinzu. Er soll nicht denken, ich wolle Almosen.

Seine Hochwohlgeboren räuspert sich dezent. »Nun, liebste Mimi, ich würde dir wirklich ausgesprochen gerne … ähm … aber leider … ähm … bin ich momentan … ähm … in dieser Größenordnung … ähm … nicht flüssig … ähm … seit der … ähm … Krise am Aktienmarkt …«

»Kein Schweinkram«, brummt plötzlich Wastl, der bisher nicht einen Mucks von sich gegeben hat, und fasst sich an die ausgebeulte Hosentasche. Offensichtlich vermutet er hinter dem Gestammel unsaubere Absichten. Und wenn ich es mir recht überlege, sind solche mit ziemlicher Sicherheit auch Grund für seinen Überraschungsbesuch. Von wegen, nicht flüssig! Da drehen sich doch die Ahnen im kühlen Grabe um.

»Oh, das tut mir aber leid«, entgegne ich mit bekümmerter Miene. »Möchtest du vielleicht zum Abendessen bleiben? Seit Igors Tod servieren wir zwar keinen Kaviar mehr, aber ein Schälchen Suppe ist für alle da.«

Meine Einladung verwirrt ihn so sehr, dass er sich eilig entschuldigt. An der Tür küsst er formvollendet meine Hand, und bevor er entschwindet, gibt er mir noch den kostenlosen Rat, auf der Bank nach einer Hypothek zu fragen. »Das Anwesen stellt einen erheblichen Wert dar. Solltest du jedoch an einen Verkauf denken, scheue dich nicht, meine Dienste in Anspruch zu nehmen, verehrte Mimi.«

»Wie reizend, lieber Harro, dass du dich zu so einem profanen Dienst herablassen würdest«, säusle ich honigsüß. Insgeheim wünsche ich ihm die Pest an den Hals, den schwarzen Schimmel in die mittelalterlichen Schlossmauern und obendrauf noch einen satten Börsencrash. Auf dass der Pleitegeier auch über seinem Anwesen kreist.

# 3

»Danke, Hanne, du hast es wieder mal geschafft, meine Augenringe wegzuzaubern.« Meine langjährige Maskenbildnerin hat mich gerade für den Gang zur Bank präpariert. Sie beherrscht die Kunst der Verschönerung einfach perfekt. Ohne ihr Können müssten wir alle ein Vermögen fürs Haareschneiden ausgeben. Und ich würde mich niemals am frühen Vormittag zu einem offiziellen Termin aus dem Haus wagen.

Harros Hypotheken-Idee ist nämlich genial, und ich bin ihm nachträglich doch noch dankbar für seinen Besuch. Hätte ich eigentlich selbst drauf kommen müssen. Andererseits musste ich mich bisher noch nie um Geldangelegenheiten kümmern. Aber nun kann ich die Villa retten! Zudem wollen alle Villenbewohner auch noch mit ihren Renten für die Rückzahlung bürgen. Mein lieber Freund Roderich wird mich auf die Bank begleiten. Ein wenig moralische Unterstützung kann nicht schaden. Sollte Herr Bongard, der Filialleiter, auf die absurde Idee verfallen, eine ausrangierte Operettensängerin sei nicht kreditwürdig, wird Roddy ihn vom Gegenteil überzeugen. Obwohl ich eigentlich keine Bedenken habe. Herr Bongard gehört zu meinen Bewunderern.

Hanne hat ihr Werk vollendet. Ich setze die Brille auf, um meine Verwandlung von der traurigen Verlobten in eine strahlende Diva zu begutachten. Ja, ich kann sofort auf die Bühne der internationalen Finanzwelt treten, stelle ich erfreut fest, als die Tür auffliegt.

»Perfekt!«, höre ich Roderich. »Mit Brille wirkst du wie

eine erfolgreiche Geschäftsfrau. Nur wegen der rosafarbenen Haare könnte man auf den Gedanken kommen, du wärst eine überspannte Operettentussi, die in anderen Sphären lebt.«

»Keine Sorge«, beruhige ich ihn. »Wir verhandeln direkt mit dem Filialleiter. Seit er mich in der ›Gräfin Mariza‹ gesehen hat, verehrt er mich. Ich glaube nicht, dass er uns eine Hypothek für das Anwesen verweigern wird.« Mein Blick schweift verträumt durch den Raum. Vor meinem inneren Auge sehe ich mich auf der Bühne stehen und den Applaus genießen. Ach ja, seufze ich still in mich hinein und spüre Tränen in mir aufsteigen, was waren das für herrliche Zeiten. Ich glaube, ich war verwöhnt. Und als meine Karriere durch die Kehlkopfentzündung beendet wurde, trat Igor in mein Leben und hat sich um alles gekümmert. Es schnürt mir das Herz zu, so sehr vermisse ich ihn.

Lautes Händeklatschen holt mich zurück in die Gegenwart. Roderich treibt mich ungeduldig zur Eile an, wie er es früher immer getan hat, wenn ich vor Aufregung nicht auf die Bühne wollte.

»Lampenfieber?«, fragt er besorgt.

»Wovor?«

»Nun, es ist immerhin deine Hypotheken-Premiere.«

»Ein wenig mulmig ist mir schon«, gebe ich ungeniert zu, als ich nun doch Bedenken aufkommen spüre. »Was machen wir, falls wir keinen Kredit bekommen?«

»Dann halte ich ihm meinen Revolver vor die Nase und verlange, dass er uns alles aushändigt, was an Kohle rumliegt. Und die Goldbarren im Safe noch dazu«, verkündet mein guter Freund.

Mir stockt der Atem. »Hast du dich etwa bei Penny bewaffnet?«

Grinsend wedelt er mit den Händen. »Kleiner Scherz. Aber

nun mach voran, sonst kommen wir tatsächlich noch zu spät. Und setz die Brille auf.«

Fünfzehn Minuten nach dem vereinbarten Termin fahren wir in Starnberg an der Bank vor. In Tatjanas Wagen, dem Benz fehlte Benzin, und zum Tanken war keine Zeit. Roderich chauffierte uns dennoch gemächlich am See entlang, als wär's ein Sonntagsausflug. Zumindest haben wir Glück und finden in einer Seitenstraße sofort einen Parkplatz.

Wegen unserer Verspätung hat Herrn Bongard wohl nicht mehr mit uns gerechnet, und bedient am Schalter. Nicht ungewöhnlich für die Landeierbank, wie Igor sie gerne nannte, denn das Personal besteht lediglich aus zwei weiteren Angestellten. Sobald einer davon krank oder im Urlaub ist, muss der Chef eben selber ran. Aber er scheint den Kundenkontakt zu lieben, soweit ich mich erinnere, war er immer sehr freundlicher. Nicht nur zu mir.

Auch jetzt winkt er mir verbindlich zu und weist auf die Sitzmöglichkeit.

Wir nehmen an dem kleinen runden Tisch Platz, ich lehne mich entspannt zurück und amüsiere mich über Roderich, der umständlich seinen Seidenschal drapiert. Ich kenne ihn lange genug, um zu wissen, wie er tickt. Ein Journalist könnte hinterm Schalter hochspringen und den berühmten Theaterregisseur ablichten wollen. Ich fürchte allerdings, dass er in dieser Mini-Bank vergeblich darauf wartet. Eher findet hier ein Bankraub statt. Mein Blick wandert zu seinem Toupet, das etwas verrutscht ist und ihm einen leicht debilen Touch verleiht. Irgendwie niedlich, finde ich und erwähne es nicht, da er sonst nur nervös wird.

Während die Minuten vergehen, fällt mir siedend heiß ein, dass Herr Bongard nach den Unterlagen der Villa fragen wird.

Typisch, statt mich um wirklich wichtige Dinge zu kümmern, habe ich mich nur um mein Aussehen gesorgt. Aber nun ist es zu spät. Dann bleibt mir wohl nichts anderes übrig, als dieselbe Show abzuziehen wie bei Harro. Ich als offizielle Erbin, die das Geld für den Fiskus und überfällige Renovierungen benötige. Ja, das klingt einleuchtend, das schaffe ich, ohne rot zu werden. Schließlich bin ich nicht nur Sängerin, sondern auch ausgebildete Schauspielerin. Oder ist es doch besser, die genauen Umstände zu erklären? Während ich noch mit mir hadere, betritt eine ältere Frau in einem weiten Trenchcoat die Bank. Ihr Make-up ist viel zu hell, die Augen schwarz umrandet und die Lippen violett bemalt. Auf dem Kopf sitzt eine verfilzte Perücke. Falls diese Clown-Maskerade ihr eigenes Werk ist, sollte sie sich ein paar Tipps von Hanne holen. Die halbhohen Pumps scheinen auch zu drücken, denn sie stakst unsicher auf den Schalter zu. Dort angekommen reiht sie sich nicht in die Warteschlange ein, sondern drängelt aggressiv an einem jungen Paar vorbei.

»Immer schön hinten anstellen«, schnauzt der junge Mann vor ihr über die Schulter.

Die Clown-Frau ignoriert den Einwand des Mannes und schubst ihn unsanft zur Seite. Dann fasst sie in die Tasche ihres Trenchcoats und fuchtelt plötzlich mit einer Waffe durch die Luft. »Überrrfalll ... Geld härrr ... Loss, loss ...«

Angstschreie gellen durch den kleinen Schalterraum. Das Pärchen verdrückt sich eng umschlungen in eine Ecke. Der Kunde am Schalter, der gerade einen Packen Geldscheine vom Tresen nehmen wollte, wird leichenblass. Er hebt die Hände, bewegt sich aber keinen Millimeter. Roderich schnappt nach Luft. Er hasst Überraschungen genau wie Improvisationen auf der Bühne, die kann er auf den Tod nicht ausstehen, weil sie nur ins Chaos führen. Ich bin vor Schreck wie gelähmt, wage nicht, mich von der Stelle zu bewegen. Atemlos sehe ich zu, wie die Bankräuberin jetzt den Filialleiter mit der Waffe bedroht.

Herr Bongard weicht ein wenig zurück, doch mir scheint, er fürchtet sich kein bisschen. Mit fester Stimme erklärt er: »Tut mir leid, unsere Geldbestände sind zeitschlossgesichert! Als Mitarbeiter habe ich keinen Einfluss auf Abkürzung oder Aufhebung der eingestellten Sperrzeit. Außerdem ist die Geldabgabe an die Kontonummern gekoppelt. Haben Sie ein Konto in unserer Filiale?«

»Värarrrschen kann ich mich alleinäää«, schnauzt die Räuberin. »Loss … Safe aufmachen …« Er hält die Waffe noch dichter an den Kopf des Filialleiters.

Herr Bongard hebt die Hände ein Stück höher. »Wir sind nur eine kleine Außenfiliale und besitzen keinen Safe. Tut mir sehr leid.«

Wortlos schnappt sich die Räuberin das Bündel Banknoten vom Schaltertresen, und während ich beobachte, wie sie die Beute in die Handtasche stopft, durchfährt mich ein Schock. Das ist ja MEINE *Kelly-Bag*! Und beim nächsten Luftholen wird mir klar, dass es sich hier um niemand anderen handelt als um Ewer Fuchs in Frauenkleidern. Von wegen für die todkranke Ehefrau ein Designertäschchen erwerben! Er wollte sich für die Beutetour fein ausstaffieren. Vornehm geht die Welt zugrunde. Ich taste vorsichtig nach meiner *Kelly-Bag*, die ich neben dem Stuhl abgestellt habe, um nach meinem Handy zu suchen. Irgendjemand muss doch die Polizei verständigen. Oder sollte ich einfach »Üüüüüberfaaaaalllll« kreischen? Mein Sopran kann alarmierend laut sein.

Im selben Moment dreht sich Ewer um und brüllt: »Alles hingälägt … losss, losss … auf Boddän …« Herrn Bongard schreit er an: »Nix machän Mätzchen, nix Alarm, kapierrrt?«

Bongard nickt schweigend und bleibt mit erhobenen Händen hinter seinem Schalter. Die andere Kunden werfen sich gehorsam auf den Kachelboden.

Ich rühre mich nicht von der Stelle und flüstere Roderich zu: »Ich habe mich noch nicht einmal auf eine Besetzungscouch gelegt, da werde ich mich ganz sicher nicht auf diesen schmutzigen Boden legen.« Und gerade als ich einen hysterischen Lacher runterschlucke, steht Ewer direkt vor mir.

»Losss, hingälägt!«, fordert er und hält mir die Waffe dicht vor die Nase. »Auf Boddän!«

Dank der Brille, die ich auf Roderichs Anweisung aufbehalten habe, erkenne ich stumpfes Plastik und deutlich überstehende Schweißnähte. Nicht zu fassen, es ist eine Spielzeugpistole! Und was soll dieses seltsam gebrochene Deutsch, etwa Tarnung?

»Hingälägt!«, faucht er noch mal und presst mir das Ding an den Hals.

»Schon gut«, flüstert Roderich heiser und steht auf.

Er ist ohne Brille halb blind und hat offensichtlich nicht bemerkt, dass keine echte Gefahr besteht. Außerdem war er nicht dabei, als Ewer die Tasche gekauft hat, und hat deshalb keine Ahnung, wer uns da gegenübersteht. Ich hingegen fürchte mich nicht mehr. Ewer versteht sich garantiert nicht auf asiatische Kampfsportarten, darauf verwette ich meinen Dreikaräter. Zudem spüre ich das gute alte Bühnenadrenalin erwachen und mir steht der Sinn nach ein wenig Dramatik. Umständlich erhebe ich mich, stöhne theatralisch auf, als hätte ich total morsche Knochen, und lasse mich aufschreiend in einer eleganten Drehung direkt vor Ewers Füße fallen. Eine meiner leichtesten Übungen, die ich als Gräfin Nowalska in einer Inszenierung von *Der Bettelstudent* mit Bravour vorgeführt habe. Ewer reagiert konfus. Möglicherweise hat er sich an mich erinnert, aber mit einer Ohnmächtigen hat er sicher nicht gerechnet. Er zuckt zusammen, lässt dabei die *Kelly-Bag* fallen und beugt sich zu mir runter.

Roderich erwacht aus seiner Starre und schreit: »Hände weg, du Knallcharge!« Scheinbar fürchtet er um mein Leben. Todesmutig packt er den Räuber am Mantelkragen. »Na warte, du Gauner.«

»Auaaa, loslassen!« Keuchend versucht Ewer sich zu befreien.

Es entsteht ein prustendes und schnaubendes Gerangel, Roderichs Toupet geht flöten, Ewer verliert die Plastikwaffe und seine Perücke, aber keiner lässt den anderen los. Die unterdrückten Aufschreie der Bankkunden und das leise Wimmern einer Frau mischen sich in das dumpfe Gestöhne der Kämpfer. Mich beachtet niemand. Ich sehe nur die beiden Taschen vor mir liegen und erkenne die einmalige Chance. Wie ferngesteuert vertausche ich die beiden Handtaschen. Eine Überdosis Adrenalin schießt durch meine Adern, als ich mit der Beute unterm Arm auf Knien aus der Gefahrenzone robbe. Nicht sehr ladylike, aber darauf kann ich jetzt keine Rücksicht nehmen. Inzwischen hat sich Ewer von Roderich losgerissen, schnappt sich die Waffe und meine Kelly-Bag, in der das Wertvollste ein Chanel-Lippenstift ist, und rennt aus der Bank.

Mittlerweile habe ich mich an einem Prospektregal hochgehangelt und lehne in vorgetäuschter Angststarre an der Wand. Um die Wirkung zu verstärken, starre ich mit weit geöffneten Augen ins Leere, als habe ich eine vierwöchige Geiselnahme überlebt.

»Mimi!« Roderichs Stimme stört meine oscarreife Improvisation. »Alles in Ordnung?« Er mustert mich mit sorgenvoller Stirn. »Bist du verletzt?« Er ahnt natürlich nicht, dass ich im Geiste schon mal die Beute zähle.

»Ich bin okay«, hauche ich und registriere aus den Augenwinkeln, dass er in einer Hand sein Toupet hält und in der anderen Ewers Perücke. Ich kann einfach nur noch an die Scheine in meiner Tasche denken. Hoffentlich hat es sich gelohnt. Es sah nach ziemlich viel aus, was sich Ewer vorhin geschnappt hat.

»Bleiben Sie bitte alle ruhig und verlassen Sie nicht die Bank, ich habe den Alarm bereits betätigt. Die Polizei muss jeden Moment eintreffen«, meldet sich nun der Filialleiter zu Wort. Er tritt hinter seinem Schalter hervor und kommt auf uns zu. »Frau Varelli, wie geht es Ihnen? Sind Sie verletzt? Es tut mir so leid, dass Sie so ein grauenvolles Verbrechen miterleben mussten.« Er nimmt meinen Arm und führt mich zu einem der Stühle. »Bitte, setzte Sie sich doch.«

Wenn er wüsste, wer sich hinter dem gefährlichen Täter verbirgt, würde er nicht so übertreiben. Obwohl mir seine Besorgnis natürlich schmeichelt. »Vielen Dank«, hauche ich und stütze mich auf ihn.

»Kann ich Ihnen etwas bringen? Ein Glas Wasser vielleicht? Oder benötigen Sie einen Arzt?« Der durchdringende Ton eines Martinhorns übertönt seine weiteren Worte.

Es folgt Reifenquietschen, und Sekunden später leuchtet das blinkende Blaulicht durch die Fensterfront. Wäre der Gangster noch hier und hätte eine echte Waffe gehabt, hätte es jetzt richtig spannend werden können.

»Achtung, Achtung!«, ertönt nun eine Megafonstimme. »Hier spricht die Polizei! Geben Sie auf! Das Haus ist umstellt!«

»Entschuldigen Sie, Frau Varelli«, sagt Herr Bongard. »Ich werde mal eben rauslaufen und Bescheid geben, dass wir sozusagen außer Gefahr sind.«

»Würde ich nicht empfehlen«, mischt sich der junge Mann

ein, den Ewer so unsanft geschubst hatte. Er und seine Begleiterin scheinen sich etwas erholt zu haben von dem Schreck. »Am Ende denken die Idioten da draußen noch, Sie wären der Bankräuber, und ballern sofort los.«

»Hier spricht die Polizei!«, ertönt es erneut. »Kommen Sie mit erhobenen Händen heraus!«

Herr Bongard begibt sich zur Fensterfront, gestikuliert mit beiden Armen und ruft laut: »Wir sind außer Gefahr!«

Die Aufmerksamkeit aller Anwesenden richtet sich nun auf ihn, und das gibt mir Gelegenheit, Roderich zu informieren. »Ich habe die Beute«, zische ich ihm eilig zu, und zur Verdeutlichung drücke ich die *Kelly-Bag* an mich.

Er stutzt einen winzigen Augenblick, dann begreift er, grinst und zwinkert mir zu.

Die Botschaft des Filialleiters ist offensichtlich bei der Polizei angekommen, denn kurz darauf stürmen ein Mann in Zivil und ein Uniformierter in die Bank.

Die Waffen ausgestreckt, sondieren sie mit düsteren Blicken das Terrain. »Tote? Verletzte?«, fragen sie ohne erkennbare Emotionen.

»Der Räuber ist längst weg«, wiederholt Herr Bongard.

Die Polizisten stecken ihre Pistolen weg und steuern gleichzeitig auf den Filialleiter zu.

»Mayer«, stellt sich der ältere Beamte in Zivil vor und deutet mir einer Kopfbewegung auf seinen uniformierten Nebenmann. »Mein Kollege, Yilmaz. Warum haben Sie Alarm ausgelöst?«, wendet er sich wieder an Bongard.

Welchen Teil von »Der Räuber ist längst weg« hat er nicht verstanden? Der Dorfgendarm scheint »geistig unbewaffnet« zu sein.

»Wir wurden überfallen und ausgeraubt«, erklärt Herr Bongard nun betont langsam.

Mayer schluckt sichtlich. Sein erster Banküberfall? Doch dann hat er sich wieder unter Kontrolle und guckt streng in die Runde. »Keiner verlässt den Raum. Wir werden Sie alle nacheinander als Zeugen befragen. Fassen Sie nichts an. Das ist ein Tatort. Yilmaz, das Absperrband.«

Yilmaz, der einige Jahre jünger ist als Mayer, nickt missmutig und geht wieder nach draußen. Nachdem sein Kollege abgezogen ist, lässt sich der Zivilbeamte vom Filialleiter den Überfall genau schildern.

Ein älteres Paar will die Bank betreten. Yilmaz, der eben mit dem Absperrband zurückkommt, hält sie auf. In diesem Moment wird mir bewusst, dass ich noch längst nicht außer Gefahr bin. Ich muss etwas unternehmen, um Ewers Beute sicher nach Hause zu bringen. Ein triftiger Grund, warum die Polizei ausgerechnet die *Kelly-Bag* untersuchen sollte, fällt mir zwar nicht ein, aber besser kein Risiko eingehen.

Während der Uniformierte das rot-weiße Absperrband doppelt vor der Tür anbringt, unterhält sich Mayer mit dem jungen Pärchen.

»Pst!«, zische ich Roderich nervös zu. »Wir müssen hier raus. Schnell!«

Er wedelt kichernd mit den beiden Haarteilen, als wären es Putzfeudel. »Keine Panik, ich regle das«, flüstert er.

Nachdem das Pärchen vernommen und entlassen wurde, sind Roderich und ich dran. Zuerst notiert Mayer meinen Namen, die Adresse plus Telefonnummer und fragt dann: »Der Täter hat Sie also angegriffen?«

Ich bin etwas beleidigt, weil er noch nie von mir gehört hat. Deshalb nicke ich nur stumm, schnaufe heftig und fasse mir in die Herzgegend, als stünde ich unter Schock und fände keine Worte.

»Die Hölle sind immer die anderen!«, meldet sich Roderich mit dem letzten Satz aus Sartres »Geschlossene Gesellschaft« zu Wort. Ich unterdrücke ein Lachen, denn ich ahne, was er vorhat. Er gibt den demenzkranken Schauspieler, der glaubt, auf der Bühne zu stehen. Dieses lustige Spielchen treibt er zu gerne, wenn er gelangweilt ist oder einen unliebsamen Gesprächspartner irritieren möchte. Auf Premierenfeiern hat er dafür schon oft frenetischen Applaus geerntet.

Mayer guckt entsprechend konfus, sagt aber nichts. Roderich weiß genau, was er tun muss. Ich bin gespannt, wie die Nummer endet.

»Sie!« Roderich tippt dem Beamten an die Schulter. »Sind Sie Tierpfleger?«

Mayer stutzt. »Wie bitte?«

»Mein Schampus ...«, entgegnet Roderich und streichelt die Perücke »ist totgegangen.«

»Ist Ihnen nicht gut?«, fragt Mayer, und als Roderich nur breit grinst, wendet er sich an mich. »Was fehlt dem Mann? Wurde er vom Täter misshandelt?«

»Nein, nur vom Leben, wenn Sie so wollen«, antworte ich und erkläre, Roderich sei ein berühmter Theaterregisseur, der mit dem Ruhestand nicht zurechtkäme. Es wäre unendlich traurig, mit anzusehen, wie er von Tag zu Tag vergesslicher würde, nur noch in der Vergangenheit lebe oder Theaterstücken deklamiere.

»Deklamieren?«, wiederholt Mayer angewidert, als wäre es eine ansteckende Krankheit. »Und wer ist dieser Schampus?«

»Seine kleine Chihuahua-Hündin. Als sie vor kurzem verstarb, verschlechterte sich sein Zustand noch einmal rapide. Seitdem leidet er auch noch unter Wahnvorstellungen. Es ist wirklich sehr, sehr traurig.«

Angewidert und gleichermaßen entsetzt deutet Mayer auf Ewers blonden Haarfilz. »Ist das etwa der tote Hund!?«

Ich kann kaum an mich halten. »Nein, nein, der Hund sitzt ausgestopft auf seinem Sofa. Abends nimmt er ihn mit ins Bett. Früher sind wir immer gemeinsam mit dem kleinen Hund spazieren gegangen. Das ist die Perücke, die der Täter verloren hat.«

»Waaas!?«, bellt Mayer erbost und läuft krebsrot an. »Warum sagen Sie das jetzt erst?« Wütend entreißt er Roderich das Haarteil. »Setzen Sie sich!«, fordert er uns auf. »Yilmaz, Asservatenbeutel!«, schreit er seinem Kollegen zu, der gerade am Telefon hängt.

Yilmaz zieht eine Plastiktüte aus der Tasche seiner Uniform und reicht sie Mayer.

Roderich wird bleich. »Scheiße, wir sind geliefert!«, grummelt er nach Mayers Abgang.

»Wieso?«

»Er glaubt mir nicht, ich war nicht überzeugend genug«, flüstert er.

»Du warst besser als je zuvor«, versichere ich.

Er schüttelt den Kopf. »Besser ist nicht genug. Also, neuer Versuch.« Er steht auf, holt Luft, ruft »Tschüüühüüüss, Herr Tierpfleger« durch den Raum wie ein Dreijähriger und wedelt dazu mit seinem Toupet. »Ich muss nach Hause, Schampus füttern. Wiederwiedersehen.«

Mayer wirft Yilmaz die eingetütete Perücke zu und ist mit wenigen Schritten bei uns. »Sie bleiben hier, wir sind noch nicht fertig«, sagt er in scharfem Ton, der keine Zweifel aufkommen lässt.

Ich nicke. »Selbstverständlich, Herr Kommissar, aber ...«

»Kein Aber«, unterbricht er mich.

»Bitte entschuldigen Sie, Herr Kommissar«, hebe ich erneut an. »Wenn sich Herr von Haidlbach etwas in den Kopf gesetzt hat, kann es nicht mehr lange dauern, und er wird unruhig.«

Mitleidslos zuckt er die Schultern. »Da muss er durch.«

Wie auf Kommando beginnt Roderich, leise »Heut' geh ich ins Maxim« zu summen.

»Hören Sie das?«, frage ich Mayer.

»Er summt. Na und?«

»In wenigen Sekunden schlägt das Summen in ein derart unangenehmes Geräusch um, dass man glaubt, er würde gefoltert«, erkläre ich. »Dann kann ich für nichts mehr garantieren. Bitte, verstehen Sie mich nicht falsch, Herr Kommissar, aber am Ende flattert Ihnen noch eine Anzeige wegen Zeugenmisshandlung ins Haus.«

Mayer mustert Roderich, als habe der sich in eine tickende Zeitbombe verwandelt. »Na gut, Ihre Adresse ist notiert, meinetwegen können Sie gehen. Aber halten Sie sich zu unserer Verfügung. Verstanden?«

»Ergebensten Dank, Herr Hauptkommissar«, bedanke ich mich blumig. Dann fällt mir ein, dass wir mit Tatjanas Wagen hier sind, den ich nicht fahren kann, weil ich ja keinen Führerschein besitze. Roddy fällt aus. Ein Taxi könnte natürlich einer unserer Mitbewohner bezahlen, oder ich nehme Geld von der Beute. Aber wir benötigen jeden Cent für die Villa. Da hilft nur: Volles Risiko!

»Leider … besteht da ein … winziges Problem«, beginne ich zögernd.

»Was denn noch?« Der Polizist läuft rot an.

»Der Täter hat mein Portemonnaie verlangt. Darin befand sich leider auch meine EC-Karte …« Diese Behauptung ist noch waghalsiger als Ewers Überfall mit der Spielzeugpistole. Aber nur die Mutigen überleben. Und ein Polizist, der fragt, warum eine Bank Alarm ausgelöst hat, wird meine List nicht so schnell durchschauen.

Tatsächlich glotzt er mich verblüfft an und kratzt sich nachdenklich am Hinterkopf. »Hmm.« Ob er nach einer Dienstvorschrift für dergleichen Vorkommnisse sucht?

Herr Bongard hat das Gespräch offensichtlich mitbekommen, denn er fragt nach meiner Kontonummer, damit könne er eine Auszahlung tätigen. Während Roderichs Summen inzwischen an chinesische Geräusch-Folter erinnert, bin ich erleichtert, dass der Filialleiter Roderichs Gehabe ignoriert. Er kennt ihn zwar als überspannten Künstler, aber eigentlich müsste er bemerkt habe, dass dieses irrsinnige Benehmen nicht normal ist. »Zahlen kann ich mir ganz schlecht merken«, seufze ich und füge noch hinzu: »Das Alter ist wirklich grausam.«

»Okay! Yilmaz fährt Sie.«

»Oh wirklich, Herr Kommissar? Tausend Dank.« Ich täusche ungläubige Freude vor. »Roderich ...« Ich schubse ihn an. »Die Beamten sind so freundlich und fahren uns nach Hause.«

Er blinzelt mir fast unmerklich zu. Einen Moment lang habe ich den Eindruck, als wolle er auch noch »Tatütata« ausrufen. Doch dann küsst er nur sein Toupet, als wär's der ausgestopfte Schampus, und ich atme erleichtert auf.

# 4

Zu Hause angekommen, trommeln wir sofort alle Mitbewohner zusammen und bitten sie ins Souterrain. Dort unten befindet sich der Fitnessraum, dessen Fenster schwarz gestrichen wurden, damit niemand dabei beobachtet werden kann, wenn er die Hanteln nur ansieht, statt sie zu stemmen. Wer weiß, ob Yilmaz nicht noch ums Haus schleicht und schnüffelt. Igor hat den Raum in den Neunzigerjahren eingerichtet, um dort mit Wastl zu trainieren. Wir benutzen ihn alle – mehr oder weniger. Rollstuhl-Rudi wird von Wastl runtergetragen, damit er unter Aidas Anleitung seine Übungen machen kann. Roderich schwitzt täglich an den Geräten und trägt zur Motivation ein T-Shirt mit dem Slogan: *Fit bis in die Urne.* Dass er tatsächlich fit ist, hat er vorhin im Kampf gegen den um einiges jüngeren Ewer bewiesen.

Nachdem die gesamte Mannschaft eingetrudelt ist, nehmen wir auf den einzelnen Stühlen oder an den Geräten Platz. Erika, ehemalige Drehbuchautorin und völlig sportverrückt, nachdem sie vor kurzem das Rauchen aufgegeben hat, begibt sich sofort aufs Laufband, ihrem momentanen Lieblingsgerät. Herlinde strickt an einem ewig langen Schal. Margot mümmelt an einem Knäckebrot.

»Das Mittagessen wird kalt«, meckert sie. »Ob wir die Hypothek bekommen, kannst du doch auch bei Tisch erzählen. Andernfalls verkrafte ich Hiobsbotschaften ohnehin leichter mit vollem Magen.«

»Ich habe das Essen warm gestellt«, meldet sich Tatjana leicht verschnupft. »Aber ich hoffe, dass das nicht zur Gewohnheit wird. Sonst kündige ich, und ihr könnt euch mit Essen auf Rädern verlustieren.«

»In Sachen Hypothek waren wir leider nicht erfolgreich«, platzt Roderich heraus.

Margot schnauft enttäuscht. »Das habe ich befürchtet. Ich erinnere mich, dass ich mal in der Zeitung gelesen habe, Menschen über sechzig bekämen nur noch in Ausnahmefällen größere Kredite. Die Rückzahlung wäre nicht gesichert.«

»Mit unserem Alter hat es nichts zu tun, sondern die Bank wurde überfallen!«, sage ich mit ruhiger Stimme.

Entsetztes Schweigen tritt ein. Es dauert einige Sekunden, bis die Mitteilung angekommen ist, dann reden alle durcheinander.

»Oh mein Gott, wie grauenvoll.«

»Ein echter Räuber mit Waffe?«

»Brauchst du ein Valium?«

»Verdammt«, flucht Rudi zwischendrin. »Endlich passiert mal was, und ich bin nicht dabei. Scheiß Rollstuhl.« Er reißt sich den Helm vom Kopf und schleudert ihn wütend in eine Ecke.

Penny nickt Rudi begeistert zu. »In Zukunft begleite ich euch, mit Eisenwaren, versteht sich. Überhaupt ... wie wär's denn ...«

»Vergiss es!«, unterbreche ich sie. »Das war nämlich kein Spaß, vor allem, wo es schiefgegangen ist.«

»Wie, kein Cash in der Landeierbank?« Penny klopft sich vergnügt auf die Prothese.

»Wie man's nimmt«, sagt Roderich. Mit sichtlichem Spaß und reichlichen Übertreibungen gibt er unser fragwürdiges Abenteuer zum Besten. Erst ganz zum Schluss lässt er die Bombe platzen und verrät, wer der Täter ist.

»Das glaube ich nicht.« Penny fällt vor Schreck der kalte Zigarillo aus dem Mund. Sie wirkt so fassungslos, als ginge es um einen unserer Mitbewohner. »Ich glaube das einfach nicht, der Mann ist kein Verbrecher. Niemals!«

Margot verdreht die Augen. »Verbrecher oder nicht, mein Blutzuckerspiegel ist gleich auf null«, mosert sie. »Ich muss dringend was essen.«

»Gemach, gemach«, sagt Rudi. »Erst noch die Beute zählen. Oder wollt ihr sie vielleicht zurückgeben?«

Roderich zuckt die Schultern. »Mimi?«

»Nein!«

»Bist du sicher? Du könntest behaupten, den Irrtum erst zu Hause bemerkt zu haben.«

»Nein, wir behalten das Geld«, antworte ich entschlossen. »Die Bank ist garantiert versichert. Außerdem robbe ich nicht auf Knien rum und ruiniere mir die Seidenstrümpfe für nichts. Davon abgesehen, dieser Polizist würde mir vielleicht einen Strick draus drehen. Meine Absätze sind zwar höher als sein IQ, aber ich schätze, er ist so ein Übereifriger, und diese Spezies kann gefährlich werden.«

»Höchstens für echte Verbrecher. Du gehst als Gelegenheitsdiebin durch«, kommentiert Rudi vergnügt.

Einstimmiger Beifall füllt den Kellerraum. Aufmerksam beäugt von sämtlichen Bewohnern öffne ich dann den Verschluss der Tasche und – fische lediglich ein Bündel gemischter Euro-Noten heraus. Trotz Umkippen der *Kelly-Bag* bleibt es dabei. Die Zählung ergibt 15 355 Euro.

»Lächerlich«, findet Penny. »Ewer hätte mich und meine Pistolen mitnehmen sollen. Dann wäre das Ergebnis anders ausgefallen, das gebe ich euch schriftlich.«

Rudi lacht. »Das war Bankraub für Anfänger, würde ich sagen. Einem Profi wäre das nicht passiert, so viel ist sicher.«

»Ich schätze mal, dass Ewer auch kein Profi ist«, murmle ich. »Er wirkte reichlich überfordert.«

»Der Mann ist nicht mal ein Gelegenheitsräuber«, braust Penny auf.

»Männer sind Grobmotoriker, da geht schon mal was kaputt oder daneben«, meldet sich Erika, die in zerrissenen Jeans und löchrigem Shirt auf dem Laufband joggt, dass ihre grauen Zöpfe fliegen.

Penny stampft mit der Prothese auf. Sie scheint Erikas Meinung nicht akzeptieren zu wollen. »Er war bestimmt nur verzweifelt. Vielleicht ist seine Frau inzwischen verstorben, und durch den Schmerz kam es zu einer Kurzschlusshandlung.«

»Wie auch immer«, beende ich den Zwist und frage Tatjana, welche Rechnung am dringendsten bezahlt werden muss.

»Da die Treppenlift-Rechnung mit dem Geld aus den Verkäufen beglichen wurde, wäre nun der Lebensmittellieferant dran. Sonst findet ihr ab nächste Woche nur noch schnödes Konservengemüse auf euren Tellern. Der Kaffee- und Teevorrat reicht noch etwa einen Monat. Aber danach ...«

»Gut, bezahlen wir die Lebensmittel«, unterbreche ich sie, bevor ihre Prophezeiungen noch bei Wassersuppe enden und die Panik vor einer Hungersnot ausbricht. »Igor hat auch immer großen Wert darauf gelegt, dass Kühlschrank und Vorratskammer gefüllt sind.«

»Mimi«, meldet sich Wastl. »Im Dach tut's reinregnen ...«

Erika bestätigt die Horrormeldung. Sie bewohnt dort oben ein ausgebautes Zimmer. »Eimer muss ich noch keinen aufstellen, aber die Decke ist bereits großflächig durchnässt. Ich bin zwar kein Dachdecker, aber Feuchtigkeit ist Gift für die Bausubstanz.«

Tatjana berichtet außerdem, dass die Spülmaschine nicht mehr richtig abpumpt. Hanne meldet, dass der Trockner im

Waschraum nicht mehr funktioniert. Immer weiter wird die Mängelliste ergänzt. Ein tropfender Wasserhahn ist bei den Aufzählungen noch das kleinste Übel.

»Tu ich Tropfhahn reparieren, Frau Mimi«, verspricht Wastl.

»Eigentlich ist die Villa komplett baufällig«, bemerkt Margot trocken, nachdem alle ihre Beschwerden vorgebracht haben. »Zu den Fünfhunderttausend Anzahlung für den gierigen Erben benötigen wir locker noch einmal Hunderttausend, um alle Reparaturen zu finanzieren.«

»Also doch Banküberfall«, grinst Pistolen-Penny mit leuchtenden Augen. »Damit wären wir sämtliche Sorgen und Probleme im Handumdrehen los.«

»Möglich«, sagt Margot. »Oder wir landen alle im ... «

Ein Martinshorn unterbricht sie jäh, und wir zucken zusammen. Mir wird heiß. Was will die Polizei bloß von uns? Habe ich vielleicht meine Saffianlederhandschuhe im Wagen vergessen? Nein, ich erinnere mich genau, sie vorhin in der Garderobe abgelegt zu haben. Oder hat der Filialleiter den Taschentausch bemerkt und gepetzt, trotz seiner Schwärmerei für mich? Möglich wär's. Wer kann schon sagen, wie jemand in Panik reagiert. Wenn ich mir vorstelle, dass Mayer mich gleich in Handschellen abführen könnte, wird mir speiübel.

Margot schlägt vor, das Diebesgut besser zurückzugeben. »Du behauptest einfach, die Taschen versehentlich vertauscht und den Irrtum erst zu Hause bemerkt zu haben. Wie Roderich vorgeschlagen hat. Das Gegenteil kann dir niemand beweisen. Schließlich bist du ohnmächtig geworden. Jedenfalls offiziell. Und jeder Richter wird dir glauben, dass du in solch einer Ausnahmesituation einfach nach der Tasche gegriffen hast, die vor deiner Nase lag. Sie ähneln sich schließlich wie Zwillinge. Denn falls Ewer geschnappt wird ... «

»Könnte Mimi auch als Komplizin angeklagt werden«, fällt Erika ihr ins Wort. Als erfolgreiche Stückeschreiberin verfügt sie natürlich über eine rege Phantasie. Ihre skurrilen Figuren wurden von den Feuilletonisten stets hochgelobt. »Wer weiß, welche verrückte Finte sich ein Verteidiger einfallen lässt. Unter diesem Aspekt wäre es vielleicht klüger, die Beute doch zu behalten und gut zu verstecken.«

Auch Penny und die anderen Mitbewohner sind dagegen, das Geld rauszurücken. Tatjana erinnert an die Lebensmittelrechnung. Die Aussicht, vor leeren Tellern zu sitzen, lässt alle Skrupel schwinden. Wastl bietet seine Matratze als Versteck an, Tatjana das Eisfach, und Rudi möchte sich auf das Geld setzen.

»Einem Behinderten schauen die Bullen nicht so schnell unter den Hintern«, glaubt er.

»Wir verstecken die Scheinchen in meiner Badeprothese, da sind sie noch sicherer«, bestimmt Penny. »Die ist nämlich hohl. Wenn ich sie umschnalle und eine Hose drüber trage, merkt kein Mensch den Unterschied zu meiner normalen Prothese. Und kein Bulle der Welt wird dieses Versteck finden. Außerdem erfüllt sie auf diese Weise wenigstens mal einen guten Zweck, wo ich sie sonst schon nie benutze.«

Das Läuten der Türglocke treibt mir den Schweiß auf die Stirn. »Wir müssen sie reinlassen, sonst machen wir uns verdächtig.«

Penny schnappt sich die Beute mit diebischem Grinsen. »Wie gut, dass mein Zimmer im Erdgeschoss liegt«, lacht sie und stakst los, ehe ich es mir anders überlege.

Wastl ballt die Linke zur Faust und demonstriert seinen berühmten linken Haken. »Ich tu die Bullen wegschicken!«

»Danke Wastl, aber heute empfangen wir die Polizei mal freundlich«, sage ich und bitte ihn, zu öffnen.

Wir anderen begeben uns ins Erkerzimmer, wo wir an normalen Tagen um diese Zeit beim Mittagessen sitzen.

Ein großes Anwesen hat viele Vor-, aber auch manche Nachteile. Die langen Wege erweisen sich heute aber als Vorteil. Bis Wastl zur Tür geschlurft ist, sitzen wir bereits auf unseren angestammten Plätzen vor dem gedeckten Tisch. Roderich steht noch mal auf und entschuldigt sich, er habe etwas vergessen. Als es an der Tür klopft, öffnet Tatjana gerade die Klappe des Speiseaufzugs. Die ganze Szene ist herrlich unauffällig, und ich entspanne mich etwas. Nach meinem »Herein« taucht Wastls liebes Narbengesicht im Türrahmen auf.

»Frau Mimi, da tun ... «, sagt er und wird unsanft zur Seite geschoben.

Mayer betritt wortlos den Raum, gefolgt von Yilmaz, der zumindest noch freundlich »Mahlzeit« wünscht.

Meine Nerven beginnen sofort wieder zu flattern, als stünde ich zum ersten Mal auf einer Bühne. Ich würde alles dafür geben, wenn es tatsächlich so wäre. Aber Wünsche helfen mir nicht weiter, also denke ich an Igor, und mit äußerster Konzentration gelingt mir ein dünnes Lächeln. Dann erhebe ich mich und begrüße die Gesetzeshüter mit einer albernen Floskel. »Herr Kommissar, wie nett, Sie so bald wiederzusehen.«

Er geht nicht drauf ein. »Frau Varelli, ich hätte da noch eine Frage.« Er lässt seinen Blick über die Senioren wandern. »Können wir uns irgendwo ungestört unterhalten?«

Ungestört? Ach du Schande, das klingt aber eher nach einem Verhör als nach einer harmlosen Frage. Ich höre schon die Handschellen an meinen Armen klicken. »Oh ... Sie möchten mich allein sprechen?«

»Genau!«

»Ja, natürlich ... mal überlegen ... « Ich versuche Zeit zu

schinden, bis mir eine Ausrede einfällt, die mich retten könnte. Wo Roderich nur bleibt? Der wüsste, was zu tun ist. Vielleicht sollte ich eine Arie schmettern? »Spiel ich die Unschuld vom Lande« aus »Die Fledermaus« würde passen. Nein, lieber nicht. Wie ich Mayer einschätze, verhaftet er mich dann augenblicklich wegen Beamtenbeleidigung. »Ist der Salon bereits vorzeigetauglich?«, wende mich an Tatjana, die gerade Suppe verteilt, als wäre Mayer ein ganz normaler Besucher.

»Ja, ich denke, die Mädchen sind längst fertig mit dem Saubermachen.«

»Wir sind die Polizei, nicht das Amt für Seniorenhygiene«, mosert Mayer ungeduldig.

Oh, er hat ja doch Humor, stelle ich erfreut fest. Egal, die Arie würde ihn trotzdem überfordern, da verwette ich die Villa. Selbst wenn sie mir noch nicht gehört.

Im Salon sind die Spuren der turbulenten Trauerfeier natürlich längst beseitigt, und bis auf das ruinierte Parkett sieht der Raum sehr manierlich aus.

»Bitte, meine Herrn, nehmen Sie doch Platz«, fordere ich sie nonchalant auf. Als sie ablehnen, frage ich scheinheilig: »Vielleicht ein Tässchen Tee?«

Yilmaz nickt begeistert. »Sehr gerne, Pfefferminze, wenn möglich.«

Mayer rammt ihm den Ellbogen mit einer Wucht in die Seite, dass der Arme Mühe hat, nicht zu wanken. »Vergiss es«, raunzt er ihm zu und wendet sich an mich: »Nach dem neuesten Stand der Ermittlungen ist eine erneute Befragung zu den Vorkommnissen in der Bank erforderlich!«

Ich wusste es. Bongard hat mich beobachtet. »Darf ich mich setzten?«

Er zuckt die Schultern.

Ich nehme auf einem der Sessel Platz, schlage die Beine übereinander und blicke zu Mayer auf. »Wie kann ich Ihnen helfen?«

»Nach Aussage eines Bankangestellten sind Sie in Besitz der Beute!«

Ich schlucke. Das Blut rauscht in meinen Ohren wie ein tosender Wasserfall. Und ich bereue, mich hingesetzt zu haben. Im Stehen hätte ich eine prächtige Ohnmacht vortäuschen können. Dann versuche ich es mal mit der Schwerhörigen-Nummer: »Haben Sie gerade gesagt, ich hätte die Beute? Wie soll ich das denn angestellt haben?«

»Es wurde beobachtet, dass Sie und der Täter die gleichen Taschen trugen. Weiter wurde beobachtet, wie Sie die Taschen vertauscht haben.«

»Wann soll ich das denn getan haben? Und wie kommt der Filialleiter auf diese absurde Idee? Oder wird die Filiale videoüberwacht?«

»Nur unmittelbar der Schalterbereich. Aber der Angestellte Adelholzer hat Sie von seinem Büro aus beobachtet und ausgesagt, Sie wären dem Täter vor die Füße gefallen«, erklärt Yilmaz, wofür ihm sein Kollege den nächsten Seitenrempler verpasst. »Aua.«

*Merde alors.* Ich bin geliefert.

»Was haben Sie dazu zu sagen?«, fragt Mayer dann auch prompt.

»Lächerlich!«, schnaufe ich empört. »Einfach lächerlich. Der Täter hat mich angegriffen und mir die Pistole ... « Schwer atmend lege ich mir die Hand über die Augen, als quäle mich die Erinnerung. »Es war das grauenvollste Erlebnis meines ... «

Die Tür geht auf und Roderich erscheint. Noch nie habe ich mich so über sein Kommen gefreut! Die Beamten werfen sich fragende Blicke zu. Was mich nicht sonderlich verwundert, denn Roderich trägt einen total zerknitterten rosa-weiß-gestreiften Schlafanzug, grüne Cowboystiefel, sein Toupet sitzt auf Halbmast und unterm Arm klemmt der ausgestopfte Schampus.

»Oh, du hast Besuch!«, flötet er. »Schnäpschen die Herren? Für ein winziges Schnäpschen ist es nie zu früh. Wenn Sie mitmachen, würde ich auch einen zwitschern.«

Mayer starrt konsterniert auf Roderich. Der hat sich neben mich auf einen Sessel fallen lassen und streichelt glücklich grinsend seinen toten Hund. Schließlich besinnt sich der Kommissar auf den Grund seines Besuchs. »Also, Frau Varelli, ich warte!«

Auch wenn er noch nicht mit den Handschellen rasselt, er verdächtigt mich. Und das gefällt mir gar nicht. Ich schicke ein Stoßgebet gen Zimmerdecke und flehe Igor im Jenseits um Hilfe an. »Wie ich bereits in der Bank ausgesagt habe, wurde mir schwindelig und ich sackte zusammen«, beginne ich mit meiner Verteidigung. »Sobald ich mich gefangen hatte, bin ich so schnell wie möglich aus der Gefahrenzone gerobbt.«

»Und die vertauschten Taschen?«

Wie kann einer nur so penetrant sein? »Ich habe keine Tasche vertauscht. Die, die ich an mich genommen habe, gehört mir!«, antworte ich mit fester Stimme. Irgendwie stimmt das ja auch. Ewer hat nur 100 Euro dafür bezahlt, die sehe ich als Leihgebühr an. Oder als Anzahlung. Wenn ich es recht überlege – zusammen mit den erbeuteten 15355 Euro ist das immer noch ein Schnäppchen für eine echte Kelly-Bag, die bei Hermès das Doppelte gekostet hat. »Ich habe es nicht nötig, mich an fremdem Eigentum zu bereichern. Wie Sie vielleicht sehen, lebe ich in geordneten Verhältnissen.«

Abschätzend lässt Mayer seinen Blick durch den Raum wandern. »Hmm«, brummt er. »Nette Bleibe. Kostet sicher reichlich Unterhalt, so eine Villa am See. Wer bezahlt die Chose?«

»Diese Frage hat ja wohl nichts mit dem Banküberfall zu tun«, erwidere ich pampig. »Sind wir dann fertig?«

»Nein«, sagt er und dreht sich zu Roderich. »Können Sie bestätigen, dass bewusste Tasche Frau Varelli gehört?«

Roddy schreckt bühnenreif zusammen, antwortet aber nicht.

»Herr ... ähm ...«, spricht Mayer ihn erneut an.

»Von Haidlbach«, helfe ich ihm auf die Sprünge.

Mayer macht zwei Schritte auf Roderich zu. »Wie war das in der Bank, heute Vormittag, Herr Haidlbach?«, bellt er, und ich kann deutlich raushören, dass für ihn keine Blaublüter existieren.

Roderich guckt mich mit erstaunten Augen an. »Mimi, ich will nicht auf die Bank, dort ist es immer so langweilig.«

Ich schüttle den Kopf. »Nein, Roddy, du musst nicht auf die Bank. Heute Vormittag waren wir schon dort, erinnerst du dich?«, frage ich und gebe das morgendliche Geschehen in Kurzform wieder.

»Pah, Bankraub!« Roderich wirft sich in die Brust wie für eine Rede. »Das ist was für Dilettanten. Wahre Profis gründen eine Bank! Sagte schon Berthold Brecht. Kennen Sie den?« Er mustert Mayer herausfordernd. »Großer Dramatiker.«

Mayers Gesichtsfarbe wechselt von blass zu rot, und er ist ganz offensichtlich kurz davor, zu platzen. »Zum Kuckuck! Mir reicht es langsam. Zuerst möchte ich die Tasche sehen, und dann werden Sie alle beide aufs Revier mitkommen«, schreit er so laut, dass selbst ich zusammenzucke. Ein Fehler.

Roderich weicht in seinem Sessel zurück, als fürchte er, angegriffen zu werden. »Hilfe! Mimi! Hilfe! Der will mir Schampus wegnehmen!«

Mit gespieltem Entsetzen presse ich eine Hand auf den Mund, nur so kann ich den Lachanfall unterdrücken.

»Sind Sie jetzt komplett verrückt?«, schnauzt Mayer unbeeindruckt. »Niemand interessiert sich für Ihren räudigen Köter.«

»Schrei doch nicht so, du machst ihm Angst«, meldet sich Yilmaz mutig.

Von wegen, Roderich fürchtet sich. Ich bin diejenige, der ihr Angst einjagt. »Ich habe Ihnen doch bereits heute Morgen von seinen Wahnvorstellungen berichtet, Herr Kommissar. Und wenn er sich bedroht fühlt ... «

»Was geht denn hier vor?«

Danny, Margots Sohn und Retter in letzter Sekunde erscheint überraschend im Salon. Wer auch immer so plötzlich erkrankt ist, ich freue mich riesig über sein Erscheinen. Der Blumenstrauß in seiner Hand könnte aber auch für Margot sein. Einen Gedanken später schlägt die Freude in blanke Panik um. Danny hat ja keine Ahnung, dass Roderich den verwirrten alten Künstler spielt. Aber wie kann ich ihm das verständlich machen?

Die Beamten drehen sich zu ihm. »Und Sie sind?« Mayer ist sichtlich genervt von der Störung seiner Befragung.

»Dr. Daniel Thurau, der Hausarzt.« Er lächelt freundlich.

Dannys Antwort bringt Mayer noch mehr aus dem Konzept. Er macht den Mund auf, als wolle er etwas erwidern, sagt aber nur: »Der Hausarzt, aha.«

»Gibt es Schwierigkeiten?« Danny legt den Strauß auf einen Sessel und schält sich aus dem Trenchcoat, unter dem er einen feinen Anzug trägt. »Kann ich helfen?«

»Nein, nein, lassen Sie sich nicht aufhalten. Hier gibt es keine ... ähm ... Kranken ... bis auf ... « Mayer deutet mit einer leichten Kopfbewegung auf Roderich, der vollkommen in seiner Rolle aufgeht und hingebungsvoll mit Schampus schmust.

»Ich besuche meine Mutter, die heute Geburtstag hat und ebenfalls hier lebt«, erklärt Danny. »Aber ...«

»Stimmt, meine Cousine feiert heute Geburtstag«, bestätige ich mit schlechtem Gewissen. Über den ganzen Wirbel habe ich das tatsächlich vergessen. Ich blinzle Danny möglichst unauffällig zu. »Der Herr Kommissar spricht von Roderichs Demenz«, ergreife ich die günstige Gelegenheit und hoffe inständig, dass Danny versteht und mitspielt. »Er hatte wieder diese seltsamen Wahnvorstellungen, dass ihm jemand Schampus wegnehmen möchte.«

Bei der Erwähnung seines Hundes zuckt Roderich zusammen und presst den toten Kerl an sich. »Ich hab LCD!«

Zu gerne würde ich Beifall klatschen für seine geniale Improvisation. »Vor längerer Zeit hattest du doch diese Krankheit erkannt und uns auch den Namen genannt. Blöderweise hab ich ihn schon wieder vergessen. Das war aber auch sehr kompliziert«, rede ich weiter auf Danny ein und fixiere ihn gespannt.

Auch die Uniformierten scheinen neugierig auf eine Erklärung zu warten.

»Verstehe«, sagt Danny bedächtig, als gelte es, einem Todkranken die schreckliche Gewissheit möglichst schonend beizubringen. Die sogenannte Frontotemporale Demenz oder auch Pick-Krankheit.«

»Pick-Krankheit?«, wiederholt Mayer dümmlich. »Nie gehört.«

»Wie gesagt, eine seltene Form der Demenz«, bestätigt Danny. »Die Persönlichkeit der Betroffenen verändert sich bisweilen sehr heftig, sie sind leicht reizbar und benehmen sich seltsam. Manche leiden unter Wahnvorstellungen, wie

Herr von Haidlbach. Nicht weiter gefährlich, jedoch tragisch für das soziale Umfeld.«

Mir wird ganz warm ums Herz. Margot kann wirklich stolz auf ihren Sohn sein. Dass er ein guter Arzt ist, wissen wir alle schon lange. Aber von null auf gleich eine neue faszinierende Krankheit aus dem Ärmel zu zaubern – alle Achtung. Ich sende ihm ein dankbares Lächeln. »Ich hoffe, damit sind alle Unklarheiten beseitigt«, sage ich zu Mayer.

»Noch nicht«, entgegnet er mürrisch. »Da Sie meine Frage offensichtlich nicht beantworten wollen, werden wir die Befragung auf dem Revier fortsetzen.«

»Moment!«, stoppt Danny den übereifrigen Gesetzeshüter. »Worum geht es eigentlich?«

»Die wollen Schampus einsperren!«, wimmert Roderich.

»Roderich und ich waren heute Morgen auf der Bank und sind in einen Überfall geraten«, erkläre ich.

Danny blickt mich besorgt an. »Den Überfall auf der Bank in Starnberg? Davon habe ich auf der Fahrt im Radio gehört. Zur Ergreifung des Täters wurde eine Belohnung von fünftausend Euro ausgesetzt. Ist euch etwas passiert, irgendwelche Verletzungen?«

»Nein, nein, alles in Ordnung«, antworte ich und erkläre, was geschehen ist.

»Deshalb möchten Sie meine Tante und Herrn von Haidlbach mitnehmen?«, wendet sich Danny aufgebracht an den Kommissar. »Finden Sie das nicht reichlich übertrieben? Es sollte doch genügen, wenn Ihnen Frau Varelli die Tasche zeigt.«

»Haha.« Mayer lacht abfällig. »Die erbeuteten Geldscheine wurden doch längst irgendwo versteckt.«

»Sie glauben wirklich an Frau Varellis Schuld?« Danny ist fassungslos.

Yilmaz zuckt beinahe unmerklich die Schultern. »Genug geplaudert!«, schnauzt sein Chef mich jetzt an. »Auf geht's.«

Jetzt reicht es mir. Ich bin nicht in Stimmung, mich aufs Revier kutschieren zu lassen wie eine Mörderin! Es ist Zeit, die überspannte Diva zu spielen. »Herr Kommissar, gestatten Sie mir eine Bemerkung?«

»Was?«

»Wenn Sie mich wegen solch einer Lappalie abführen, wird Walther, unser Pressefotograf, mich beim Einsteigen in Ihren Wagen ablichten, das Foto an meinen Manager senden, und der wird umgehend die Presse informieren. Wie sich Negativmeldungen auf die öffentliche Meinung auswirken oder direkt auf Sie …« Den Rest überlasse ich seiner Phantasie. Dass sich Walther schon längst in Rente befindet und seine Kontaktpersonen bei der Presse ebenfalls, muss ich Mayer ja nicht auf die Nase binden.

»Pressefotograf«, wiederholt er unwillig. Die Botschaft scheint angekommen zu sein. »Na gut, wie Sie wollen, dann stehe ich morgen mit einem Durchsuchungsbeschluss vor der Tür. Dann werden wir die Beute schon finden, das garantiere ich Ihnen.«

»Ach so, Sie möchten das Haus durchsuchen? Warum sagen Sie das nicht gleich.«

»Richtig.« Er schenkt mir ein süffisantes Grinsen.

Nun überlege ich einen Moment. »Wenn meine Mitbewohnen einverstanden sind, dürfen Sie auch sofort rumschnüffeln. Aber Sie werden das Geld nicht finden, weil ich es nicht habe. Der Bankangestellte hat sich getäuscht.«

# 5

Niemand hat etwas gegen eine polizeiliche Durchsuchung einzuwenden. Im Gegenteil, die Ankündigung löst helle Begeisterung aus. Am meisten freut sich Rudi, der von Wastl mitsamt Rollstuhl in die erste Etage getragen wird, wo das Spektakel in meinem Zimmer beginnt. Rudi vollführt ein paar Extradrehungen. Eindeutig, um die Beamten bei ihrer Arbeit zu behindern.

»Endlich Action«, strahlt er. »Hier ist es ja sonst so todlangweilig wie auf dem Friedhof. Sie müssen wissen, Herr Kommissar, ich war mal Stuntman.« Er klopft auf den Fahrradhelm. »Ich war sozusagen sekündlich der Gefahr ausgeliefert, bin von Dächern gesprungen, habe Babys aus brennenden Häusern gerettet und auch Kommissare in diversen *Tatort*-Verfilmungen gedoubelt.«

Nach Rudis Prahlerei blickt Mayer befremdet auf den roten Helm, als glaube er ihm kein Wort und fürchte, doch in einem Irrenhaus gelandet zu sein. Wundert mich aber nicht, nach Roderichs Szene.

»Bitte, entschuldigen Sie, dass ich sitzen bleibe«, plappert Rudi fröhlich weiter. Er genießt die Situation, unverkennbar. »Aber falls Sie meinen Rollstuhl auch unter die Lupe nehmen möchten, in Kürze bin ich mit Aida im Massageraum beschäftigt, dabei benötige ich ihn nicht.«

Yilmaz grinst. Mayer schnauft genervt. »Mit wem Sie sich wo amüsieren, interessiert uns nicht die Bohne.«

Rudi klopft sich lachend auf die Schenkel. »Der war gut. Bei Bohne muss ich an blaue Bohnen und meine Stunts in diversen Krimis denken. Angeschossen vom Dach fallen gehörte zu meinen Lieblingsaufträgen. Die meisten Schauspieler haben ja ziemliche Angst vor solchen Szenen. Zum Glück!«

Mayers Stirnrunzeln und den abschätzenden Blick auf den Mann im Rollstuhl zeigen deutlich, dass er Rudi für einen Aufschneider hält.

»Aida ist unsere Physiotherapeutin«, kläre ich Rudis Zweideutigkeiten eilig auf. Obwohl mich sein Ablenkungsmanöver rührt. Aber Mayer ist imstande, zum Irrenhaus auch noch einen Oldie-Puff zu vermuten und uns die Sitte auf den Hals zu hetzen. Rudi werfe ich einen mahnenden Blick zu, die Nummer nicht zu übertreiben.

Er zwinkert mir zu, verabschiedet sich mit »*See you later alligator*« und rollt davon.

»Bitte, scheuen Sie sich nicht, etwas anzufassen«, erteile ich den Polizisten die ausdrückliche Erlaubnis, sich gründlich umzusehen. »Ich vertraue Ihnen, dass Sie nichts beschädigen. Wie Sie sicher erkannt haben, handelt es sich bei den Möbeln um wertvolle Antiquitäten.« Ich deute auf den Rosenstrauß von Harro, der in einer undurchsichtigen Vase steckt. »Soll ich die aus dem Wasser nehmen?«

Mayers Augen verengen sich, als sei er stinkwütend. »Wohin führt diese Tür?«

»Zu meiner Kleiderkammer. Sehen Sie sich gerne um.«

Er reißt sie auf und betritt eine Welt, die er sich vermutlich nicht einmal im Albtraum vorstellen kann. Einige Minuten später taucht er mit leicht gestörtem Blick wieder auf. »Nichts«, informiert er seinen Kollegen. »Dafür Federn und Gedöns wie beim Kostümverleih. Wozu braucht jemand so viel unnützes Zeug?« Er schüttelt den Kopf.

»Heut geh ich ins Maxim, dort bin ich sehr intim, ich duze

alle Damen, ruf' sie beim Kosenamen«, schmettert Roderich plötzlich los.

Bisher hat er wie die anderen Mitbewohner vom Flur aus nur schweigend zugesehen oder mit Schampus getuschelt. Und ehe ich seinen neuerlichen »Anfall« mit einem Kommentar abmildern kann, erscheint Penelope. Über ihren Schultern liegt eine ihrer selbst erlegten Pelzstolen, zu der sie eine lodengrüne Stickjacke und eine schwarze Hose trägt.

»Mein ist Zimmer vorzeigebereit«, verkündet sie lautstark und krault dabei den Pelz.

Mayer gibt Yilmaz ein Zeichen, die Sucherei in meinem Zimmer sofort abzubrechen. »Wo?«, fragt er knapp. Vielleicht denkt er, Pennys Ankündigung könne ein geheimes Zeichen sein für: Das Geld ist gut versteckt.

Gefolgt von den Polizisten und einigen Freunden schreite ich ins Erdgeschoss voran, wo Penny wohnt. Sie hinkt absichtlich, was Mayer nicht zu bemerken scheint. Möglicherweise besitzt er aber genug Anstand, um es nicht zu kommentieren. Erst die Pistole an der Wand über ihrem Bett entlockt ihm ein verblüfftes »Was ist das denn?«

Penny grinst. »Kennen Sie nicht? Sollten Sie aber. Damit kann man schießen. Auf Verbrecher zum Beispiel.«

Yilmaz prustete laut los.

»Was gibt's da zu lachen?«, schnauzt Mayer ihn an.

»Nicht böse sein, Herr Kommissar«, versucht Penny ihren Scherz zu verharmlosen. »Aber das sage ich jedes Mal, wenn sich jemand über meine Waffe wundert. Was eigentlich jeder tut. Sie befinden sich da in allerbester Gesellschaft.« Begeistert erzählt sie ihm von ihrer Karriere als Sportschützin und wie oft sie die Krone der Schützenkönigin errungen hat. »Sollte in Ihrem Verein mal der personelle Notstand eintreten, Anruf genügt. Pistolen-Penny hilft zuverlässig. Jeder Schuss ein Treffer.«

Sie krault erneut den Pelz auf ihrer Schulter. »Oder falls es mal ein schickes Fuchskrägelchen für die Frau Gemahlin sein darf.«

Mayer hört gar nicht zu, sondern untersucht mit verbissener Miene sorgfältig jedes Stück. Reichlich albern, bei einer verkorkten Weißweinflasche. Am Ende reißt er das sorgfältig gemachte Bett komplett auseinander. Zwischen Matratzenschoner und Lattenrost findet er einen braunen Umschlag in Heftgröße. Mir stockt der Atem. Wieso hat sie das Geld nicht in ihrer Prothese versteckt, wie versprochen?

Mayer freut sich diebisch. »Na bitte!« Triumphierend hält er das Kuvert hoch. Öffnen darf es sein Hilfssheriff.

Schweißgebadet vor Angst versuche ich Pennys Blick zu erhaschen, doch sie steht direkt neben Yilmaz und beobachtet ihn listig, wie eine Katze, die den Kanarienvogel gefressen hat.

Mit großen Augen holt Yilmaz Banknoten aus dem Umschlag. »Fünftausend, in D-Mark-Scheinen«, verkündet er enttäuscht. »Die stammen wohl kaum aus dem Überfall.«

Penny entreißt ihm die Scheine und drückt sie an den Busen. »Wahnsinn, die habe ich seit der Währungsumstellung überall gesucht. Haben Sie eine Ahnung, ob ich die noch umtauschen kann? Ist doch ein ganz nettes Sümmchen, reicht sogar für einen längeren Urlaub.«

Mayer geht nicht auf ihre Frage ein, sondern verlässt wutschnaubend den Raum und begibt sich direkt ins Nachbarzimmer. »Wer wohnt da?«, fragt er mich, als ich mit den anderen folge.

»Rollstuhl-Rudi ... ähm, ich meine, Herr Sander, unser Ex-Stuntman im Rollstuhl.«

Mayer legt seine Hand auf die Klinke.

Mir fällt ein, dass Rudi nicht da ist. »Dürfte ich Sie bitten, erst die anderen Räume zu inspizieren, Herr Sander befindet sich noch im Behandlungsraum bei seiner Therapie ... und ich weiß nicht, ob er ... «

»Ich dachte, das wäre im Vorfeld hinlänglich geklärt worden«, unterbricht er mich unfreundlich und betritt ohne weitere Erklärung das Zimmer.

Bei Rudi ist es beinahe steril sauber und ordentlich. Nicht einmal eine herumliegende Zeitung ist zu sehen. Mayer blickt unschlüssig um sich. Schließlich inspiziert er die Kleiderkammer, danach durchwühlt er die Schubladen im Nachtkästchen. Ohne Ergebnis zieht er wieder ab.

In Begleitung der Seniorenmannschaft marschiert er zurück in die erste Etage, wo der Spaß bei Roderich weitergeht. Wie alle anderen Zimmer verfügt auch seines über ein eigenes Bad, eine Kleiderkammer und einen separaten Telefonanschluss. Roderich hat sein Reich mit Bühnenantiquitäten möbliert, die er im Laufe seiner Karriere von verschiedenen Theatern abstauben konnte. Auf den ersten Blick wirkt das Interieur aus rötlichem Mahagonifurnier gediegen wie das Herrenzimmer eines Landhauses. Rote Samtkissen auf einer zusammengewürfelten Sitzgruppe, die mit verschiedenfarbigem Samt bezogen ist. Passende Brokatvorhänge verbreiten gediegene Behaglichkeit. Sogar der ausgestopfte Schampus auf der hellbraunen Chaiselongue sieht beinahe lebendig aus. Nur bei vollem Sonnenlichteinfall entpuppt sich manches als »Illusion of Life«, wie Roderich das Sammelsurium bezeichnet. Unser LCD-Kranker klemmt sich Schampus unter den Arm und verfolgt die Aktion von der Chaiselongue aus.

Mayer findet ein goldenes Sparschwein, in dem ein paar Münzen klimpern. Seiner enttäuschten Miene nach hat sein Frustrationslevel nun den Höchststand erreicht, und mir scheint, er würde zu gerne noch den ausgestopften Hund auseinandernehmen.

Penny dagegen amüsiert sich königlich. Wie sie mir vorhin zugeflüstert hat, hat sie die 5000 D-Mark in ihrer nie genutzten Badeprothese gefunden und das Kuvert erst vor ein paar Minuten unter die Matratze geschoben.

Dass auch die restlichen Zimmer ebenso pingelig durchsucht werden und sogar Yilmaz äußerst gründlich vorgeht, muss ich nicht erwähnen. Aber außer ein paar mehr oder weniger gefüllten Geldbörsen finden sie nichts. Nachdem sie als letztes Zimmer Erikas Dachstube durchwühlt haben, biete ich an, das restliche Haus zu durchsuchen. Küche, Keller, Kaviarlager.

Mit einem mürrischen »Nein, danke« lehnt er ab und mustert den feuchten Fleck an Erikas Decke. »Außer Schimmel und Staubmäuse werden wir wohl nicht viel entdecken. Das Haus scheint auch schon bessere Tage gesehen zu haben. Wie das gesamte Inventar.«

Ich übergehe seine flegelhafte Bemerkung. »Und wie ist das weitere Vorgehen?«, frage ich höflich.

»Das war's. Fürs Erste«, antwortet er sauertöpfisch. »Abmarsch!«, kommandiert er Yilmaz.

Höflich begleite ich die Herren zu Tür. »Auf Wiedersehen«, verabschiede ich sie erleichtert.

»*Gülle gülle*«, grüßt Yilmaz vergnügt grinsend.

Mayer marschiert die fünf Steinstufen hinunter und hebt die Hand wie zur Drohung, ohne sich noch einmal umzudrehen. »Wir sehen uns bestimmt wieder. Darauf können Sie Ihre Federnsammlung verwetten!«

Als ich ihm nachschaue, wird mir klar, dass er mich auf dem Kieker hat. Der marode Zustand der Villa macht uns in seinen Augen automatisch zu Hauptverdächtigen. Verdenken kann ich es ihm nicht. Es schreit ja förmlich nach kostspieligen Renovierungsarbeiten. Womit er auf der richtigen Spur ist. Also, was tun?

Ich überlege, was Igor tun würde. Beute behalten oder reumütig zurückgeben? Ich habe das Gefühl, als flüstere er mir aus dem Jenseits zu: »Behalten!« Seufzend wische ich mir eine Träne aus dem Augenwinkel. Mein geliebter russischer Kuschelbär stand zu seinen Taten. Auch zu den Schandtaten. Außerdem sind die unerwarteten Einnahmen bereits verplant.

Wegen der dreistündigen Suchaktion findet das Mittagessen heute sehr spät statt und geht nahtlos in Margots Geburtstagsfeier über. Wir sitzen gemütlich beisammen, singen »Hoch soll sie leben, an der Decke kleben ...« und plaudern bei Sahneschnitten und Kaffee über die Hausdurchsuchung und wie interessant es war, einmal selbst dabei gewesen zu sein. Allerdings auch nicht spannender als im Fernsehen, finden die abgebrühten Krimiseher. Penny freut sich immer noch diebisch über das wiedergefundene Geld. Nur Hanne ist sauer, weil Yilmaz den Jahresvorrat von dreizehn Kosmetiktücher-Boxen aufgerissen hat, und die Tücher jetzt nicht mehr zu gebrauchen seien.

Roderich lobt uns überschwänglich, als hätten wir eine gelungene Premierenvorstellung gespielt. »Kinder, ihr wart fantastisch, wundervoll. Keiner hat sich verplappert, und die Bullen mussten erfolglos abziehen. Einfach wunder-tastisch! Und was machen wir jetzt mit den Mäusen?«

»Die Lebensmittelrechnung ist immer noch offen«, erinnert Tatjana.

»Langweilig«, findet er und wedelt mit den Händen, als wolle er eine lästige Fliege vertreiben.

»Essen ist lebenswichtig, nicht langweilig.« Margot schleckt genüsslich einen Rest Sahne von der Kuchengabel. »Und weil heute mein Jubeltag ist, gönne ich mir noch ein Stückchen.«

Danny, der sich normalerweise um ihre Cholesterinwerte

sorgt, überhört die Schlemmerankündigung seiner Mutter. Er tuschelt mit Aida. Das junge Paar ist natürlich längst informiert. Aida hat von Rudi während seiner Therapiestunde sämtliche Einzelheiten erfahren und Danny wurde von seiner Mutter aufgeklärt.

»Logisch müssen wir essen«, entgegnet Roderich. »Aber uns fehlt auch immer noch eine halbe Million.«

Ich seufze. Allein beim Gedanken an diese riesige Summe wird mir schwarz vor Augen. Aber ich will es schaffen!

»Vielleicht besuchen wir ein Casino. Was haltet ihr davon?« Spielerisch wirft er seinen weißen Seidenschal über die Schultern und guckt fragend in die Runde. »Wir sind ohnehin schon länger nicht mehr schick ausgegangen. Das wäre eine Gelegenheit, sich mal wieder so richtig aufzupudeln.«

Zustimmendes Gemurmel. Erstaunlicherweise gefällt auch Margot die Idee. So als kleines Extra-Geburtstagsgeschenk.

Mir hingegen gefällt die Vorstellung überhaupt nicht. Nicht einmal nur zuzugucken. Sobald ich Spielcasino höre, läuten alle meine Alarmglocken. Roddy scheint vergessen zu haben, dass er während eines Gastspiels in Baden-Baden im dortigen Casino eine Monatsgage verspielt hat.

»Ich bin nicht in Stimmung.«

»Und warum nicht?«, fragt Roderich verwundert.

»Das wäre pietätlos, so kurz nach Igors Tod«, behaupte ich mit traurigem Blick.

Er lacht. »Blödsinn, Mimi. Was ist der wahre Grund?«

»Ich bin auch für Casino. Und wäre Igor noch am Leben, würde er selber zocken«, behauptet Rudi.

»Würde Igor noch leben, wären wir gar nicht in dieser Lage«, erinnere ich meine Freunde. Meine Augen füllen sich mit Tränen. Hektisch zupfe ich ein Taschentuch aus dem Ärmel, das ich jetzt immer parat habe, und putze mir die Nase.

»Davon abgesehen könnte mich jemand erkennen«, rede ich mich dann raus. »Paparazzi lauern heutzutage doch überall. Nein, ich werde kein Spielcasino betreten. Ich bin in Trauer, da amüsiert man sich nicht beim Roulett.«

Wastl räuspert sich lautstark. »Ich tu da einen privaten Club kennen. Ganz geheim. Ohne Parazzas.«

»Also illegal?«, frage ich sicherheitshalber. Wer weiß, in welche Lasterhöhle uns der Ex-Champion lotsen möchte. Solche Etablissements sind ja noch gefährlicher als normale Casinos. Was man so hört, wird dort vorwiegend falschgespielt, oder man gerät in eine Kontrolle. Mein Bedarf an Polizeikontakt ist nämlich gedeckt. Für den Rest meines Lebens.

Wastl schüttelt den mächtigen Kopf. »Geheim!«, betont er noch einmal entrüstet.

Roderich, der neben ihm sitzt, klopft ihm auf die Schulter. »Schon gut, Kumpel. Und wo befindet sich dieser geheime Privatschuppen?«

»Nix Schuppen«, murrt Wastl leicht beleidigt. »Das ist ein toller Bungalow in München. Alles tut elegant ausschauen. Muss man Schlips anhaben. Igor war auch dort, bevor Frau Mimi ihn auf grade Bahn führen tut. Ich muss aber erst anrufen tun.«

Rudi pfeift anerkennend. »Mit Anmeldung. Nobel, nobel. Also, ich würde mir das gerne mal ansehen. Was wird denn dort so gespielt, Wastl?«

»Black Jack und so …«

»Auch Roulette?«, fragt Margot. »Ich würde einen Fünfziger springen lassen.«

»Toll, da mach ich mit! Wie hoch sind denn die Mindesteinsätze?«, ruft Erika begeistert.

Hanne, obwohl sonst eher zurückhaltend, lässt sich von ihrer Euphorie anstecken. Sie hat ihr Trinkgeld-Schwein ja bereits unter Polizeiaufsicht geschlachtet und ist nun bereit, das Geld für unseren Casino-Ausflug zu verwenden. »Es waren über zweitausend Euro drin, die würde ich beisteuern. Eigentlich wollte ich mir die Tränensäcke entfernen lassen, aber wegen der akuten Notlage behalte ich sie eben.«

Rudi hat Hanne kopfschüttelnd zugehört. »Ich kann keine Tränensäcke erkennen. Nicht mal kleine Beutelchen.«

»Das ist lieb von dir, Rudi.« Verlegen stippt sie ein paar Kuchenbrösel von der Tischdecke. »Aber das liegt nur an der günstigen Beleuchtung im Erkerzimmer.«

Tatjana schüttelt verständnislos den Kopf. »Bei allem Respekt, Frau Mimi, wir treiben sozusagen auf dem offenen Meer, und Sie wollen die Ruder verspielen?«

»Nein, wir wollen den Betrag vervielfachen«, beteuert Roderich eilig, als wäre der Erfolg uns sicher.

»Da tut jeder immer gewinnen«, behauptet nun auch Wastl mit leuchtenden Augen. »Wir tun uns Zeichen verabreden, dann tut alles gut werden.«

»Es gewinnt immer die Spielbank«, entgegnet unsere Küchenfee müde und verabschiedet sich. »Es wird Zeit, das Geburtstags-Abendessen zuzubereiten.«

Hanne und Erika erheben sich, um Tatjana zu unterstützen.

»Tatjana hat recht«, sage ich. »Nicht mal in Operetten klappt es mit dem Glück im Spiel. Erinnere dich an die Rolle der Marie-Jeanne, die ich in *Die Dubarry* gespielt habe. Da verliert das arme Ding auch alles. Es wäre Wahnsinn.«

»Es nicht zu versuchen, wäre Wahnsinn. Und vielleicht darf ich dich daran erinnern, dass die halbe Million in knapp zwei Wochen fällig wird«, entgegnet Roderich. »In zwei Wochen! Meines Wissens kann man nirgends schneller reich werden als beim Glücksspiel. Außer natürlich bei einem Banküberfall. Ist aber auch nicht so einfach, wie wir miterlebt haben.«

Da muss ich ihm leider zustimmen. Trotzdem sträubt sich alles in mir gegen einen Casinobesuch. Nach der Erfahrung aus Baden-Baden weiß ich, dass die Gefahr, unser mühsam erworbenes Kapital zu verlieren, weitaus größer ist, als es zu vervielfachen. Es muss einen anderen Weg geben, die Katastrophe abzuwenden.

»Na los, Mimi, überwinde dich«, drängelt Roderich.

»Gebt mir eine halbe Stunde zum Nachdenken«, sage ich. »Vielleicht fällt mir eine weniger riskante Lösung ein.«

In meinem Schlafzimmer herrscht immer noch Chaos, was mich jetzt richtig wütend macht. Während ich mich aus meinen Kleidern schäle und in eines meiner geliebten Negligés steige, wird mir klar, wem ich das alles im Grunde zu verdanken habe: Sergej Komarow! Dem geheimnisvollen Bruder. Den Igor nie erwähnt hat. Vom dem nicht mal eine Fotografie existiert. Der es für unnötig gehalten hat, an der Beerdigung teilzunehmen. Was ist das für ein ungehobelter Zeitgenosse, der nicht zur Beisetzung seines einzigen Bruders erscheint? Seine angebliche Geschäftsreise kommt mir immer suspekter vor. Je länger ich darüber nachdenke, desto unglaubwürdiger erscheint mir die ganze Geschichte. Oder lügt der Anwalt? Ich weiß, dass er und Igor seit vielen Jahren eng befreundet waren, dennoch könnte er versuchen, sich die Villa unter den Nagel zu reißen. Unser Anwesen ist trotz des desolaten Zustandes mindestens drei Millionen wert. Es gibt Menschen, die werden für weitaus weniger zu Betrügern, sogar zu Mördern.

Der Gedanke lässt mich nicht mehr los. Ich muss herausfinden, ob dieser Bruder überhaupt existiert. Wenn ja: Wo wohnt er und hält er sich gerade tatsächlich im Ausland auf? Sollte er im Lande sein, werde ich ihn aufsuchen, ihn mit all meinem Charme einwickeln wie eine Spinne ihr Opfer und um eine

Fristverlängerung bitten. Wäre doch gelacht, wenn ich ihn nicht erweichen könnte. Falls sein Herz aber doch aus Eis ist und er nicht einverstanden ist, können wir das Schicksal immer noch in einem illegalen Spielcasino herausfordern.

Wild entschlossen greife ich zum Telefon und wähle die Nummer des Anwalts. Das Gespräch dauert nur wenige Minuten. Kopfschüttelnd lege ich auf: Das ist doch wirklich seltsam! Ohne mir etwas überzuziehen, laufe ich durch den zugigen Flur Richtung Igors Büro und suche dort die alte Blechschachtel, in der er Erinnerungen aus seiner Kindheit aufbewahrt hat. Nur der Trubel mit der Polizei ist schuld, dass ich daran nicht schon viel früher gedacht habe. Aber möglicherweise finde ich darin irgendetwas über Sergejs Existenz.

Zwischen zwei kleinen Blechautos, einem winzigen Flugzeug und wenigen Schwarz-Weiß-Fotos entdecke ich zwei Bilder, die zusammenkleben. Vorsichtig löse ich sie auseinander – und starre ungläubig auf die Abbildung. Doch egal, wie lange ich sie fixiere, es ändert sich nichts. Ich muss Roderich das Bild zeigen.

Als ich nach dem Anklopfen eintrete, lümmelt er auf dem Sofa, im Rücken einen Berg Kissen, in der Hand eine Biografie über Oscar Wilde. Erstaunt legt er das Buch zur Seite und mustert mich mit hochgezogenen Brauen von oben bis unten. »Teuerste, auch für ein geheimes Spielcasino bist du komplett falsch angezogen.«

Ich ignoriere die Anspielung auf mein Negligé und reiche ihm das Foto, ohne darauf einzugehen, dass er selbst im Pyjama rumsitzt. »Schau dir das mal an. Und bezüglich der Casino-Frage habe ich mich noch nicht endgültig entschieden.«

Er betrachtet das Foto kurz, dreht es um und schaut es dann erneut an. »Eine verschneite Bretterbude und davor zwei Kinder«, stellt er treffend fest. »Wobei nur ein kleiner Junge zu erkennen ist und das andere Kind verkratzt wurde. Sieht fast so aus, als habe es irgendjemand absichtlich zerstören wollen. Und, was soll ich damit?«

Ich setze mich auf die Zweisitzer-Couch neben Schampus und kraule ihn ein wenig hinter den Ohren. Könnte Kommissar Mayer mich nur so sehen! »Irgendwie kommt mir der verschwundene Bruder suspekt vor, ich dachte, dass er vielleicht gar nicht existiert. Also habe ich nach Beweisen gesucht«, erkläre ich. »Wenn ich mich nicht sehr irre, müsste das auf dem Bild Igor sein, als ungefähr Sechsjähriger. Zu dumm, dass von dem anderen Kind nur noch die Hosenbeine zu erkennen sind.«

»Du glaubst, die gehören zu seinem Bruder?«

»Wäre doch möglich, oder?«

»Es könnte auch ein Nachbarsjunge oder Schulfreund sein. Wie auch immer, ich verstehe nicht, worauf du hinauswillst«, nörgelt Roderich.

»Würde man einen Freund so zerkratzen?«, frage ich und berichte vom Telefonat mit Dr. Kaltenbach. »Er hat behauptet, Sergej wäre geschäftlich in Südamerika unterwegs und er könne ihn nur per E-Mail erreichen.«

»Was ist daran ungewöhnlich?«

»Er hat seltsam gestottert, als wäre ihm ›Südamerika‹ ganz spontan eingefallen.«

»Du sprichst immer noch in Rätseln, teuerste Freundin.« Er fährt mit den Händen durch die Luft, wie früher, wenn ich die Töne nicht exakt getroffen habe.

»Ich werde das Gefühl nicht los, dass der Anwalt lügt oder mir irgendwas verheimlicht«, antworte ich. »Sergejs aktuelle Adresse wollte er mir nämlich auch nicht ohne dessen Erlaubnis verraten.«

»Er nimmt es eben sehr genau mit der anwaltlichen Schweigepflicht. Finde ich persönlich sehr lobenswert.«

»Na hör mal, Roddy, ich bin doch nicht irgendjemand. Immerhin wäre Sergej beinahe mein Schwager geworden, da ist es doch nur legitim, wenn ich ihn kennenlernen möchte. Außerdem werde ich ihm früher oder später doch persönlich begegnen, falls ich ihm die Villa übergeben muss. Dass ich ihn wegen einer Fristverlängerung kontaktieren will, habe ich natürlich für mich behalten. Doch wenn mir dieser Paragrafenreiter die Adresse des Erben nicht verrät, steht der in knapp zwei Wochen vor der Tür und verlangt den Schlüssel zu unserem Zuhause.«

»Nicht, wenn wir die halbe Million bis dahin haben«, sagt Roderich und begibt sich zu dem breiten Bett, auf dem drei Anzüge liegen plus Seidenschals in unterschiedlichen Farben sowie zwei Toupets. Eitel wie er ist, besitzt er mehrere »Frisuren«. »Den hellgrauen oder den dunklen Anzug?«

»Und was ist, wenn überhaupt kein Bruder existiert und der Anwalt ein Betrüger ist, der es auf die Villa abgesehen hat?« Ich springe auf und beginne im Zimmer herumzuwandern.

»Du machst mich nervös«, stoppt mich Roderich nach einigen Minuten. »Es ist niemandem geholfen, wenn du hier rumrennst wie eine Schauspielschülerin, die ihren Text vergessen hat.«

»Ach, und was schlägst du vor?«

Er setzt eines der Haarteile auf und betrachtet sich in dem holzgerahmten Standspiegel. »Ich werde den Herrn Advokaten anrufen und der Sache auf den Grund gehen.«

»Was soll das denn bringen?«

Er dreht sich zu mir. »Ein Gespräch von Mann zu Mann hat schon manches Geheimnis ans Tageslicht gebracht.«

»Geheimnis?«, wiederhole ich perplex. »Dann glaubst du also auch, dass er unehrlich ist?«

»In wenigen Minuten wissen wir mehr«, verspricht Roderich vollmundig und bittet mich, die Telefonnummer zu holen.

Als ich zurück bin, befestigt er gerade sein Toupet, als könne der Jurist ihn durch das nostalgische Wählscheibentelefon sehen.

Staunend höre ich dann, was Roderich unter einem Gespräch »von Mann zu Mann« versteht: Er lügt! Eiskalt, ohne den kleinsten Wackler in der Stimme, behauptet er, in seiner Eigenschaft als mein Rechtsberater anzurufen. Ob »Kollege« Kaltenbach darauf reinfällt? Leider muss ich meine Neugier zügeln, das antike Bakelit-Telefon verfügt über keine Mithörfunktion. Nach der einleitenden Floskel erklärt mein verwegener Freund, dass »seine Mandantin«, also ich, dem Erben ein hochinteressantes Angebot unterbreiten möchte. Persönlich! Weshalb er im Namen »seiner Mandantin« um schnellstmögliche Kontaktaufnahme bitte. Diese Forderung beantwortet der echte Anwalt wohl positiv, denn Roderich verabschiedet sich mit »Sehr freundlich, Herr Kollege.«

Nachdem er aufgelegt hat, frage ich verwirrt: »Welches Angebot?«

»Keines«, grinst er. »Trick siebzehn, damit er Sergej sofort Bescheid gibt.«

»Die Adresse wollte er aber nicht rausrücken?«

»Im Grunde ist es unwichtig, wo der Kerl wohnt. Mein Plan wird funktionieren und dein Beinahe-Schwager sich schon sehr bald melden«, verspricht Roderich.

»Na, dann warten wir eben«, seufze ich erschöpft und erhebe mich, um mir eine Runde Schönheitsschlaf zu gönnen.

»Wir warten nicht, sondern besuchen das Casino. Wastl telefoniert gerade mit dem Laden.« Er strahlt mich an. »Du kannst dem mysteriösen Bruder die halbe Million rechtzeitig unter die Nase halten, und alle Sorgen sind vergessen. Also hilfst du mir jetzt bei der Auswahl meiner Garderobe?«

»Ich muss mich erholen«, wechsle ich das Thema. »So ein Bankraub ist doch anstrengender, als ich dachte.« In Wahrheit möchte ich Igors Grab besuchen. Seit der Beerdigung war ich nicht mehr dort. Es war einfach keine Zeit. Die Aufregung um die neue Situation, der Anwaltstermin und die Verkäufe unserer Wertsachen, das alles hat mich geschafft.

# 6

In den letzten Tagen hat mich Roddy bei jeder Gelegenheit daran erinnert, dass Igor jede Möglichkeit genutzt hätte, um die Seniorenvilla zu retten. Am Grab habe ich dann lange nachgedacht und gespürt, dass er unseren Plan billigte. Igor hatte keine Angst vor Gefahren oder beängstigenden Situationen. Er hat darüber gelacht. Als ich mich daran erinnert habe, war ich bereit, das große Casino-Abenteuer zu riskieren.

Eine Woche später ist es dann schließlich so weit. Wir wurden nämlich auf eine Warteliste gesetzt. Unfassbar. Sogar für halbseidene Vergnügungen muss man sich anstellen.

Ich trage das letzte Designerkleid, das vom großen Ausverkauf noch übrig ist; ein klassisches kleines Schwarzes von Chanel. Schwarz sieht zu meinen blassrosa Haaren einfach hinreißend aus. Eine Doppellage künstlicher Wimpern machen den Look perfekt. Als einzigen Schmuck wähle ich den Verlobungsring. Roderich hatte recht, es macht Spaß, sich mal wieder richtig aufzurüschen. Vielleicht tut es auch gut, mal einen Abend lang nicht zu grübeln und auf andere Gedanken zu kommen.

Margot wollte uns für die Fahrt ein Großraum-Taxi aufschwatzen. Um zu sparen. Aber Roderich hat vehement protestiert. Wir wären doch kein Altersheim auf Kaffeefahrt. Außerdem könnten wir uns locker zwei Droschken leisten, wo wir um Mitternacht in Geld baden würden. Spätestens. Rudi und Erika stimmen ihm zu. Hanne hat vorsorglich ihr komplettes Kamm- und Scherenset ins Abendtäschchen gepackt. Sie verlässt das Haus nie ohne »Emergency-Ausrüstung«, mit der sie sich jederzeit per Haarschnitt auslösen könnte. Es habe ihr schon oft den Hals gerettet. Schlimmstenfalls, meinte Penny, ließe sich die Schere auch als Waffe einsetzen. Wastl musste sich eine Krawatte von Roderich ausborgen und sorgte sich bis zur letzten Sekunde darum, ob ihn rosa mit roten Tupfen nicht zu schwul aussehen ließen. Sieben tapfere Senioren – angeblich eine Glückszahl – begeben sich also bewaffnet mit einer Schere auf die Jagd nach dem großen Glück.

Roddy verkündet ohne Unterlass, das nichts schiefgehen wird. Wastl hat wie versprochen in den letzten Tagen mit Roderich und Rudi gepokert und dabei Geheimzeichen verabredet. Die »Damenmannschaft« wird versuchen, das Millionen-Problem am Roulettetisch zu lösen. Auch wenn es mir immer noch ziemlich blauäugig erscheint, unsere gesamte Barschaft am Spieltisch zu riskieren. Die Überfallbeute zu verzocken, ist eine Sache. Aber die Spargroschen meiner Mitbewohner dürfen wir nicht verlieren. Ich war zu Tränen gerührt, als jeder darauf bestand, seine finanziellen Reserven beizusteuern. Mit dem Ersparten meiner Freunde und dem Erlös aus den Verkäufen verfügen wir über 50 000 Euro. »Wenn es nicht klappt, haben wir es wenigstens versucht«, war die einstimmige Meinung. Aber es MUSS klappen. Uns bleibt ja kaum noch eine Woche, um die Katastrophe abzuwenden.

Mit der untergehenden Frühlingssonne erreichen wir das Casino. Es befindet sich in der obersten Etage eines traumhaft schönen fünfstöckigen Altbauensembles in der Königinstraße am Englischen Garten. Und das bereitet mir etwas Sorge. Nicht wegen der Etage, das Haus verfügt über einen Aufzug, groß wie ein Lastenaufzug, in dem wir sechs plus Rudi in seinem Rollstuhl bequem Platz haben. Nein, es ist die Gegend, die zu den teuersten in ganz München zählt. Wer sich hier auch nur eine winzig kleine Wohnung leiten kann, geschweige denn eine mit Ausblick über die Stadt, gehört nicht zu den Geringverdienern. Kaum anzunehmen, dass hier jemand Minus erwirtschaftet. In was für einer Branche auch immer. Allein die doppelt breite Eingangstür aus glänzendem schwarzem Holz mit polierten Messingbeschlägen vermittelt den Eindruck von beinahe unanständigem Wohlstand.

Sekunden nach dem Läuten öffnet ein livrierter Mann. Eine überaus attraktive Erscheinung, irgendwo zwischen 30 und 40, groß gewachsen, blondes Haar, breite Schultern. Der Beau würde auch in Harros Schloss eine gute Figur abgeben.

»Guten Abend, die Herrschaften«, begrüßt er uns mit leichtem Lächeln um den gut geschnittenen Mund. Nicht abweisend, aber auch nicht zu freundlich. »Wen darf ich melden?« Er tritt zur Seite.

»Tust du Freunde von Igor melden«, grummelt Wastl mit gestreckten Schultern.

Der Livrierte nickt, bittet um einen Moment Geduld, er würde unser Eintreffen ankünden.

Roderich starrt ihm mit Stielaugen nach. »Leider hetero«, seufzt er.

Ich kenne meinen alten Weggefährten gut genug, um zu ahnen, dass er den jungen Mann im Geiste schon mal aus der Livree schält.

Rudi dreht sich mit dem Rollstuhl um die eigene Achse. »Mein lieber Schieber«, sagt er bewundernd, meint aber bestimmt nicht den Doorman.

Ja, in diesem feudalen Entree könnte man einen kleinen Operettenabend inszenieren. An dunkelrot lackierten Wänden prangt eine Ansammlung goldgerahmter Spiegel, die den Raum optisch noch mehr vergrößern. Dazwischen funkeln zweiarmige Kristalllüster, die ein mildes, faltenfreundliches

Licht verbreiten. Neidisch betrachte ich das beeindruckende Schachbrett-Parkett aus zwei verschiedenen Hölzern, das mit den Spiegeln um die Wette glänzt. Der Anblick erinnert mich an unseren ramponierten Fußboden im großen Wohnraum. Allein deshalb *müssen* wir dieses Etablissement mit vollen Taschen verlassen.

Noch während wir uns ehrfürchtig umsehen, öffnet sich eine der beiden Türen, die vom Empfangsraum abgehen. Ein hübsches, sehr junges Mädchen im hautengen schwarzen Kleid tritt heraus. Auf goldenen High Heels eilt sie auf uns zu und bittet, die Garderobe abnehmen zu dürfen.

Rudi, der wie die anderen Herren nur Anzug trägt, legt seinen Helm ab und zwinkert ihr bei der Übergabe vergnügt zu. »Von Ihnen lasse ich mich auch komplett ausziehen, schönste aller Frauen.«

Stumm lächelnd nimmt sie die Mäntel entgegen. Als sie wieder hinter ihrer Tür verschwunden ist, erscheint – wie auf Kommando – der Doorman. Ihm folgt ein kleiner, dunkelhaariger Mann mit eckiger Hornbrille, der einen Smoking trägt. Der übergewichtige Mittfünfziger mit dem freundlichen runden Gesicht erinnert mich an Danny de Vito. Jemand, der so sympathisch wirkt, ist sicher kein Betrüger. Langsam entspanne ich mich.

Der kleine Dicke steuert jetzt mit ausgestreckten Händen auf Wastl zu. »Da schau her, der Liebknecht Sebastian. Wann steigt der nächste Kampf, großer Champion?« Als Wastl nur verlegen grinst, wendet sich der Dicke zu mir: »Die schöne Mimi Varelli. Herzlich Willkommen. Ich bin Luis Bonaparte, direkter Nachfahre des großen Korsen und Chef dieses bescheidenen Etablissements.«

*Mon Dieu*! Nachfahre von Bonaparte, wie bescheiden! »Sehr angenehm«, hauche ich.

Lächelnd sucht er meinen Blick. »Darf ich Ihnen sagen, wie sehr ich Sie seit Jahren bewundere? Hocherfreut, Sie endlich persönlich kennenzulernen. Igor hat mir so oft von Ihnen vorgeschwärmt, Sie aber leider immer vor mir geheim gehalten ... Sein letzter Besuch ist allerdings schon eine Weile her ... zu schade, dass er den Kaviarhandel aufgegeben hat ... Keiner hat so exzellente Qualität geliefert wie er ... Wie geht es meinem russischen Freund?«

Niemand antwortet, und auch ich war nicht auf diese Frage gefasst. »Er ist ... vor kurzem«, stammle ich schließlich und muss schlucken »tödlich verunglückt.«

Der Clubchef erbleicht sichtlich geschockt. Dann ergreift er meine Hand und spricht mir sein Beileid aus. »Sie sehen mich fassungslos, verehrte Frau Varelli. Ich hatte ja keine Ahnung, sonst wäre ich selbstverständlich zur Beisetzung erschienen«, beteuert er und beugt sich kurz über meine Hand wie zum Kuss. Nachdem er meine Hand losgelassen hat, begrüßt er den Rest der Truppe. »So, und jetzt trinken wir ein Glas auf Igor. Bitte, folgen Sie mir.« Er läuft los, stoppt aber noch einmal und dreht sich zu Rudi um. »Benötigen Sie Hilfe?«

»Nein, nein, vielen Dank«, lehnt Rudi ab und weist mit einer Kopfbewegung auf uns. »Befinde mich stets in Begleitung meines persönlichen Pflegepersonals.« Er lacht feixend über seinen Scherz.

»Dann bin ich beruhigt«, entgegnet Bonaparte und führt uns quer durch das Entree zu der Tür, durch die er zuvor gekommen war.

Wir betreten einen geräumigen Salon in warmen beigebraunen Farben mit mehreren Sprossenfenstern, aus denen man über die Baumwipfel des Englischen Gartens blickt. Auf ausladenden Sitzgruppen aus rotem Samt hat es sich eine überschaubare Gästezahl gemütlich gemacht. Einige trinken Cocktails, andere würfeln, so als säßen sie in einer ganz normalen bayrischen Bierkneipe. An der Längsseite befindet sich eine halbrunde Bar mit Barhockern, an der ein exotisch aussehender Barkeeper Gläser poliert. Eigentlich habe ich Spieltische erwartet, wie in einem Casino üblich, doch ich sehe nichts, was auch nur im Entferntesten an illegales Glücksspiel erinnern würde. Auf mich macht das Ganze eher den Eindruck eines exklusiven Herrenclubs nach britischem Vorbild. Wastl muss sich vertan haben, fährt es mir durch den Kopf. Und hatte er nicht auch von einem Bungalow gesprochen?

»Bitte, nehmt Platz.« Bonaparte deutet auf eine freie Sitzgruppe und winkt dem Kellner hinter dem Tresen. »Eine Flasche von der Witwe für meine Freunde.«

*Freunde?* Das klingt in meinen Ohren etwas anmaßend. Aber bitte, in diesen Kreisen mag es üblich sein, sich sofort zu verbrüdern. Und solange er nicht versucht, uns mit Wodka die Sinne zu vernebeln, ist gegen ein Glas Champagner nichts einzuwenden.

Nachdem der Veuve Clicquot serviert ist, spricht Bonaparte einen Toast auf Igor aus, wir erheben unsere Gläser und nippen an dem feinem Getränk.

»Köstlich«, lobt Rudi, der sein Glas in einem Zug geleert hat. »Wie steht's mit sonstigen Vergnügungen? Wir haben gehört, dass hier eine gepflegte Spielkultur herrscht.«

Wastl klopft sich auf die Brust. »Cash macht fesch!«

Der Clubchef nickt jovial. »Okidoki!« Er hebt die Hand und schnippt in Richtung Bar. Sekunden später serviert der Barkeeper auf einem Tablett Würfelbecher nebst Block und Stift. »Chicago?«, fragt er in die Runde.

»Sehr gerne«, prescht Margot begeistert vor und greift nach den letzten Nüssen in der silbernen Schale, die sie sekundenschnell leergefuttert hat. »Mit meinem Sohn habe ich oft gewürfelt, als er klein war.«

Roderich, Rudi und Wastl sind die Spielregeln ebenfalls bekannt. Hanne und ich haben keine Ahnung. Penny wiederum kennt sich nur mit den Regeln beim Sportschießen aus.

»Ist kinderleicht«, verspricht Bonaparte. »Wir spielen auf klassische Weise, mit einem Würfelbecher und drei Würfeln. Pro Mann drei Würfe, die Augen werden notiert und am Ende der Runde ausgezählt. Die höchste Punktzahl gewinnt. Die Eins zählt hundert, sechs zählt sechzig, zwei, drei, vier und fünf jeweils nur zwei, drei, vier oder fünf. Sonderregel: Wer im ersten Wurf drei Sechser hat, kann aus zwei Sechsen eine Eins machen und hat damit zweihundertsechzig Punkte. Der höchstmögliche Wurf ist Chicago, sprich drei Einsen, also dreihundert! Verstanden?«

Roderich nickt, Rudi fragt ungeduldig nach der Höhe der Einsätze, worauf Wastl schon mal die Brieftasche zückt.

»Vielleicht erst eine Proberunde mit Centmünzen für die Damen?«, fragt Bonaparte ausweichend.

Bevor es losgeht, wird noch um das Notieren der Punkte geknobelt. Penny gewinnt. Ich gebe die weltfremde Künstlerin, die das simple Würfelspiel erst in der dritten Proberunde kapiert. Währenddessen beobachte ich Bonaparte sehr genau, kann aber nichts Verdächtiges entdecken. Bis auf die Tatsache, dass er noch keine, Margot dagegen schon zwei Runden à fünf Cent gewonnen hat. Wenn also ein Profi verliert, überlege ich, wird er ehrlich spielen. Andererseits lässt sich dieses »Kinderspiel« nur schwer manipulieren, dazu müsste er die offensichtlich echten Würfel gegen gezinkte austauschen. Ich nehme mir fest vor, Bonaparte nicht aus den Augen zu lassen, wenn er an der Reihe ist.

»Noch eine Runde?«, fragt er in dem Moment.

»Aber nicht um Kleingeld«, entgegne ich forsch. »Um Peanuts hätten wir auch Schwarzer Peter im Seniorenheim spielen können.«

»Und ich hätte mir doch die Tränensäcke wegschnibbeln lassen können«, grummelt Hanne.

»Okidoki!« Der Clubchef greift mit unbeweglicher Miene in seine Jacketttasche, angelt einige Münzen heraus und legt ein Zweieurostück auf den Tisch.

»Diese Würfelei ist doch was für Anfänger«, mosert Roderich und fördert eine Rolle Geldscheine aus seiner Jacke. »Wie wär's mit was Aufregenderem? Poker, Roulette?«

Bonaparte bedauert. »Roulette wird in unserem Hause leider nicht gespielt. Aber ich werde nachsehen, ob ein Pokertisch frei ist.« Er steht auf, entschuldigt sich und verlässt den Raum.

Kein Roulette? Die Damenriege ist zutiefst enttäuscht. Die Übungsstunden mit dem Spielzeug-Roulette waren also vergebens. Damit haben wir in den letzten Tagen unsere Intuition getestet. Die Treffer für rote oder schwarze Zahlen waren erfreulich hoch.

Roderich und Wastl ziehen sich mit Rudi auf die Toilette zurück, um ihre Geheimzeichen noch einmal abzuchecken.

»Ich habe noch nie gepokert«, flüstere ich Erika und Margot zu.

»Ich auch nicht«, sagt Margot. »Aber mit der langweiligen Würfelei kommen wir nie ans Ziel. Und solange wir mit dem Clubchef spielen, würden wir nur unser eigenes Geld hin und herschieben. Logisch, oder? Echte Gewinne lassen sich ausschließlich mit Fremden machen.«

»Genau«, findet Penny. »Außerdem glauben die Männer an ihren Sieg über alle Karten. Deshalb haben sie doch geübt und geheime Zeichen verabredet.«

»Na gut, pokern wir eben. So schwer kann das nicht sein. Wer weiß, vielleicht ist uns das berühmte Anfängerglück hold, wir sammeln die halbe Million im Nullkommanix ein«, motiviere ich mich selbst. Und wer Pech in der Liebe hatte wie ich, dem lacht Fortuna vielleicht beim Glücksspiel.

»Ich fasse es nicht …« Hanne schüttelt den Kopf. »Ihr backt Omeletts aus ungelegten Eiern. Wenn ihr mich fragt, mein Bauchgefühl …«

»Soll ich mal anfassen?«

Rudi kommt in dem Moment mit den anderen beiden von der Toilette zurück.

»Das könnte dir so passen, du lahmer Lustmolch«, knurrt Hanne, die seine ständigen Anbandel-Versuche mit Humor nimmt. Meiner Meinung genießt sie Rudis Avancen sogar.

Kurz darauf taucht auch Bonaparte wieder auf. »An den Pokertischen ist momentan leider nichts frei«, meint er bedauernd. »Aber wie wär's mit Black Jack? Schnelles Spiel. Schnelle Gewinne.«

Wir nicken.

»Gebongt.«

»Geht klar.«

»Tu ich abräumen.«

»Und wo riskieren Damen ihr Vermögen, verehrter Herr Bonaparte?«, frage ich, als brenne ich darauf, meine gesamte Habe einzusetzen.

»Spielen Sie mit«, entgegnet er. »Die Regeln sind denkbar einfach. Im Prinzip wie bei Siebzehnundvier.«

Der Clubchef erklärt uns höchstpersönlich, wie es läuft. Anschließend bittet er uns alle hinter den Tresen der halbrunden Bar. Noch während wir uns verwundert ansehen, drehen wir uns langsam wie durch Zauberhand und stehen plötzlich im Casino. Auch wenn so eine »Geheimtür« ziemlich klischeehaft ist, so erfüllt sie doch ihren Zweck. Nie hätte ich dahinter eine Lasterhöhle vermutet. Ob sich damit auch bestätigt, dass wir uns auf illegalem Terrain befinden?

Natürlich ist dieses Etablissement nicht zu vergleichen mit der glamourösen Spielbank in Baden-Baden, die ich mit Roderich besucht habe. Aber auch hier spüre ich förmlich die typische fieberhafte Atmosphäre. Halblaute Geschäftigkeit, dumpfe Geräusche, vereinzelte Lacher. Das Publikum ist weitaus besser gekleidet als in der traditionsreichen Kurstadt, wo Touristen in höchst unpassender luftiger Freizeitbekleidung rumlaufen, als kämen sie direkt vom Strand. Bonapartes Casino ist ungefähr doppelt so groß wie der offizielle Würfel-Salon und ganz in Rot-Grün gehalten. An fünf runden Mahagonitischen wird gepokert, vorwiegend von Männern. Über jedem Tisch baumelt eine dieser klassischen grünen Glasschirmlampen, die helles Licht verbreiten, ohne die Spieler zu blenden. Weitere Möglichkeiten, den kleinen Bonaparte reich werden zu lassen oder die Bank zu sprengen, bieten sich dem Besucher an halbrunden Black-Jack-Tischen, hinter denen attraktive Frauen in knappen Uniformen Karten ausgeben. Der Spielbankchef führt uns zu einem davon, wünscht viel Glück und verabschiedet sich, um neue Gäste zu begrüßen.

Roderich steigt mit zehn Euro ein. »Zum Aufwärmen«, meint er lässig.

»Das ist schon eher nach meinem Geschmack«, sagt Rudi und knallt ebenfalls eine Zehnernote auf den Tisch, wobei sein Blick nicht auf den Karten ruht.

Wir anderen ziehen nach.

»Tut sich sehen lassen«, strahlt Wastl übers vernarbte Gesicht und räumt am Ende ab.

Der nächste Pot geht an Margot. Bevor sie einen Teil ihres Gewinns wieder einsetzt, befingert sie andächtig die Scheine, als wären es Edelsteine. Die Einsätze steigern sich nun von Runde zu Runde, wir setzten mutiger, gewinnen, gewinnen und gewinnen – und werden schließlich übermütig. Ab einer Höhe von Hundert Euro verlieren wir nur noch. Als ich überlege, ob die hübsche Kartengeberin vielleicht doch mogelt, gesellt sich Bonaparte wieder zu uns. Es seien Plätze an einem der Pokertische frei geworden.

Margot und Hanne haben keine Lust mehr, möchten lieber nach Hause. Unsere 50 000 Euro sind nämlich futsch. Nur das Taxigeld ist noch übrig. Das zu verzocken, wäre fatal. Doch Penny, Roderich und Rudi glauben trotz unserer Pleite immer noch daran, die Bank sprengen zu können.

»Tun wir alles zurückgewinnen, Frau Mimi«, sagt auch Wastl mit treuherzigem Dackelblick.

»Und wie soll das gehen, ohne Einsätze?«, fragt Margot provozierend.

Roderich wendet sich an den Clubchef. »Gibt's Kredit?«

»Gegen Pfand jederzeit«, sagt Bonaparte. »Vielleicht hat jemand ein Schmuckstück? Das tausche ich gerne gegen Cash ein.«

Roderich kneift die Augen zusammen, was »Nicht meinen Siegelring!« bedeutet. Erika bietet die einreihige Perlenkette ihrer Großmutter an, die sie heute trägt, doch Bonaparte schätzt sie als wertlos ein. Margot schüttelt nur traurig den Kopf. Penny würde sofort ihre Beinprothese und Rudi seinen Rollstuhl versetzen. Zwei Angebote, die Bonaparte ein wieherndes Lachen entlocken. Ich warte darauf, dass Wastl seine Kräfte für einen Rentner-Champion-Kampf anbietet, auf den gewettet werden könnte. Doch er möchte sich als Rausschmeißer zur Verfügung stellen, woran aber kein Interesse besteht.

Bevor es noch peinlicher wird, schlage ich vor, zu gehen. »Es war ein aufregender Abend, aber es ist spät geworden.«

»Zum Abschied noch einen Schlummertrunk?«, fragt Bonaparte und begleitet uns zurück in den Würfelsalon, wo er Cognac für uns ordert. Als unsere Gläser anstoßen, versucht er, mir über seinen Brillenrand tief in die Augen zu blicken. »Das war hoffentlich nicht Ihr letzter Besuch, hochverehrte Frau Varelli. Ihre Anwesenheit adelt jeden Raum.«

Ich fasse es nicht. Der kleine Dicke flirtet mit mir. Ist das ein unmoralisches Angebot, oder will er mich trösten? Dazu müsste er unseren Verlust ersetzen, wie Graf Dubarry den der kleinen Marie-Jeanne. »Vielen Dank, es war ein besonderes Erlebnis«, säusle ich ausweichend und beschließe, nie wieder einen Fuß in sein Etablissement zu setzten. Das Spiel ist aus, in jeglicher Hinsicht. *Rien ne va plus*! Es hat keinen Sinn, noch länger an Utopien zu glauben. Tatjana hat es vorhergesehen, es gewinnt immer die Bank. Am besten, ich sende dem Erben freiwillig die Schlüssel zur Villa und stürze mich anschließend zu Igor ins Grab. Doch dann wird mir bewusst, dass ich damit auch meine Freunde im Stich lassen würde. Grausame Visionen von einem ans Bett gefesselten Rudi tauchen vor meinem inneren Auge auf. Nein, ich kann nicht aufgeben. Die Seniorenvilla ist Igors Vermächtnis und unser gemeinsamer Traum! Er würde nicht wollen, dass ich kampflos aufgebe. Entschlossen, bis zum letzten Brilli zu kämpfen, ziehe ich den Dreikaräter vom Finger, denke im Stillen: Für Igor, und sage laut: »Wir würden doch ganz gerne weiterspielen.«

»Ein außergewöhnlich schöner Stein«, urteilt Bonaparte und blättert mir wenig später 30 000 Euro auf die Hand.

Neues Geld, neues Spiel, neues Glück. Aber ich bin viel zu nervös, um beim Pokern zuzusehen. Margot ebenso. Sie muss ihre flatternden Nerven unbedingt mit einem Imbiss beruhigen. Penny klopft sich an die Beinprothese. »Da sind noch drei Hunderter im Geheimfach«, erklärt sie schmunzelnd.

»Werde mich beim Black Jack versuchen. Ich glaube, dass wir jetzt eine Glückssträhne haben.«

Ihre Zuversicht in allen Ehren, aber das glaube ich erst, wenn es wahr geworden ist. Inzwischen begeben wir uns an die Snackbar, wo Hanne und ich ein Käsesandwich verspeisen. Margot zwei. Ich tupfe mir gerade die Toastkrümel aus den Mundwinkeln, als Penny eilig angehumpelt kommt. Ob sie gewonnen hat, ist ihrem Pokerface leider nicht anzusehen.

»Und ... schon alles verloren?«, fragt Margot, noch am letzten Bissen kauend.

»Von wegen.« Penny knallt einen Packen kleiner Scheine auf den Tisch. »Nachzählen. Das Blatt hat sich gewendet, wie es so schön heißt.«

Margot zählt mit Hingabe. Zwei Mal. Und kommt jeweils zum selben Ergebnis. »Dreitausend! Keine üble Rendite für dreihundert Euro.«

»Und die Jungs gewinnen gerade am Pokertisch«, berichtet Penny aufgeregt. »Mimi, der Ring bringt uns Glück. Bestimmt guckt Igor von oben zu und steuert das Spiel, damit du ihn wiederbekommst.«

»Mir fällt ein Stein vom Herzen«, seufze ich.

Hanne verdreht die Augen. »Warten wir's ab. Notfalls ...« Sie klopft auf ihre kleine Abendtasche. »Biete ich dem Chef eine kostenlose ›Rasur‹ an.«

So weit kommt es nicht. Etwa eine Stunde später sitzt mein Ring wieder am Finger. Ausgelöst von Wastl. Doch die »Pokerprofis« haben nicht nur ihn zurückgewonnen, sondern auch alles, was wir vorher verspielt haben. Keine halbe Million, aber genau 50 750 Euro. Erbsenzähler würden jetzt einwenden, dass wir kaum etwas gewonnen haben und zur Anzahlung noch der größte Teil fehlt. Richtig. Aber jetzt kann ich Sergej zumindest zehn Prozent der geforderten Summe anbieten und um eine Verlängerung der Anzahlungsfrist bitten. Mit leeren Händen wäre es mir unangenehm gewesen.

Mittlerweile geht es auf Mitternacht zu. Wir spüren alle, dass wir nicht mehr zwanzig sind, beschließen, unser Glück nicht länger herauszufordern und verabschieden uns von Bonaparte.

Zuvorkommend begleitet er uns zum Ausgang. »Beehren Sie uns bald wieder«, sagt er und beugt sich ein weiteres Mal über meine Hand.

»Mit dem allergrößten Vergnügen«, lüge ich, ohne rot zu werde. Das war mein erster und letzter Besuch. Das Glück zweimal herauszufordern, würde an Wahnsinn grenzen. Es ist bei weitem zwar nicht das Ergebnis, auf das wir so gehofft haben, andererseits bin ich überglücklich, dass wir alles zurückgewonnen haben, und mir bleiben ja noch sieben Tage, um bei Sergej einen Aufschub zu erwirken.

# 7

Erschöpft wache ich am nächsten Morgen auf. Mein Herz rast, als hätte ich stundenlang Arien gesungen, und ich brauche einen Augenblick, um zu registrieren, dass ich geträumt habe. Von Igor. Zum ersten Mal seit seinem Tod hat er mich im Traum besucht. Er stand auf einer Sommerwiese vor dieser Bretterhütte in Russland, ich wollte zu ihm laufen, um zu fragen, warum er mir nie von Sergej erzählt hat. Doch ich kam nicht von der Stelle, und meine Rufe gingen in Klopfgeräuschen unter. Es war so laut, als würde ein Schwarm Spechte hämmern. Es dröhnt immer noch in meinen Ohren. Ich schiebe die Schlafbrille auf die Stirn und reibe mir die Augen.

»Mimmiii?«

Oh, doch keine Spechte. Es ist jemand an der Tür.

»Herein!« Ich setze mich auf. Wir verschließen unsere Türen niemals, damit in Notfällen nicht wertvolle Minuten verstreichen.

Margots Gesicht taucht im Türrahmen auf. »Na, endlich wach? Es geht auf Mittag zu.« Sie hat sich schick gestylt, wie früher, als sie noch ihren Laden hatte, und hält einen Packen Kuverts in der Hand.

Ich blicke auf den Wecker. Es ist gerade mal halb zehn. »Was heißt endlich, es war ziemlich spät gestern Nacht, oder nicht? Nach der ganzen Aufregung lag ich ewig wach, habe schließlich zwei Schlafpillen eingeworfen und von Igor geträumt.«

»Wie schön. Wie geht's ihm?«

Ich sinke zurück in die Kissen. »Er wollte mir gerade was über seinen Bruder verraten, als du geklopft hast.«

»Na, dann vielleicht ein andermal. Und jetzt raus aus den Seidenlaken. Du kannst nicht den ganzen Tag liegen bleiben, als wärst du die Csárdásfürstin höchstpersönlich, und anderen die Problemlösung überlassen«, sagt sie tadelnd und nimmt auf der Bettkante Platz. »Wir haben viel vor. Du siehst übrigens gruselig aus.«

»Danke für die Blumen. Dafür siehst du geradezu spektakulär aus.« Sie ist sorgfältig geschminkt und frisiert, was sie so perfekt nicht alleine schafft. »Warst du bei Hanne?«

»Lenk nicht ab, es gibt Wichtigeres als Äußerlichkeiten«, wechselt sie das Thema. »Nachdem wir die illegale Bank doch nicht sprengen konnten, habe ich uns bei einer seriösen Bank angemeldet. Wir werden nämlich nicht bei Sergej um eine Verlängerung betteln, sondern nach einer Hypothek fragen, wie du es ja bereits vorhattest. Bevor dann dieser merkwürdige Bankraub dazwischenkam. Außerdem benötigen wir ein neues Bankkonto, wie vor Tagen besprochen. Darauf werden wir den Casinogewinn einzahlen. Genau genommen ist es ja kein echter Gewinn, aber egal. Ich fühle mich nicht wohl mit so viel Bargeld im Haus.« Sie wedelt mit den Kuverts. »Lauter unbezahlte Rechnungen. Und heutzutage wird per Überweisung bezahlt, falls du das noch nicht mitbekommen hast. Deshalb ist ein Geschäftskonto für die Villa überfällig.«

»Hat das nicht bis morgen Zeit?«

»Nein«, lehnt sie kategorisch ab. »Inzwischen habe ich mich in Igors Büro durch den Papierkram gearbeitet und mir einen Überblick verschafft. Es ist allerhöchste Zeit, dass wir da Ordnung und System reinbringen. Demnächst werden sämtliche Daueraufträge nicht mehr bedient, ganz zu schweigen von den Löhnen. Am Ende stehen wir noch ohne Personal und Strom da. Dann bleibt nur der Grill im Garten oder Butterbrote. Unser monatlicher Restaurantbesuch wurde ohnehin gestrichen. Tatjana hat eine lange Besorgungsliste für Grundnahrungsmittel. Zudem fehlt einiges an Putzmitteln. Dein Einverständnis vorausgesetzt, habe ich ihr ein paar Hunderter vom Casinogeld in die Hand gedrückt. Walther wird sie begleiten und beim Schleppen helfen.«

Ich weiß, dass Margot nicht übertreibt. Wir haben keinen Zugriff auf Igors Konto, deshalb duldet das Villenkonto keinen Aufschub. Seit seinem Tod haben wir einfach alles schleifen lassen, was auf Dauer in die Katastrophe führen muss. Aber mich direkt mit dem geballten Bündel Probleme zu wecken, ist nicht gerade feinfühlig.

»Danke, dass du dich um diese nervigen Angelegenheiten kümmerst, Margot«, lobe ich sie dennoch. »Ohne dich wäre ich verloren. Darf ich trotzdem noch eine Tasse Kaffee trinken?«

»Na gut, in einer halben Stunde im Frühstückszimmer«, sagt sie gnädig und rauscht ab. An der Tür dreht sie sich noch einmal um. »Aber trödle nicht ewig rum.«

Entgegen meiner sonstigen Gewohnheit, im Negligé zu frühstücken, Zeitung zu lesen und mich dann noch mal ins Bett zu legen, erscheine ich vorzeigetauglich angezogen im Frühstückszimmer. Dort herrscht sonnige Stimmung. Nicht nur, was das Wetter angeht. Alle Mitbewohner sind anwesend, und dem aufgeregten Stimmengewirr nach zu urteilen, scheinen sie heute etwas ganz Besonderes vorzuhaben. Ich bin noch immer nicht richtig wach und begebe mich erst einmal zum Büffet. Wie mir auffällt, hat es eine Radikaldiät erfahren. Kaffee, Tee, frisches Brot und knusprige Semmeln stehen nach wie vor auf der Anrichte, auch Eier, Käse und Wurst. Doch als Igor noch lebte, gab es geräucherten Lachs, kleine Pfannkuchen und frisches Obst. Diese Leckereien sucht man jetzt vergeblich. Ich begnüge mich mit einer Tasse Milchkaffee und einem Hörnchen ohne Butter – ist ohnehin gesünder.

»Fürs Spielcasino ist es aber noch zu früh«, scherze ich, als ich mitbekomme, dass zwei Großtaxis bestellt wurden.

»Heute steht ein Betriebsausflug zum Sanitätshaus auf dem Tagesplan«, informiert mich Roderich, der ebenso ausgehfein gewandet ist wie alle anderen.

Rudi, der mit Helm und verspiegelter Pilotenbrille am Tisch sitzt, scheint es kaum erwarten zu können.

»Du fährst auch mit?«, frage ich.

»Jepp. Dank Aida kann ich bald die ersten Gehversuche am Rollator machen. Deshalb möchte ich mir die neuesten Modelle anschauen. Der Trend geht übrigens in Richtung Rolli mit Navi. Sobald man sich in Friedhofsnähe befindet, meldet es: *Sie haben Ihr Ziel erreicht!*«

Einen Augenblick starre ich ihn ungläubig an, bis aufgedrehtes Gelächter erschallt und ich merke, dass er scherzt.

»Ich beabsichtige, mir die Spezialausführung mit weich gepolstertem Beifahrersitz anschaffen«, setzt er noch eines drauf. »Damit ich die heißen Kukident-Mäuse abschleppen kann.«

Penny lässt sich eine neue Prothese anpassen, weshalb sie in die Münchner City muss. Hanne liebäugelt mit Stützstrümpfen. Am liebsten ein Pippi-Langstrumpf-Modell in sämtlichen Regenbogenfarben. Alle anderen nehmen die Gelegenheit zum Anlass für einen vergnüglichen Ausflug mit Einkaufsbummel. Penny bekommt von der Krankenkasse ein Taxi spendiert, nimmt Erika und Hanne mit, die restliche Mannschaft fährt auf eigene Kosten.

»Und wer hütet das Haus?«, frage ich besorgt. Igor hat immer darauf bestanden, das Anwesen niemals unbeaufsichtigt zu lassen, und ich gedenke, das beizubehalten.

Margot mustert mich verwundert. »Was gibt's denn da noch zu hüten? Außerdem werden Tatjana und Walther in spätestens einer Stunden vom Einkaufen zurück sein.«

»Ein leeres Haus zieht Gesindel an«, zitiere ich Igor.

»Wastl bleibt doch hier«, beruhigt mich Margot. »Er ist schon seit Sonnenaufgang im Garten. Gemüsebeete umgraben, säen, Stecklinge setzen und was weiß ich noch alles. Er war total hektisch, wie jedes Jahr im Frühjahr, sobald es etwas wärmer geworden ist.«

»Dann werde ich ihn bitten, wachsam zu sein.« Eilig beende ich mein Frühstück und begebe mich nach draußen.

Wastl leert gerade eine Flasche Wasser auf ex. Neben ihm steckt ein Spaten im frisch umgegrabenen Beet. Das ist aber auch das Einzige, woran man ihn als Gärtner erkennt. Er trägt schwarze Strumpfhosen, darüber knallrote Satinshorts und ein farblich undefinierbares Shirt, dessen Ärmel laienhaft abgeschnitten wurden. Wären da nicht die moosgrünen Gummistiefel, könnte man denken, er wolle einen Boxring besteigen.

»Bekommen wir dieses Jahr wieder Kirschtomaten?«, frage ich neugierig. »Die waren nämlich ausgesprochen köstlich.«

Er verschraubt die leere Wasserflasche, rülpst hemmungslos und nickt mir dann breit grinsend zu. »Tu ich Extrastaude ganz allein für Frau Mimi einsetzen.«

»Das ist lieb, danke, Wastl. Aber ich bin hier, weil ich dich bitten wollte, auf das Haus aufzupassen, während wir alle unterwegs sind. Margot und ich bringen das Geld auf die Bank«, unterrichte ich ihn. »Und du weißt, was Igor immer gesagt hat?«

»Leeres Haus tut Gesindel einladen«, sagt er und lacht. »Und Bonaparte tut bestimmt noch fluchen … haben wir satte Profite gemacht …«

Ich nicke ihm freundlich zu. Dass wir gestern lediglich unseren mitgebrachten Einsatz zurückgewonnen haben, scheint Wastl vergessen zu haben. Dafür hat er grüne Daumen.

»Tut ich aufpassen wie Schießhund. Wann tut ihr wieder zurück sein? Will ich mir keine Sorgen machen.« Er betrachtet mich eingehend, wie ein Vater, der seine pubertierende Tochter ermahnt.

»Länger als eine Stunde werden Tatjana und Walther nicht für den Einkauf benötigen. Margot und ich sind spätestens in zwei Stunden zurück«, gebe ich gerührt Auskunft. Auch wenn es mit dem Klardenken nicht mehr einwandfrei funktioniert, als Aufpasser ist er besser als ein ganzes Rudel Wachhunde.

Er greift zum Spaten. »Hmm ... Stunde«, wiederholt er. »Tust du vorsichtig fahren, Frau Mimi.«

»Machen wir, wiedersehen, Wastl.«

Kurz vor halb eins betrete ich zum zweiten Mal innerhalb weniger Tage die Landeierbank mit Brille. Als wäre ich eine erfolgreiche Geschäftsfrau, die ständig ihre Einnahmen einzahlt. Trotz meiner Pechsträhne fürchte ich mich nicht vor einem weiteren Überfall. So viele unglückliche Zufälle kann es nicht geben.

Margot scheint anderer Ansicht zu sein. Aufgeregt hält sie mich am Ärmel fest. »Wo genau ist es denn passiert?« Sie blickt sich ängstlich um, als könne Ewer jeden Moment hinter der buschigen Grünpflanze hervorspringen.

Ich deute zu dem Tisch. »Dort. Roderich und ich saßen auf den Stühlen, als er reinkam.«

»Hach, irgendwie romantisch«, seufzt sie unpassend.

»Also bitte, seit wann sind Straftaten romantisch?« Ich hake sie unter und zerre sie Richtung Schalter. Die junge Angestellte verabschiedet gerade den Kunden vor uns und fragt dann nach unseren Wünschen. »Mimi Varelli, Margot Thurau. Wir haben einen Termin bei Herrn Bongard.«

»Einen Moment, bitte.« Sie greift zum Telefon und meldet unsere Ankunft.

Sekunden später eilt der Filialchef mit großen Schritten auf uns zu und begrüßt uns erfreut. »Wie schön, Sie wohlauf zu sehen, Frau Varelli … Guten Tag, Frau Thurau … Bitte, besprechen wir die Angelegenheit in meinem Büro … Frau Thurau hat bereits am Telefonat erwähnt, worum es sich handelt.« Er öffnet die breite Glastür zu einem Büro, das meines Erachtens viel zu mickerig ist für einen Filialleiter. Leider versperrt auch noch eine scheußliche graue Vertikal-Jalousie den Blick durch die Fensterfront.

Höflich nimmt er uns unsere Mäntel ab. »Entschuldigen Sie, Frau Varelli, dass ich mich nicht schon längst nach Ihrem Befinden erkundigt habe … Bitte …« Er weist auf die gepolsterten Armlehnstühle vor dem Schreibtisch und setzt sich dann in den ergonomisch geformten Lederstuhl dahinter. »Aber seit dem Vorfall ersticke ich in Formularen für die Versicherung. Zusätzlich wird die Filiale von Neugierigen heimgesucht, als wären wir eine Touristenattraktion. Meine Angestellten und ich stehen sozusagen am Rande eines Nervenzusammenbruchs. Dennoch ist es unentschuldbar, ich hoffe, Sie verzeihen mir.«

»Ich bitte Sie, mir ist wirklich nichts geschehen … ich habe den Vorfall schon fast vergessen«, wehre ich ab, obwohl ich seine Besorgnis als sehr schmeichelhaft empfinde. Würde ich nicht um meinen geliebten Igor trauern, könnte mir der Anfang Sechzigjährige direkt gefährlich werden. Sympathisch fand ich ihn vom ersten Augenblick an. Doch erst heute bemerke ich seine warmen gold-grünen Augen, die mich durch die randlose Brille anblicken. Sein Haar ist kurz geschnitten und ziemlich ergraut. Von der Originalfarbe zeugt nur noch eine dunkle Strähne am Haaransatz. Er ist schlank, aber nicht besonders groß, und trägt immer hellgraue Anzüge. Allerdings bin ich ihm bisher auch nur innerhalb der Bankfiliale begegnet.

»Freut mich zu hören«, antwortet er.

Margot rutscht ungeduldig auf ihrem Stuhl herum. »Wurde der Räuber eigentlich schon erwischt?« Gespannt beugt sie sich nach vorne.

Unfassbar, sie spielt mit dem Feuer und wird nicht einmal rot dabei. Falls er den Taschentausch doch beobachtet hat, wäre das für den Banker die Gelegenheit, um mich darauf anzusprechen.

Bongard schüttelt den Kopf. »Leider nein. Außer der Perücke des Täters fehlt jegliche Spur vom ihm. Auch die wenigen Fingerabdrücke am Schalter, die er bei der Erbeutung des Geldbündels hinterlassen hat, ergaben keine sachdienlichen Hinweise. Es scheint sich um einen Ersttäter zu handeln, wie die Polizei das ausdrückt, da in der Verbrecherkartei keine identischen Abdrücke gefunden wurden.«

Mit »Ersttäter« ist Mayer schon mal auf der richtigen Fährte. Aber ich werde mich hüten, irgendeinen Kommentar abzugeben und mich am Ende noch zu verplappern. »Wir sind ja auch nicht deshalb hier, sondern wegen einer Hypothek für die Villa«, wechsele ich das brenzlige Thema.

»Richtig. Leider fürchte ich, Ihnen in der Hypotheken-Frage …« Er stockt, als wäre es ihm unangenehm, darüber zu sprechen. »Nun, wie soll ich sagen … keine großen Hoffnungen machen zu können.«

»Liegt es daran, dass an ältere Menschen keine Kredite mehr vergeben werden?« Margot beäugt ihn lauernd.

»Bedauerlicherweise entspricht das den Tatsachen«, bestätigt er mit betrübter Miene. »Üblicherweise laufen Hypotheken zwar über einen Grundschuldeintrag, wie bei allen Immobilienkrediten. Der Eintrag dient als Sicherheit, falls der Schuldner sein Darlehen nicht mehr bedienen kann. In Ihrem speziellen Fall müssten jedoch zuerst die Besitzverhältnisse geklärt sein. Die endgültige Entscheidung trifft dann die Zentrale, wie über sämtliche Immobilienkredite.«

Enttäuscht sinke ich auf meinem Stuhl zusammen. »Ich dachte mir schon, dass es nicht so einfach wird. Unsere Situation hat diverse Haken, wenn man so will«, sage ich und entschließe mich, ihm die volle Wahrheit zu beichten. »Da Igor seit vielen Jahren Ihr Kunde war, wissen Sie sicher, dass er der Besitzer der Villa war. Überraschend ist sein Bruder aufgetaucht, der das gesamte Anwesen erbt. Ich, also wir haben ihn nicht kennengelernt, aber er möchte sein Erbe verkaufen. Über seinen Anwalt hat er mir ein Angebot zukommen lassen, das in wenigen Tagen endet, sollte ich nicht eine halbe Million als Anzahlung leisten. Danach bleiben uns drei Monate, um den vollen Kaufpreis zu entrichten.«

Bongard hat meinen Ausführungen gespannt zugehört. »Unter diesen Umständen gäbe es noch eine andere Möglichkeit ...«

Margot beugt sich halb über den Schreibtisch. »Lassen Sie hören.«

»Es handelt sich um einen privaten Investor«, antwortet er wage und senkt seine Stimme. »Wäre es möglich, die Villa zu besichtigen?«

»Wenn es Ihre Termine zulassen, auch sofort«, biete ich an. »Wie gesagt, die Zeit drängt.«

»Einen Moment, bitte.« Er tippt etwas in seinen Computer und blickt mir dann direkt in die Augen. »Wäre Ihnen heute Abend gegen achtzehn Uhr dreißig recht?«

»Ja, sehr gerne.«

»Gut, nähere Einzelheiten besprechen wir dann am Objekt. Machen Sie sich bis dahin bitte keine unnötigen Sorgen, wir finden eine Lösung. Versprochen.«

»Tausend Dank«, hauche ich gerührt. Sein Versprechen lässt mich zum ersten Mal seit Tagen wirklich aufatmen. Vielleicht liegt es an seinem ehrlichen Blick, seiner warmen Stimme oder daran, dass sein Vorname Siegfried ist. Ein echter Heldenname, und nur ein Held kann mich und meine Freunde retten.

»Auch von mir herzlichen Dank, Herr Bongard«, meldet sich Margot wieder, die vor Aufregung ihre Finger verknotet, wie sie es in Notlagen ohne Essen tut. »Dann würden wir gerne noch das Geschäftskonto der Seniorenvilla ansprechen.«

»Richtig.« Bongard nickt und wendet sich wieder seinem Bildschirm zu. »Die Problematik ist mir bekannt. Leider sind mir in Bezug auf Herrn Komarows Konto ohne Erbschein die Hände gebunden. Sie waren also nicht verheiratet, Frau Varelli?«

»Unsere Heirat war für den Sommer geplant«, erkläre ich möglichst sachlich. »Igor hatte die Nachlassfrage schon einige Male angesprochen und dabei nie einen Bruder erwähnt. Vielleicht meinte er deshalb, ein Testament zu meinen Gunsten sei nötig. Ich konnte ihn überzeugen, bis nach der Hochzeit damit zu warten. Wobei ich ja dann auch ohne Testament geerbt hätte.«

»Sehr rätselhaft«, findet auch Bongard. »Falls es Sie beruhigt, bei mir hat sich diesbezüglich niemand gemeldet. Ist dieser Anwalt denn über das hiesige Konto informiert?«

»Davon gehe ich aus, Igor hat ja seit vielen Jahren mit Dr. Kaltenbach zusammengearbeitet«, sage ich und gestehe, mich nie um die Geldangelegenheiten der Villa gekümmert zu haben. »In Bankgeschäften und dergleichen bin ich naiv wie eine Analphabetin.«

»Nicht mal eine Kontovollmacht hast du dir geben lassen«,

nörgelt Margot. »Dann kämen wir nämlich jetzt auch ohne Erbschein an das Konto. Vielleicht wären wir dann nicht in dieser Notlage.«

»Ich habe Igor nicht wegen seines Vermögens geliebt«, erkläre ich.

»Ein wenig mehr Interesse für die Finanzen hätte aber nicht geschadet.« Schnaufend verdreht sie die Augen. »Dann befänden wir uns jetzt nicht in dieser Misere.«

Bongard tippt derweil auf seiner Tastatur rum und schreibt dann etwas auf einen gelben Notizzettel, den er kommentarlos über den Schreibtisch schiebt. »Von mir wissen Sie das aber nicht.«

Ich starre auf die Zahl und bin sprachlos.

»Unfassbar!«, schnauft Margot. »Über fünfzehntausend Euro Miese.«

Ich gebe meiner Cousine einen freundschaftlichen Schubs. »Doch ganz gut, dass ich keine Vollmacht habe, oder? Dann hätte ich jetzt auch noch die Kontoschulden am Hals.«

Es klopft an der Bürotür. Nach Bongards »Ja, bitte« schaut die Angestellte vom Schalter durch einen Türspalt.

»Ist es in Ordnung, Chef, wenn ich abschließe und gehe?«, fragt sie.

Er blickt auf. »Adelholzer da?«

»Nein, er ist doch beim Zahnarzt. Schätze mal, dass er auch nicht zurückkommen wird, wo wir am Nachmittag ohnehin geschlossen haben«, antwortet sie.

»Stimmt, heute ist ja schon wieder Mittwoch. Seit dem Überfall geraten mir die Tage durcheinander. Guten Hunger, Frau Gerster. Sperren Sie bitte sorgfältig ab, und nicht vergessen, den Alarm zu aktivieren.«

»Wird gemacht, Chef. Mahlzeit. Auf Wiedersehen die Damen.« Freundlich lächelnd schließt sie die Tür.

»So, dann sind wir drei Hübschen also ganz allein und können ungestört den Safe plündern, um Sie aus Ihrer Notlage zu befreien.« Bongard lacht verschmitzt.

Natürlich ist mir klar, dass er scherzt. Dennoch werde ich das dumpfe Gefühl nicht los, dass er den Taschentausch beobachtet hat oder mich zumindest verdächtigt. Der Gedanke lässt mir das Blut ins Gesicht steigen. »Ähm ... wir ...«, stammle ich nach einer harmlosen Antwort suchend.

»... haben es nicht nötig, irgendwas oder irgendjemanden auszurauben«, hilft mir Margot geistesgegenwärtig aus der Verlegenheit. Wir haben eigenes Geld in der Tasche. In bar.«

»Mit Cash sind Sie an der richtigen Adresse.« Bongard wendet sich wieder dem Computer zu, als wären wir völlig normale Kunden. »Auf wessen Namen soll das Geschäftskonto denn laufen?« Er blickt uns an.

»Auf mich. Mit einer Bevollmächtigung für Frau Thurau, da sie sich um die Verwaltung kümmern wird.«

»Lässt sich machen.« Er tippt unsere Namen ein und bittet um die Ausweise. Nachdem er sich über mein Alter gewundert und mir ein Kompliment über mein jugendliches Aussehen gemacht hat, legt er uns einige Ausdrucke zur Unterschrift vor. »Welchen Betrag möchten Sie auf das neue Konto einzahlen?«

Margot kramt die Banknoten aus ihrer Handtasche hervor und legt sie auf den Schreibtisch. »Fünfzigtausend.«

Bongard ergreift die Geldscheine und erhebt sich. »Das Nachzählen übernimmt der automatische Kassentresor«, erklärt er. »Kleinen Moment, bin gleich zurück, der Kasten steht im Schalterraum hinter dem Tresen.«

Durch die Glastür beobachten wir, wie er hinter dem Kundenschalter hantiert und nach wenigen Sekunden zurückkommt. Die tiefe Falte über seiner Nasenwurzel verheißt nichts Gutes. Gleichzeitig spüre ich ein unangenehmes Magenkribbeln, als würde mein siebter Sinn Gefahr signalisieren.

»Irgendwas nicht in Ordnung?«, frage ich vorsichtig.

Margot schüttelt den Kopf. »Was soll denn nicht in Ordnung sein?«

Bongard zieht die Brauen hoch. »Unser Cash-Master streikt mal wieder. Er ist nicht mehr der Jüngste und leidet in letzter Zeit häufiger an Funktionsstörungen. Ich quittiere Ihnen den Betrag einfach per Beleg wie in den guten alten Vorcomputer-Zeiten.«

»Und ich dachte, es wäre Falschgeld«, murmelt Margot, wobei sie mich durchdringend anstarrt.

Ich schubse sie möglichst unauffällig mit dem Fuß an.

»Hihi«, kichert sie nervös. »Aber woher sollten wir auch Blüten haben?«

»Eben, Blüten tragen wir nur im Haar oder am Kleid«, sage ich und fahre liebevoll über die Diamantbrosche in Blumenform. Ein Geburtstagsgeschenk von Igor. »Selbst wenn wir welche hätten, wären wir sicher nicht so blauäugig, sie auf die Bank zu tragen«, ergänze ich launig.

Bongard mustert mich amüsiert. »Sie wären wirklich die letzte Person, die ich mit irgendwelchen Unredlichkeiten in Verbindung bringen würde, verehrte Frau Varelli. Nicht mal Falschparken traue ich Ihnen zu.«

»Vor Ihnen sitzt die Unschuld in Person«, behaupte ich kühn, obwohl mir dabei die Schamröte ins Gesicht steigt. »Davon abgesehen, Falschgeld bringt man doch in unterschiedlichen Läden unter die Leute. In Krimis wird das jedenfalls so gehandhabt.«

Margot, die seit einigen Minuten in ihrer Tasche gekramt hat und nun aufatmend ein Bonbon hervorangelt, nickt heftig.

»Mit großen Scheinen eine Kleinigkeit erwerben und dafür sauberes Geld zurückbekommen.«

»Stellen Sie sich das nicht so einfach vor«, steigt Bongard in unsere Hypothesen ein. »Der Einzelhandel verfügt längst über kleinere Geldscheinprüfgeräte, die Falschgeld mittels UV-Neonlicht erkennen.«

»Tatsächlich?«, frage ich.

»Privatpersonen können die Echtheit mit einem Stift überprüfen«, redet er weiter. »Der ist mit einer chemischen Flüssigkeit gefüllt, die auf echten Scheinen nur einen hellen Streifen hinterlässt, der nach kurzer Zeit verschwindet, die falschen dagegen blau-violett markiert. Aber machen Sie sich keine Gedanken, meine Damen, das hier sind nur kleine, sichtbar gebrauchte Scheine ...« Er stockt. »Sollte mich sehr wundern, wenn da ein falscher darunter wäre.«

Margot hat aufmerksam zugehört. Sogar ihre Wangen haben sich rötlich gefärbt. »Ein faszinierendes Thema, wie alle Geldgeschäfte«, entgegnet sie mit strahlenden Augen. »Nach meiner mittleren Reife wollte ich eine Banklehre absolvieren, fand aber leider keine Stelle.«

»Na, in Zukunft kannst du dich mit der Buchhaltung für die Seniorenvilla verlustieren. Vielleicht fällt dir auch ein Trick zur wunderbaren Geldvermehrung ein«, scherze ich erleichtert darüber, dass Bongard nicht nach der Herkunft des doch sehr hohen Betrages gefragt hat. Im Grunde geht es ihn zwar nichts an, wie wir dazu kamen. Aber ich möchte nicht, dass er mich für eine oberflächliche, vergnügungssüchtige Person hält, die sich ohne mit den künstlichen Wimpern zu zucken kurz nach dem Tod ihres Verlobten im Casino amüsiert.

# 8

Wieder zu Hause ziehe ich mich sofort in mein Reich zurück. Der Ausflug in die Stadt und dazu die Aufregung des gestrigen Abends, ich muss dringend Schlaf nachholen. Auch Margot wirkt nicht mehr so taufrisch wie vor zwei Stunden und entschuldigt sich. Im Haus ist es ruhig. Tatjana, Walther und die anderen sind wohl doch noch unterwegs. Wastl gräbt unverändert seine geliebten Beete um, beste Voraussetzungen also für ein erholsames Nickerchen.

Ich möchte Siegfried Bongard heute Abend ausgeruht empfangen. Möglicherweise bringt er den geheimnisvollen Investor gleich mit, dann ist es doppelt wichtig, hellwach zu sein.

Gähnend entledige ich mich des Kleids, schlüpfe in ein frisches Negligé und sinke in die Kissen. »Drücke mir bitte die Daumen, dass uns Herr Bongard aus der Bredouille hilft«, flüstere ich Igors Foto auf dem Nachttisch zu. Bevor ich die Schlafbrille überziehe, berichte ich ihm vom Besuch auf der Bank und dass ich hoffe, er würde mir im Traum endlich verraten, was es mit seinem ominösen Bruder auf sich hat.

Ich werde von hektischem Getrampel und lauten Unterhaltungen auf dem Flur geweckt. Der Wecker zeigt kurz nach fünf, ich habe tatsächlich drei Stunden geschlafen. Leicht benommen erhebe ich mich, steige in die lila Pantoffeln, ziehe mir den lilafarbenen Wollmorgenmantel mit Federbesatz über und öffne die Vorhänge. Es gießt wie aus Kübeln. Offensichtlich schon länger, wie ich an den Pfützen auf dem Rasen erkenne. Ich wünschte, solche Wassermassen würden aus unseren Wasserhähnen sprudeln. Dann frage ich mich, ob das undichte Dach noch hält, oder Erika bereits den Regenschirm aufspannen muss wie »Der arme Poet«? Besorgt verlasse ich mein Zimmer. Im Flur erblicke ich niemanden, doch im Erdgeschoss höre ich Stimmen. Die Tür zu Pennys Zimmer steht weit offen. Margot sitzt neben ihr auf dem breiten Messingbett. Beide lassen die Schultern hängen. Roddy und Wastl hocken unbeweglich auf den Cocktailsesseln, einer Sitzgruppe aus den Fünfzigerjahren, die ein niedriger Nierentisch komplettiert. Eine halb leere Flasche Eierlikör und Restspuren des hellgelben Likörs in den Gläsern verraten, dass kräftig gepichelt wurde.

»Gibt's was zu feiern?«, frage ich, obwohl ihre Trauermienen eher das Gegenteil vermuten lassen.

Roderich hebt die Likörflasche an. »Auch ein Gläschen?«

»Nein, danke. Aber ich wüsste gerne, was los ist, wer den Lärm veranstaltet und warum. Ich habe schon befürchtet, es regnet bei Erika durchs Dach, und das ganze Haus sucht hektisch nach Eimern.«

Ohne auf mich zu hören, füllt Roddy die Gläser mit Eierlikör. »Wir sind bestohlen worden.«

»Wo?«

Penny blickt mit rot verheulten Augen auf. »Hier ... im Haus ... die Schimanski-Waffe ist verschwunden.«

»Die Geige auch!«, jammert Margot, sichtlich aufgelöst. »Das einzige Erinnerungsstück an Dannys Vater ... « Sie zieht ein Taschentuch aus dem Ärmel und betupft die Augen.

»Der Schmeling-Boxhandschuh tut auch weg sein«, sagt Wastl leise. »Ich tu Verantwortung nehmen.«

»Also bitte, nichts verschwindet so einfach«, sage ich ruhig. »Und wieso solltest du dafür verantwortlich sein, Wastl?«

Er schlägt sich mit der Hand auf die Stirn. »Alles meine Schuld ... meine, meine, meine ... «

»Roderich, würdest du mir bitte erklären, was genau vorgefallen ist?«, fordere ich ihn auf.

»Im Prinzip ist da nichts weiter zu erklären, Teuerste. Die Sachen sind weg! Weg. Weg. Weg«, schnauft er und wedelt hektisch mit den Händen. »Vermutlich geklaut, als wir alle unterwegs waren. Kontrolliere mal deine Wertsachen, ob da irgendwas fehlt.«

»Ich tu Verantwortung nehmen«, wiederholt Wastl geknickt. »Weil ich doch Radieschenbeete graben tu und nix merken tu von Einbrecher. Gemeine Gangsterbande. Tu ich töten ...«

»Ganz langsam, Wastl«, stoppe ich seine Selbstanklage. »Wie sollen denn die Diebe unbemerkt ins Haus gelangt sein?«, frage ich Roderich. »Auch wenn Wastl im Garten beschäftigt war, wäre doch niemand so dreist, sich an ihm vorbeizuschleichen und ins Haus einzusteigen.«

Roderich zieht die Augenbrauen hoch. »Tja, wer kann schon sagen, wie Einbrecher ticken. Und beim Beete umgraben ist man eben abgelenkt.«

Was er nicht sagt, ist, dass in Wastls Gehirn ein ständiges Wirrwarr herrscht, und sein Hörvermögen durch die vielen Schläge auf den Kopf schon lange nicht mehr einwandfrei funktioniert.

»Was bin ich froh, dass wir die Fünfzigtausend auf die Bank gebracht haben«, murmelt Margot vor sich hin. Eine Sekunde später springt sie vom Bett auf. »Ich werde im Büro nachsehen, ob Igor eine Hausratversicherung abgeschlossen hatte. Dann wären wir gerettet.« Zielstrebig marschiert sie Richtung Büro.

»Wir verständigen am besten die Polizei«, schlägt Roderich vor. »So einfach lassen wir die Verbrecher nicht davonkommen, nicht wahr, Kumpel? Und mach dir bitte keine Vorwürfe, du bist nicht schuld.« Er klopft Wastl auf die Schulter. Gemeinsam verlassen sie den Raum.

Ich setze mich zu Penelope, die unverändert ins Leere starrt, als hätte man ihr das gesunde Bein auch noch abgenommen. »Mach dir nichts draus, es ist doch nur ein toter Gegenstand«, sage ich. »Stell dir vor, wir wären zu Hause gewesen, überfallen und auch noch verletzt worden.«

Lautstark putzt sie sich die Nase, bevor sie antwortet. »Wären wir zu Hause gewesen, hätte ich die Gauner mit eben jener Pistole in die Flucht geschlagen, darauf kannst du wetten«, knurr sie bedrohlich. »Und ich bin auch nur sauer, weil wir die Waffe jetzt nicht mehr verscherbeln können. Sie hätte einen hübschen Batzen eingebracht. Wir brauchen doch jeden Cent.«

»Hauptsache, wir sind alle unverletzt. Der Rest findet sich«, versuche ich sie aufzumuntern. »Kann ich dich einen Moment alleine lassen?«

»Jaja, mir geht's gut.«

Eilig sause ich die Treppen hoch. Ich muss Roderich zurückhalten. Polizei im Haus ist das Letzte, was mir noch fehlt. Doch ich komme zu spät.

Er verabschiedet sich gerade, legt auf und strahlt mich an. »Sie sind sozusagen unterwegs.«

»Denkbar ungünstig. Filialleiter Bongard wird nämlich in Kürze die Villa besichtigen«, informiere ich ihn und berichte von dessen Angebot. »Was soll er davon halten, wenn die Polizei hier rumwuselt? Vielleicht auch noch Mayer, dieser Unsympath. Können wir die Polizei nicht wieder abbestellen? Sag einfach, es wäre ein Fehlalarm gewesen, die Sachen waren nur verlegt. Das nimmt er dir garantiert ab. Du bist doch für ihn ohnehin der Irre. Und wir können behaupten, die vermissten Gegenstände wiedergefunden zu haben. Alte Leute vergessen doch oft, wo sie etwas hingeräumt haben.«

Roderich ignoriert meine Bitte und tritt stattdessen vor seinen Standspiegel. »Ob ich mir eine neue Frisur aufsetze?«, redet er mit seinem Spiegelbild. »Statt des stieseligen Mayer könnte ein junger, fescher Wachtmeister vorbeikommen.« Er dreht sich zu mir. Befremdet mustert er meinen Morgenmantel von oben bis unten, als sei ich zwar im richtigen Stück, trüge aber das falsche Kostüm. »Los, los, umziehen, Teuerste. Eine Hausrobe macht keinen guten Eindruck, es sei denn, man ist krank.«

»Im Grunde bin ich das auch«, antworte ich gereizt.

»Ach, was fehlt unserer lustigen Witwe denn?«

»Ein Sack voll Geld«, knurre ich. »Oder ein reicher Investor, der seine Millionen in diese marode Traumvilla stecken möchte. Aber der Zug ist vermutlich abgefahren.«

Hoffentlich vermasselt Mayer uns nicht auch noch die letzte Chance. Bongard ist sicher nicht scharf darauf, Geldgeschäfte im Beisein der Polizei zu diskutieren. Egal, ob es sich um Mayer oder einen anderen, freundlicheren Beamten handelt.

Meine Verärgerung bekommt neue Nahrung, als ich das antike chinesische Schmuckkästchen inspiziere. Es ist ein besonders wertvolles Kästchen in Form eines Miniaturschranks. Die schwarz glänzende Oberfläche wurde mit zarten goldenen Blütenranken verziert, und hinter den beiden Türen verstecken sich kleine Schubladen. Die, in der ich die Anstecknadeln verwahre, ist leer. Ich glaube, nicht richtig zu sehen. Es ist eine dieser Situationen, in der man im ersten Moment denkt, sich zu täuschen. Ich schließe die Schublade wieder, um sie im nächsten Moment erneut zu öffnen. Dann begreife ich: ausgeraubt! Und zwar komplett, wie ich feststelle, denn auch die anderen Fächer sind leer. Bis auf die Blütenbrosche, die noch vom Bankbesuch am Kleid steckt, ist alles weg, was von der Verkaufsaktion noch übrig geblieben war. Die lange goldene

Kette von Chanel mit den echten Perlen. Zwei schwere goldene Armbänder. Eine weiß-goldene Cartier-Armbanduhr. Diverse Ringe mit Edelsteinen. Und vier oder fünf Paar Ohrringe. Geschockt starre ich die leeren Schubladen an, als die Türglocke schrillt. *Parbleu,* die Polizei. Und ich bin noch im Nachthemd.

Wenige Minuten später wird mein schlimmster Albtraum war. Es klopft, und noch ehe ich »Moment« rufen kann, weil ich mir gerade das Nachthemd über den Kopf ziehe, wird die Tür einfach aufgerissen. Durch das transparente Negligé erkenne ich Mayer.

Er murmelt etwas Unverständliches, vermutlich eine Entschuldigung, bleibt aber unbeweglich stehen.

Ich ziehe das Hemd wieder an und kann mich gerade noch beherrschen, ihn nicht einen unverschämten Flegel zu nennen. Wie ich ihn einschätze, ist er imstande, mich wegen Beamtenbeleidigung zu verklagen. »Wären Sie wohl so freundlich, draußen zu warten, bis ich angekleidet bin«, fordere ich mit erhobener Stimme.

Schuldbewusst zuckt er zusammen und verzieht sich. Kaum hat er die Tür geschlossen, stürmt Roderich herein. Ebenfalls ohne anzuklopfen.

»Eine Katastrophe, Teuerste, eine Katastrophe«, stöhnt er theatralisch und lässt sich auf der Bettkante nieder. Mich beachtet er nicht weiter. Weibliche Wesen in Unterwäsche interessieren ihn noch weniger als falsche Wimpern. »Eben musste ich feststellen, dass meine Frisuren geklaut wurden. Alle! Wer macht so was? Die passen doch nur auf meinen schrumpeligen Schädel.«

Ich wähle ein schlichtes dunkelblaues Kleid, das traumhaft zu meinen rosa Haaren passt, und stecke die Blütenbrosche wieder an. Da ist sie wenigstens sicher. »Nicht nur du wurdest bestohlen. Mein gesamter Schmuck ist weg. Einzig die Brosche und mein Verlobungsring sind mir geblieben.«

»Das ist natürlich auch eine Katastrophe, obwohl du keine Juwelen nötig hast, Teuerste. Du bist auch ohne Glitzerkram eine umwerfende Frau. Aber ich? Ich bin ein alter Glatzkopf, dem sogar die fünf Reservehunderter aus der Sockenschublade gestohlen wurden. Die hatte Mayer nämlich bei seiner ersten Hausdurchsuchung nicht gefunden. Wer will mich jetzt noch? Ich könnte einen schnuckeligen Liebhaber nicht mal zu einem feudalen Dinner einladen.«

»Kopf hoch, Roddy«, versuche ich ihn zu trösten. »Wenn Mayer nur halb so tüchtig ist, wie er private Schlafzimmer stürmt, sind die Diebe im Nullkommanix hinter Gitter, und wir bekommen alles zurück.« Bevor wir uns der Polizei stellen, erinnere ich ihn noch an die letzten Begegnungen mit dem übereifrigen Beamten. »Vergiss nicht, du leidest unter LCD. Oder wie nannte Danny das noch gleich?«

»Die Pick-Krankheit.« Er lacht plötzlich wieder.

Beim anschließenden Gespräch lässt mich Mayers seltsame Befragung an *seiner* Intelligenz zweifeln.

»Soso, es wurde also eingebrochen? Und wie ging das vor sich?« Er sieht mich an, als habe ich die Diebe selbst bestellt.

»Nun«, erwidere ich versonnen. »Ich hoffe sehr, dass Sie genau das heraus finden. Setzten Sie sich doch. Tässchen Tee?«

Die Befragung findet im Salon statt, Roderich hat Schampus auf dem Schoß, es gibt Kaffee, schwarzen Tee und Pfefferminz, worüber sich Yilmaz sehr freut.

Mayer lehnt dankend ab, ebenso das Platzangebot. »Ich bin im Dienst ... Yilmaz!« Sein Hilfssheriff hat sich eben hingesetzt. »Teepause is nich ... Sie befragen die Bewohner nach den fehlenden Wertsachen und erstellen eine Liste.«

Folgsam nickend stellt Yilmaz die Tasse ab und macht sich auf die Socken.

Mayer räuspert sich. »So langsam werden Sie Dauerkunden bei der Polizei. Erst geraten Sie in einen Banküberfall, dann fehlen plötzlich Wertgegenstände ...« Sein süffisanter Unterton lässt keinen Zweifel daran, dass er an einen fingierten Einbruch glaubt.

»Was wollen Sie damit andeuten?«, fahre ich ihn wutschnaubend an. »Ich bin eine unbescholtene Frau und gedenke, es auch zu bleiben. Außerdem wüsste ich nicht, wem ein vorgetäuschter Einbruch nützen würde? Das ist es doch, was Sie sagen wollten, oder?«

Er beantwortet meine Frage nicht, sondern tippt ungeduldig mit einem Bleistift auf dem Block in seiner Hand. »Warum war das Haus überhaupt unbeaufsichtigt?«

Ich ermahne mich zur Nachsicht, nur so kann ich Mayer schnell wieder loswerden. »Wie ich bereits erwähnte, ist das nicht ganz richtig«, verbessere ich. »Es war zwar niemand *im* Haus, aber unser Hausmeister war im Garten beschäftigt.« Geduldig erkläre ich erneut, wo wir uns jeweils aufhielten, und berichte auch von unserem Bankbesuch.

Erst jetzt notiert er meine Angaben. Als Nächstes erkundigt er sich, über wie viele Eingänge das Haus verfügt.

»Zwei«, antworte ich. »Den Haupteingang, der Ihnen ja bekannt ist, und den ehemaligen Dienstboteneingang an der Nordseite.«

»Aha, ein echtes Domestikentürl, noblig, noblig«, murmelt er abfällig und blickt mich durchdringend an, als wäre ich eine böse Gutsbesitzerin, die ihr Personal schindet.

»So nannte man es vielleicht vor langer Zeit«, entgegne ich gelassen. »Heute wird er nur noch benutzt, wenn Lebensmittel angeliefert werden. Es ist nämlich der kürzeste Weg zu den

Vorratsräumen. Unser Personal betritt das Haus durch die Vordertür.«

Er kritzelt etwas auf den Block. »Wer besitzt einen Schlüssel zur Hintertür? Wer wusste, dass alle ausgeflogen waren? Besucher? Freunde? Verwandte? Personal? Wer geht hier regelmäßig ein und aus? Haben Sie einen Verdacht?«

Margots stürmischer Auftritt erspart mir vorerst die Antworten. Passend zu ihrer neuen Aufgabe als Finanzverwalterin hat sie einen Aktenordner unter dem Arm.

»Ich hab's gefunden«, sagt sie, lässt sich neben mir auf dem Sofa nieder und nickt Mayer kurz zu. »Guten Tag.«

»Was haben Sie gefunden?«, will Mayer wissen.

»Die Versicherungspolice, die ich gesucht habe.«

Er wirft mir einen triumphierenden Blick zu und baut sich vor Margot auf. »Darf ich mal sehen?«

Sie reicht ihm den aufgeklappten Ordner. »Bitteschön.«

»Hausratversicherung«, liest er halblaut und gibt Margot den Ordner mit süffisantem Grinsen zurück. Dann kommt er auf mich zu, bleibt dicht vor mir stehen und keucht: »Sie dachten wohl, ich käme nicht dahinter? Da haben Sie sich aber sauber geschnitten!«

Ich weiche in den Polstern zurück, soweit das überhaupt möglich ist. »Wie bitte?« Der Mann denkt so sprunghaft, da komme ich einfach nicht mit.

»Hinter Ihre unlauteren Absichten!«, bellt er aufgeregt, als befänden wir uns in einem Verhör. »Von wegen, keiner zu Hause ... Hausmeister buddelt im Garten ... Und dann auch noch die Unschuldige spielen. Sie dachten wohl, ich wäre total bescheuert?«

Ich muss mich sehr beherrschen, ihm nicht doch die geistige Reife einer Banane zu attestieren. »Würden Sie bitte deutlicher werden?«, sage ich unfreundlich.

»Versicherungsbetrug!«, sagt er triumphierend. »Jawohl! Ein ganz ordinärer Versicherungsbetrug. Aber daraus wird nichts, Gnädigste!«

»Versicherungsbetrug?«, wiederhole ich. Eine Sekunde später dämmert mir, was er andeuten will. »Ach, deshalb glauben Sie, wir hätten den Einbruch vorgetäuscht und ... die Wertsachen vielleicht im Garten verbuddelt?«

»Zum Beispiel!« Er hebt den Kopf und reckt die Brust raus, wie der Sieger eines Kampfes. »Und *wir* sollten den Schaden protokollieren, damit Sie fein abkassieren können. Netter Versuch. Wie Sie eben bestätigt haben, ist Ihre finanzielle Lange alles andere als rosig. Und dass diese Hütte hier eine Generalüberholung nötiger hat als jede Burgruine aus dem Mittelalter, ist unübersehbar.« Abfällig betrachtet er das ramponierte Parkett. »Wenn die Rente nicht reicht, muss man eben kreativ werden, wie?«

»Aus. Äpfel. Amen.«, quakt Roderich dazwischen, steht umständlich von seinem Stuhl auf und schlurft davon.

Mayer beachtet ihn kaum. Ein Volldepp wie Roderich lässt ihn augenscheinlich kalt. Ich überlege, was Roddy vorhaben könnte, als Margot laut auflacht.

»Hahaha!« Sie hat einige Blätter aus dem Ordner genommen, die sie hochhält. »Die Prämien wurden seit Monaten nicht bezahlt. Diesen nicht unwichtigen Punkt hätten wir vor einem geplanten Betrug sicher geprüft, oder? Wenn Sie mir verraten, wie wir die Versicherung trotzdem in Anspruch nehmen könnten, sollten Sie Ihren Job wechseln. In der Betrüger-Branche lässt sich prima Kasse machen, wie Sie eben selbst angedeutet haben.«

Ein kurzer Moment des Schweigens tritt ein, in dem Mayer offensichtlich nachdenkt. »Wir müssen alle Möglichkeiten in Betracht ziehen, das ist reine Routinearbeit«, murmelt er dann lässig, ohne die geringste Verlegenheit oder sich für den unverschämten Verdacht zu entschuldigen.

Plötzlich taucht Roderich wieder auf. Er ist ziemlich durchnässt und trägt schmutzige Gummistiefel, in die er seine feinen beigen Hosen gestopft hat. In einer Hand hat er eine erdverschmierte Grabgabel, in der anderen einen Gartenzwerg.

»Gerettet!«

»Was hat er denn?«, fragt Mayer, als wäre Roderich ein kleiner rotznasiger Junge.

Ich zucke die Schultern. »Was meinst du, Roderich?« Es interessiert mich wirklich.

»Henry!« Grinsend hält er den Zwerg hoch. »Hätte sich den Tod holen können, bei dem Regen.« Damit dreht er sich um und geht.

Yilmaz kommt zurück, gefolgt von Wastl. Die Rückkehr der beiden erspart mir, Roderichs sonderbares Verhalten näher zu erläutern.

»Tässchen Tee?«, biete ich ihm noch einmal an.

»Sehr gerne«, sagt er, wird aber sofort von seinem Chef in die Pflicht genommen. »Erst will ich hören, was es Neues gibt.«

»Der Hausmeister hat eine Aussage zu machen«, meldet der Hilfssheriff.

Mayer wendet sich zu Wastl. »Ich höre.«

Stammelnd berichtet Wastl, um die Mittagszeit seien zwei Männer aufgetaucht, die Strom ablesen wollte.

»Und weiter?«

»Tu ich wegschicken«, antwortet Wastl. »Weil Frau Mimi nicht zu Hause war. Weil niemand war da.« Er setzt sich auf einen Sessel und schlägt sich erneut mit der Hand auf die Stirn.

»Schon gut, Wastl«, versuche ich ihn zu beruhigen.

»Aha!«, kommentiert Mayer Wastls Aussage und wendet

sich dann an seinen Kollegen. »Hintertür und Vordertür auf Spuren, Wege auf Fußspuren checken. Fotos schießen. Aber nichts anfassen, verstanden?«

»Verstanden.« Yilmaz nimmt Haltung an, verlässt den Salon aber nicht.

Mayer stutzt. »Teestunde ist gestrichen.«

»Logo, kein Problem. Aber die Kamera ist im Wagen, und den Schlüssel haben Sie.«

Mayer verzieht kurz den Mund, angelt einen Schlüssel aus der Hosentasche und wirft ihm Yilmaz zu. »Und nun zurück zu meinen unbeantworteten Fragen«, sagt er zu mir. »Wer besitzt einen Schlüssel zur Hintertür? Wer wusste, dass alle ausgeflogen waren? Wer geht hier regelmäßig ein und aus? Besucher? Freunde? Verwandte? Personal? Waren Fremde im Haus? Haben Sie einen Verdacht?«

Ich schiele zu Margot, die hilflos die Schultern zuckt. »Nein, ich habe keinen Verdacht«, antworte ich schließlich. »Und natürlich haben wir oft Besucher im Haus, was in einem Seniorenheim vollkommen normal ist. Aber an völlig Fremde kann ich mich nicht ...«

»Doch, doch!«, ruft Margot aufgeregt dazwischen. »Als wir unsere Sachen verkauft haben, waren etliche fremde Menschen hier.«

Ihr Hinweis entlockt Mayer lediglich ein Naserümpfen. »Ich gehe davon aus, dass Sie die Adressen der Käufer nicht notiert haben, oder?« Sein Tonfall ist nach wie vor ziemlich spöttisch.

»Warum sollten wir?«, kontert Margot. »Es war eigentlich nur unbedeutender Trödel, den wir losgeworden sind. Die edlen oder wertvollen Dinge, wie meine Geige, war allen zu teuer.«

»Aber es gab Interessenten?«, bohrt Mayer nach.

Sie nickt. »Sogar einige.«

Triumphierend sieht Mayer uns an. »Typisch!«

Ich habe keinen blassen Schimmer, was er meint. »Wieso?«

»Na, das sind die Täter! Erst die angebotenen Wertobjekte in Augenschein nehmen, dann die Gewohnheiten der Hausbewohner ausspionieren, und in aller Ruhe einbrechen, wenn niemand da ist«, erklärt Sherlock Holmes mit zufriedener Schnüffler-Miene. »Ich verwette meine Gehaltserhöhung, dass die Stromableser gar keine Stromableser waren. Wie sahen die Kerle aus?«, fragt er Wastl.

Wastl schreckt hoch. »Blaumänner. Tun schwarze Taschen um die Schulter haben.«

»Existieren Fotos von den gestohlenen Sachen?«, redet Mayer weiter. »Vielleicht taucht irgendwas davon auf den einschlägigen Hehler-Seiten im Internet auf. Vielleicht auch bei Ebay. Dann besteht die Chance, sie wiederzubekommen.«

»Wenn wir gewusst hätten, dass wir beklaut würden, hätten wir vorher alles fotografiert«, antworte ich gereizt. Dieser Mensch strapaziert meine Nerven mehr, als mich je eine Operettentournee gestresst hat. Außerdem ist es höchste Zeit, dass er endlich verschwindet. Bongard wird jeden Moment erscheinen, und ich fühle mich, als würde ich auf einer Zeitbombe sitzen.

Margot erinnert mich an die Fotos, die wie ins Internet gestellt haben. »Die sind alle noch auf dem Rechner.«

Mayer grummelt was von »per Mail an ihn schicken« und überreicht mir eine Visitenkarte.

Dazu ist hoffentlich auch morgen noch Zeit, jetzt muss ich Holmes und Watson loswerden. Sofort. Zum Glück taucht Yilmaz auf und verkündet, am Hintereingang etwas gefunden zu haben.

»Einige wenige, aber frische Spuren, anhand derer wir

schließen können, dass sich jemand unbefugten Eintritt verschafft hat. Das Türschloss lässt sich mittels eines einfachen Bartschlüssels öffnen. Profis benötigen dazu lediglich eine Nagelfeile, und die Tür ist in zwei Sekunden geöffnet. Der genaue Zeitpunkt des Einbruchs lässt sich nicht mit letzter Sicherheit bestimmen. Es kann vor zwei, drei oder auch vor vier Stunden passiert sein.«

»Vor zwei Stunden waren bereits alle wieder zu Haus, wir hätten etwas bemerkt«, kommentiere ich seine Erklärung.

»Aha. Dann eher vier Stunden. Yilmaz, Spu-Si alarmieren, die sollen das mal unter die Laborlupe nehmen. Wie schaut es mit Fußspuren aus?«

»Fehlanzeige«, bedauert der Hilfssheriff. »Rund um den Hintereingang ist gepflastert, und die Rasenflächen sind vom starken Regen vollkommen aufgeweicht, da ist nichts mehr zu erkennen.«

»Okay. Abmarsch«, kommandiert Mayer und verabschiedet sich tatsächlich.

Aufatmend begleite ich ihn höchstpersönlich zur Tür. »Vielen, vielen Dank, Herr Kommissar, für Ihre Bemühungen. Die Bilder wird Ihnen meine Cousine zuschicken. Und gute Heimfahrt.« Erleichtert lächle ich ihm nach.

Anschließend sause ich in mein Boudoir, um mich frisch zu machen. Meinem Zeitgefühl nach müsste der Filialleiter eigentlich schon längst da sein. Wie ich dann mit Schrecken feststellen muss, zeigt der Wecker bereits halb acht. Bongard ist eine Stunde überfällig!

# 9

Zwanzig Uhr!

Was für ein Tag. Erst verweigert uns die Bank eine Hypothek, dann werden wir ausgeraubt und nun taucht Bongard auch nicht auf. Dabei habe ich fest mit dem privaten Investor gerechnet.

Es ist zum Durchdrehen. Die Katastrophen nehmen einfach kein Ende. Als läge ein Fluch auf der Villa. »Oh Igor«, seufze ich still vor mich hin. »Wie soll ich das nur den anderen beibringen? Wie blöd, dass wir heute Morgen auf der Bank nicht nach Bongards Mobilnummer gefragt haben.«

Erschöpft schleppe ich mich ins Erkerzimmer, wo ich meine Freunde bei einem verspäteten Abendessen antreffe.

Auf dem Tisch erblicke ich eine Schüssel köstlich aussehender Spagetti mit frischem Bärlauchpesto aus Wastls Anpflanzung. Nudeln standen jahrelang auf meiner »Roten Liste«, weil ich auf meine Figur achten musste. Seitdem ich nicht mehr auf der Bühne stehe, darf ich schlemmen. Ich gönne mir eine extra große Portion, mit der ich mich in eine Art Nudelkoma zu futtern hoffe, um das Desaster zu vergessen. Dumm nur, dass die versammelte Seniorenmannschaft auf den Lagebericht drängt.

»Tja ... die Lage ist leider nicht gerade rosig«, beginne ich und berichte nach und nach, dass sich die Situation noch verschlechtert hat. »Und nun hat uns auch noch der Filialleiter versetzt.«

»Hoffentlich hat der feine Herr Banker nicht mit unserer zurückgepokerten Kohle die Biege gemacht«, unkt Rudi.

»Betonschuhe«, knurrt Wastl, dessen finsterer Blick eindeutig zu der tödlichen Sorte gehört.

Penny formt mit Faust und Zeigefinger eine Pistole. »Peng, peng, peng! Jeder Schuss ein Treffer.«

»Warum nur habe ich seine private Telefonnummer nicht verlangt?«, spricht Margot es aus.

»Ich könnte mir vor Wut in mein Hinterindien beißen, dass ich auf sein charmantes Geschmuse reinfallen bin«, stimme ich in die Klage meiner Cousine ein.

»Moment.« Margot springt auf und ist nach wenigen Minuten zurück. »Hier, der Einzahlungsbeleg.« Sie wedelt mit dem Blättchen.

Hanne schüttelt müde den karottenroten Kopf. »Schätze, dass er wenig nützt, wenn der Filialleiter über alle Berge ist? Ich hoffe nur, dass er den Betrag auf unserem neuen Konto verbucht hat.«

Tatjana bringt den Nachtisch. Vanilleeis mit heißen Himbeeren. Dazu gibt es Caro-Kaffee, der niemandem den Schlaf raubt. Nur ich bitte Tatjana um einen doppelten Espresso.

»Frau Mimi, was haben Sie vor?«

»Nachdenken. Über Betrüger, Straftaten und wie es weitergehen soll«, antworte ich. »Mir reicht es nämlich! Alle belügen und bestehlen uns. Aber damit ist jetzt Schluss! Endgültig. Wir können uns Igors Vermächtnis doch nicht so einfach wegnehmen lassen.«

»Richtig.«

»Kommt gar nicht in die Tüte.«

»Genau.«

»Immer auf die Alten.«

»Nur Gangster, wohin das Auge blickt.«

»Ab sofort kümmern wir uns nicht mehr um Legal oder Illegal«, gebe ich die Losung aus. »Wir werden unsere Seniorenvilla retten. Mit *allen* Mitteln. Ab heute gehen wir über Leichen. Metaphorisch gesprochen. Irgendwelche Vorschläge? Ganz egal, ob illegale oder legale. Alle Ideen sind willkommen.« Fragend blicke ich in die Runde. »Los, los, strengt eure kleinen grauen Gehirnzellen an. Das schützt vor Demenz.«

Doch vorher löffeln alle ganz unschuldig ihr Eis.

Hanne lässt als Erste das Besteck sinken.

»Unlängst hat mich eine ehemalige Kollegin angerufen, die gerne bei uns einziehen würde.«

»Immer her mit den schönen Frauen«, grinst Rudi unter seinem roten Helm hervor. »In meinem Bettchen ist immer noch ein kuscheliges Kissen frei. Betthupferl inbegriffen.«

»Das könnte dir so passen, du lahmer Lustmolch«, lacht Hanne und wendet sich mir zu. »Wie wäre es, wenn wir neue Bewohner aufnehmen und jeweils fünfzigtausend Euro Einstandskaution verlangen?«

»Tolle Idee, mal überlegen ...« Nachdenklich rühre ich zwei Löffel Zucker in den Espresso. »Im Dachgeschoss sind noch drei ungenutzte Räume, die sich dafür eignen würden. Allerdings müssten die erst umgebaut werden. Das würde bedeuten: Kosten statt Einnahmen.«

»Wer fünfzigtausend hinblättert, möchte erstens gleich einziehen und zweitens für so viel Einstand nicht unter einem undichten Dach logieren«, wendet Erika ein.

Ich weiß natürlich, was sie andeutet. »Ja, die Reparatur ist überfällig«, seufze ich. »Auch deshalb kenne ich jetzt kein Pardon mehr.«

»Was haltet ihr davon, die Villa für Dreharbeiten an Filmproduktionen zu vermieten?«, fragt Erika. »Ich hab noch jede Menge Kontakte von früher. Das wird irre gut bezahlt. Nach Beendigung der Dreharbeiten werden sogar eventuell entstandene Schäden behoben. Auf die Art kämen wir kostenlos zu einem renovierten Parkettboden. Allerdings müsste das gesamte Haus leer stehen, sprich: Wir müssten vorübergehend ausziehen.«

Ablehnende Proteste werden laut.

»Und wohin, bitteschön?«

»Ich kann nicht in fremden Betten schlafen.«

»In mein Zimmer lasse ich niemanden. Schon gar keine Filmleute. Wer weiß, was die treiben.«

»Pfui Deibel.«

»Ich bin für Vermieten«, greift Erika ihren Vorschlag erneut auf. »Wir ziehen in ein schickes Hotel, die Produktionen bezahlen auch dafür, und lassen es uns richtig gut gehen. Sauna. Massagen. Wellness.«

»Freunde!« Roderich schiebt seinen Teller zur Seite, streckt seinen linken Arm von sich und betrachtet seinen Siegelring. »Gebäre soeben einen genialen Gedanken. Ich werde jemanden adoptieren. Geld gegen Adelstitel! Jede Menge Snobs sind scharf auf ein »von« und lassen für so eine Aufwertung ordentlich was springen. Die von Haidlbachs sind ein altes ehrwürdiges Geschlecht von Raubrittern. Warum nicht mal wieder ein wenig auf Raubzug gehen, metaphorisch gesprochen. Was hältst du davon, Teuerste?« Er guckt mich mit großen Augen an, als sei er selbst felsenfest von seiner edlen Abstammung überzeugt.

»Du bist doch ...«, platze ich heraus und schlucke in letzter Sekunde das »gar nicht adelig« runter. »Ein cleverer Fuchs«, ergänze ich. Ist ja auch einerlei, ab sofort ist es mir tatsächlich egal, auf welche Weise wir an die nötigen Finanzen gelangen.

»Prinz Pleite, der letzte männliche Spross aus dem uralten Geschlecht der Pleitegeier«, flachst Rudi, wofür er allgemeines Gelächter erntet.

»Ich finde die Idee ausbaufähig«, bestätige ich. »Denk doch mal an diesen ... diesen ... ach, ich komm jetzt nicht auf den Namen ... Zsa Zsa Gábor hat ihn geheiratet ...«

»Frédéric Prinz von Anhalt«, hilft mir Erika auf die Sprünge. »Heißt in Wahrheit Hans-Robert Lichtenberg und war Saunabesitzer, bevor er sich von einer Prinzessin von Anhalt adoptieren ließ. Für eintausend Euro monatliche Leibrente. Ein Schnäppchen.«

»Für läppische eintausend verschleudern wir deinen Namen natürlich nicht, Roddy.«

Er zwinkert mir zu. »Heißen Dank, Teuerste. Wenn alle mitspielen, ist die Nummer ein Klacks. Das Anwesen gibt einen prächtigen Familiensitz ab, und ...« Er streckt erneut die Hand mit dem Siegelring aus, »Zusammen mit dem hier schinden wir mächtig Eindruck.«

»Sind die von Haidlbachs auch im Gotha verzeichnet?«, fragt Margot.

Mir wird heiß. Hoffentlich fliegt Roderich nicht durch übertriebenes Angeben auf.

Aber ihn scheint die Frage nicht im Mindesten nervös zu machen. Lässig wirft Prinz Pleite den Schal über die Schulter und schubst sein Toupet zurecht. »Versteht sich!«

»Wer ist Gotha?«, fragt Wastl.

»Dicke fette Bücher mit Namen von allen Adligen des Landes«, erklärt Roddy verzückt, und dass man dort unter anderem nachschlagen könne, woher die jeweiligen Familien stammen.

Ich lache still vor mich hin. Mit seiner Begeisterung könnte Roderich von Haidlbach definitiv jeden überzeugen. Selbst seine Hochwohlgeboren Harro von Reitzenstein. Wobei Roddy weitaus authentischer wirkt als Harro, den ich eher in die Schublade zu dem hinterhältigen Banker der Landeierbank stecken würde. Die Sorte Männer, die nur leere Phrasen dreschen, mit denen im Ernstfall aber nicht zu rechnen ist. Der Herr Filialleiter hat nur leere Versprechungen gemacht. Harro wollte auch nicht helfen, aber eine fette Provision würde er nie ablehnen. Ich erinnere mich genau an seine Worte: »Solltest du jedoch an einen Verkauf denken, scheue dich nicht, meine Dienste in Anspruch zu nehmen, verehrte Mimi« Er war schmieriger als ein Pfund Butter. Niemals würde ich das Haus verkaufen, nicht einmal, wenn ich es tatsächlich geerbt hätte. Und auf keinen Fall würde ich Harro als Makler engagieren. Wobei ich ihm durchaus zutraue, einen anständigen Preis zu erzielen. Ich wette, darin ist der Herr Graf ein König. Würde mich direkt reizen, es auszuprobieren. Einfach so zum Spaß. Im Grunde ist es ganz simpel: Ich biete ihm an, das Anwesen für uns zu verkaufen, wir kassieren 500 000 als Anzahlung und sind aus dem Schneider. Ich werde immer euphorische, finde allergrößten Gefallen an der Idee. Sie ist einfach genial. Ob sie tatsächlich funktionieren könnte, muss ich noch mit Margot besprechen. Falls mir ein Denkfehler unterlaufen ist, findet sie ihn. Und bevor die Idee nicht vollständig ausgereift ist, möchte ich die anderen nicht einweihen.

»Du bist so still, alles in Ordnung, Teuerste?«

Roderichs Frage unterbricht meine Überlegungen.

»Jaja, alles bestens, ich bin nur trotz des Espressos müde.« Demonstrativ halte ich mir die Hand vor den Mund und gähne. Dann wünsche ich gute Nacht und blinzle meiner Cousine möglichst unauffällig zu. Hoffe, sie versteht den Wink.

Margot lässt auf sich warten. Nachdem sie eine Stunde später immer noch nicht aufgetaucht ist, schleiche ich leise zu ihr rüber. Als ich ein »Ja!« höre, trete ich ein. Sie liegt bereits im Bett, schläft aber noch nicht, sondern liest einen Krimi, den sie jetzt weglegt. Das aschblond gefärbte Haar hat sie in alter Gewohnheit auf Lockenwickler gedreht, wie jeden Abend. Als besäße sie immer noch ihren Laden und müsse täglich hinter der Verkaufstheke stehen. »Wieso geisterst du denn durchs Haus? Ich dachte, du wärst so müde.«

»Hast du nicht bemerkt, dass ich dir zugeblinzelt habe? Du solltest noch zu mir kommen, weil ich etwas Dringendes mit dir besprechen muss.«

»Ach, das war ein geheimes Zeichen? Ich dachte, deine künstlichen Wimpern hätten schlappgemacht.« Schmunzelnd richtet sie sich auf. »Dann berichte, was nicht bis morgen Zeit hat!« Sie klopft auf die Bettkante.

Ich setzte mich ans Fußende, erläutere ausführlich meinen Villen-Verkaufsplan. »Was hältst du davon?«

»Hmm, nicht übel.« Sie guckt eine Weile vor sich hin, bevor sie weiterredet. »Lass uns das mal durchdenken. Erste Frage: Weiß seine blaublütige Merkwürden, dass nicht du, sondern Sergej das Anwesen geerbt hat?«

»Nein, Harro kam ja nur zum Kondolieren vorbei und glaubt, ich benötige Geld für Erbschaftssteuer und Renovierungen.«

»Hmm, gar nicht übel, und nur zur Hälfte gelogen«, erkennt sie. »Die Ausgangssituation wäre okay. Leider gibt es einen Haken: Harro müsste einem Käufer raten, die Anzahlung erst *nach* dem Notartermin zu begleichen.«

»Was für ein Notartermin?«, frage ich entgeistert.

Geduldig erläutert sie mir die Vorgehensweise bei Immobiliengeschäften, und dass kein vernünftiger Mensch eine halbe Million ohne bombensicheren Vertrag auf den Tisch blättert. Zudem gäbe es Rücktrittsklauseln. »Sämtliche Unterlagen vom Haus habe ich gefunden, als ich nach der Versicherungspolice gesucht habe. Daraus geht hervor, dass Igor als Eigentümer im Grundbuch eingetragen ist. Anzunehmen, dass Harro ein Testament verlangen wird. Ob er auch Einsicht ins Grundbuch verlangen kann, weiß ich im Moment nicht. Schätze aber, dass er da als Makler Zugang hat. Und genau das sind die undichten Stellen, durch die wir auffliegen könnten.«

»*Parbleu*«, fluche ich. »Schade um die schöne Idee.«

Sie rutscht in die Liegeposition und zieht die Decke ans Kinn. »Mal drüber schlafen. Vielleicht lässt sich doch was draus machen. Gute Nacht.«

Enttäuscht wünsche ich ihr kreative Träume und verziehe mich in meine Kammer. Doch ich kann nicht schlafen. Was, wenn Margot keine Lösung für das Problem einfällt? Dann heißt es: einpacken. Und zwar unsere restlichen Habseligkeiten in Umzugskartons. Weinend liege ich im Dunkeln, finde keinen Schlaf und würde am liebsten aufgeben. Ohne Igor komme ich mir heute besonders einsam vor. Er fehlt mir so sehr. Seine Nähe. Sein Arm, den er um mich legte, bevor wir einschliefen. Sein »Gute Nacht, Geliebte«. Und sogar sein Schnarchen vermisse ich.

Irgendwann scheine ich doch eingeschlafen zu sein, denn ich schrecke von polternden Geräuschen hoch. Einen Herzschlag lang glaube ich, geträumt zu haben, dann höre ich eine Männerstimme »Hey, stehn bleiben!« brüllen. Es klang nach Wastl. Trotzdem wage ich nicht, mich zu bewegen. Vielleicht sind die Einbrecher zurück, um uns zu erpressen, zu kidnappen oder grausam zu meucheln. In meiner Phantasie sehe ich mich schon gefesselt und geknebelt in einem Kofferraum liegen. Panisch vor Angst überlege ich, mich zwischen meinen Federboas zu verstecken, als die Tür auffliegt. In dem vom Flur einfallenden Gegenlicht sehe ich die Umrisse einer Gestalt. Ängstlich verkrieche ich mich unter der Bettdecke.

»Mimi?«

Erleichtert erkenne ich Pennys Stimme, tauche wieder auf und knipse die Jugendstillampe auf meinem Nachttisch an.

»Was ist denn da draußen los?«

»Keine Ahnung.« Sie humpelt zu mir ans Bett. »Ich bin von Geräuschen wach geworden und wollte nachsehen, woher ...«

Lautes Türknallen unterbricht sie. Jemand rennt durchs Haus. Ein Schrei.

»Tu stehn bleiben!«

Eindeutig Wastls Stimme, jetzt aus ziemlicher Nähe.

»Lass uns nachsehen«, fordert Penny mich auf.

Verneinend schüttle ich den Kopf.

»Ich beschütze dich«, sagt sie und öffnet ihre Hand, in der eine Minipistole liegt. »Die ist echt und geladen!«

»Du willst doch nicht damit schießen?«

»Oh doch! Und ich hoffe, ein bewegliches Ziel orten zu können«, lacht sie vergnügt. »Aber ich verspreche dir, ich ziele daneben ... und nun komm endlich.«

Ich schlüpfe in den Morgenmantel, der am Fußende des Bettes liegt, und gemeinsam tapsen wir dir Treppe nach unten.

»Diva mit Zofe?« Rollstuhl-Rudi kommt angerollt. »Ihr seht ja hinreißend komisch aus.« Lachend mustert er uns. »Lila Morgenmäntel mit Federbesatz in Kombi mit Schlafanzügen mit Hirschen ist wohl der allerletzte Schrei? Ihr solltet als Komikerinnen auftreten.«

»Graues Nachthemd mit rotem Fahrradhelm machen auch keinen George Clooney aus dir«, lästert Penny zurück.

»Hast du George denn schon mal im Hemd mit Helm gesehen?«, fragt Rudi.

»Was ist hier los?« Auf der Treppe taucht Roderich auf. Unser Grandseigneur ohne Frisur, im schicken rosa-weiß-gestreiften bodenlangen Nachthemd mit rosa Seidenschal und grauen Cowboystiefeln. »Meine Güte, eine Versammlung wie in Tanz der Vampire. Polanski wäre entzückt.«

Hinter ihm tauchen Erika, Hanne, Margot und die restlichen Mitbewohner auf. Alle in wallenden Nachtgewändern mit wirren Haaren und verstörten Mienen, eindeutig aus dem Bett gesprungen. Gegenseitig fragen sie sich, was es mit dem nächtlichen Radau auf sich hat. Niemand hat Antworten. Noch während wir im Flur rumrätseln, taucht Wastl aus dem Halbdunkel auf. In Begleitung. Genauer gesagt: mit Beute!

»Tu ich erwischen!« Er bugsiert den Täter am Schlafittchen vor sich her und strahlt dazu, als sei ihm der meistgesuchte Verbrecher des Landes in die Hände gelaufen.

Der Einbrecher trägt den vermutlich in Ganovenkreisen üblichen dunkelblauen Overall, schwarze Schuhe und schwarze Handschuhe. Das Gesicht geschwärzt, auf dem Kopf eine dunkle Schildkappe mit dem Logo »Aufsperr-Fuchs«.

Roderich stemmt die Fäuste in die rosa-gestreiften Hüften. »Findet bei uns die Einbrecher-Olympiade statt, oder wie dürfen wir diesen erneuten Angriff auf unser Eigentum verstehen?«

»Das ist doch …« Penny stakst unerschrocken auf den Täter zu und guckt ihm unter das Schild. »Ewer Fuchs!«

»Wir haben Ihnen eine Designer-Tasche fast geschenkt«, schnauft Margot vorwurfsvoll. »Und als Dank dafür wollten Sie uns bestehlen?«

Überraschend höflich nimmt Ewer die Kappe ab, nickt kaum merklich, schüttelt dann aber sofort den Kopf.

Wastl packt ihn noch fester am Kragen. »Tu ich Polizei rufen, Frau Mimi?«, fragt er.

»Bitte, bitte, keine Bullen«, meldet sich Ewer kleinlaut. »Ich habe nichts gestohlen. Ich bin kein Verbrecher.«

»Tust du aber bei uns einbrechen«, erinnert ihn Wastl und schüttelt ihn ein wenig.

»Polizei finde ich aber auch übertrieben«, ergreift Penny Ewers Partei.

Wastl hält den armen Delinquenten unbeirrt fest. »Okay, in See schmeißen?«, fragt er mich.

»Ich kann nicht schwimmen«, jammert Ewer.

»Nein, Wastl«, stoppe ich unseren hauseigenen Zerberus. »Das wäre übertrieben. Und zu einem nächtlichen Treffen mit Mayer bin ich auch nicht in Stimmung.« Allein der Gedanke daran verursacht mir schlimmste Migräne.

Roderich wedelt mit den Händen. Ein sicheres Zeichen, dass er uns gleich eine Regieanweisung erteilen wird. »Alle Mann in den Salon zur Beratung!«

Einige wollen sich erst noch was überziehen, andere begeben sich in die Küche, um Baldriantee zu kochen, und irgendjemand verkündet, Kekse zu organisieren. Nach kurzer Zeit sitzen wir gemeinsam im Salon bei sanfter Beleuchtung. Im Kamin flackert ein Feuer, nachts ist es noch empfindlich kalt, Tassen klappern auf Tellern, Zellophanpapier raschelt, und die ganze Szene wirkt, als wär's die gemütliche Teestunde schlafloser Senioren. Wäre da nicht der Mann im Overall, der mit einem langen Seil kunstvoll auf einen Stuhl gefesselt wurde. Dieser »Spaß« war Wastl nicht auszureden.

Roderich übernimmt das »Verhör«. Er hat sich dicht vor dem bedauernswerten Opfer aufgebaut. »Also, warum sind Sie hier eingebrochen?«, bellt er ihn an.

Ewer blickt ängstlich hoch. Anscheinend erinnert er sich an den Kampf mit ihm. »Ich ... ich ... wollte nur ... *mein* Geld«, stammelt er.

»Ah, die Kohle vom Überfall!« Roderich lacht amüsiert auf. »Als Bankräuber sind Sie eine Niete, wenn ich Ihnen das mal so unverblümt sagen darf. Planung, mein Lieber, ist der halbe Überfall.«

Ewer sinkt in sich zusammen, soweit es Wastls straffe Fesselung überhaupt zulässt.

Ich habe richtig Mitleid mit dem Armen. Der ist harmloser als eine Fruchtfliege. Wenn wir die Beute noch hätten, würde ich sie ihm glatt zurückgeben. »Leider kommen Sie zu spät, wir wurden nämlich heute Mittag von Ihren Kollegen ausgeraubt«, informiere ich ihn. »Die, nebenbei bemerkt, äußerst gründlich waren.«

Roderich nickt heftig. »Die Gauner sind auch nicht vor der Sockenschublade zurückgeschreckt und haben meinen Notgroschen mitgehen lassen.«

Ewer sieht uns treuherzig an wie ein kleiner Junge, der einfach nicht glauben will, dass tatsächlich echte Gangster existieren. »Meine Frau ist verstorben.«

»Tut uns sehr leid«, mischt sich Penny ein. »Sie benötigen das Geld wohl sehr dringend?«

»Meine Frau ist verstorben«, wiederholt er stoisch.

»Unser Beileid.«

»Wie traurig.«

»Herzliche Anteilnahme.«

»Frau tot!« Roderich schüttelt unbeeindruckt den haarlosen Kopf. »Sind Sie mit der Nummer noch frei?«

Die herzlose Frage schockt Ewer so sehr, dass er röchelnd in Tränen ausbricht.

Penny reicht ihm eine Papierserviette, bemerkt aber gleich die Sinnlosigkeit und schnauzt Wastl an: »Mach doch endlich dieses dämliche Seil ab. Herr Fuchs ist völlig ungefährlich.«

»Ich denke auch, dass die Fesseln unnötig sind«, sage ich und weise Wastl an, sie zu lösen.

Er bindet Ewer Fuchs los, der zieht seine Handschuhe aus

und verwischt beim Naseputzen die schwarze Farbe im Gesicht. Nun sieht er eher nach Karneval-Jeck aus als nach bösem Buben.

Penny schnappt sich einen Stuhl und setzt sich neben ihn. »War es ein Unfall?«, erkundigt sie sich wie eine gute Freundin, die Trost spenden möchte.

»Angeblich waren es nur ein paar gutartige Zysten, dann wurde doch Brustkrebs daraus«, flüstert er kaum hörbar.

Neugierig gesellt sich Rollstuhl-Rudi dazu. »Bei allem Respekt, Mann, aber wo ist der Zusammenhang zwischen ihrer verstorbenen Frau ... mein Beileid ... und Ihrem Überfall auf die Bank?«

»Weil es Verbrecher sind!«, schimpft Ewer zornig. Er scheint sich etwas erholt zu haben.

»Wie alle Banken und Banker«, bestätige ich und muss an Bongard denken. Wenn der mir jemals wieder unter die Augen tritt, kann ich für nichts garantieren. Gut möglich, dass ich ihm von Wastl ein paar schicke Betonschuhe anpassen lasse.

»Aber das ist immer noch keine Story«, mischt Erika sich ein. »Wenn Sie kein Gangster sind, was oder wer sind Sie dann?«

»Verzweifelt!« Seufzend bedeckt er seine Augen mit der Serviette.

Penny bringt ihm Tee, den er gierig trinkt. »Aber warum die Überfälle?«, erkundigt sie sich mit sanfter Stimme, nachdem er eine zweite Tasse geleert hat. »Sie hätten hinter Gitter landen können.«

»Die Gefahr besteht immer noch, wenn wir ihn der Polizei ausliefern«, tönt Roderich lautstark. »Immerhin ist er unerlaubt ins Haus eingedrungen, hat also eine Straftat begangen. Das ist Fakt.«

»Tun Sie doch nicht so unschuldig«, kontert Ewer trotzig.

Der Tee und Pennys mitfühlender Beistand haben ihn offensichtlich mutig gemacht. »Wenn *Sie* nicht die Taschen vertauscht hätten, wäre ich jetzt nicht hier.«

»Das geschah nicht mit Absicht, und ich habe den Irrtum erst zu Hause bemerkt«, versichere ich eiskalt. »Leider können wir die Beute nicht zurückgeben. Wir sind nämlich genauso pleite wie Sie.«

Seine geröteten Augen verengen sich. »Wurde Ihnen auch das Haus gepfändet? Müssen Sie morgen ausziehen? Wissen Sie auch nicht, wohin? Müssen Sie in Zukunft auf der Straße schlafen? Haben Sie alles verloren, bis auf ein paar persönliche Dinge?« Seine Fragen sind eine Klage gegen alles und jeden, auf die er keine Antworten erwartet. Dann atmet er tief ein und spricht weiter. »Mit der Krankheit meiner Frau fing alles an. Vor fünf Jahren. Niemand konnte ihr helfen. Auch die teuren Privatärzte nicht, für die wir bis nach Amerika gepilgert sind, weil uns jemand einen Spezialisten mit ganz neuen, bahnbrechenden Methoden empfohlen hat. Doch auch der konnte sie nicht heilen, lediglich ihr Leiden etwas lindern. Um die Behandlungen bezahlen zu können, habe ich unser Haus mit immer noch einer Hypothek belastet. Kurz nach dem Tod meiner Frau hat die Bank dann urplötzlich alle Hypotheken gekündigt. Auf mein Drängen hin wurde mir gegen Einsicht in die Bücher meiner Schlüsseldienst-Firma eine Fristverlängerung zugesichert. Aber dann hätte ich ohne Vorwarnung doch alles auf einmal zurückzahlen sollen. Als ich das nicht konnte, wurde das Haus gepfändet. Diese Betrüger.« Er atmet erleichtert auf, als habe ihm lange niemand mehr zugehört.

Schweigend wechseln wir betroffene Blicke.

»Handelt es sich vielleicht um die Bank, die Sie überfallen haben?«, frage ich schließlich.

»Ganz genau!!! Diese Verbrecher waren von Anfang an

scharf auf mein Haus. Es ist zwar nur ein kleiner Bungalow in Seeshaupt, den ich von meinen Eltern geerbt habe, aber er hat einen eigenen Zugang zum See. Und was so ein Grundstück wert ist, muss ich Ihnen nicht sagen.«

Ewers Antwort beschert mir ein unangenehmes Magengrummeln, aber ich muss nachfragen. »Ist Filialleiter Bongard für Ihren Schlamassel verantwortlich?«

»Nein, Adelholzer heißt der Kerl ...« Ewer läuft rot an vor Wut. »Ein junger, ehrgeiziger Schnösel, der mir das Blaue vom Himmel versprochen, aber nicht mal das Schwarze unterm Fingernagel gehalten hat.«

Ich kann es kaum fassen. Nicht nur Bongard, auch der andere Angestellte ist unehrlich. Wer weiß, ob nicht auch das Mädchen am Schalter betrügt. Wir ahnungslosen Kunden können es uns nur selten vorstellen, aber irgendeine Möglichkeit finden Gauner immer, wie wir gerade gehört haben. Igor würde sich im Grab umdrehen, wenn er davon wüsste. Von wegen Landeierbank, das ist ein auf seriös getarntes Gangsternest!

Penny schenkt Tee nach. »Was haben Sie denn jetzt vor?«

»Was schon?« Hilflos zuckt er die Schultern. »Das Haus ausräumen und mir dann die Kugel geben.« Er blickt Penny an, die immer noch die Waffe in der Hand hält. »Oder jemand suchen, der mir den Gnadenschuss verpasst wie einem lahmen Pferd.«

Penny verstaut das kleine Schießeisen eilig in die Tasche ihrer Schlafanzugjacke.

Na, da ist er ja genau an die Richtige geraten, denke ich und muss innerlich lachen. Die Situation hat eindeutig Potenzial für eine bühnenreife Tragikomödie.

Unsere Schützenkönigin betrachtet ihn eingehend. »Ich weiß, wie Sie sich fühlen, denn auch ich habe meinen Mann durch diese grauenvolle Krankheit verloren, war vollkommen am Ende und wollte mir selbst den Gnadenschuss geben«, sagt sie schließlich mit ernster Miene, zieht die Schlafanzughose an ihrem amputierten Bein hoch und präsentiert die Prothese. »Und das ist dann bei der Nummer rausgekommen.«

Ewer wird leichenblass. Wir anderen lauschen gespannt, ob sie ihm die Wahrheit oder eine ihrer Räuberpistolen erzählen wird.

»Es ist nämlich gar nicht so leicht, sich selbst zu erschießen«, echauffiert sich Penny weiter. »Wo soll man ansetzen? An der Schläfe?« Demonstrativ drückt sie den ausgestreckten Zeigefinger an den Kopf. »Oder direkt an der Brust? Ich habe lange überlegt, womit ich am wenigsten Schweinerei anrichten würde. In Fetzen auf dem Fußboden zu enden, ist ja auch irgendwie unschön. Die armen Verwandten müssen die Sauerei dann aufwischen. Einsam im Wald wollte ich aber auch nicht liegen und womöglich von Wildschweinen gefressen werden. Ich befand mich in einer ausweglosen Lage. Fragen konnte ich ja wohl kaum jemanden. Und soweit mir bekannt ist, existiert auch keine Beratungsstelle für Selbstmörder. Wäre ja auch zu merkwürdig, wenn der Lebensmüde irgendwo anrufen und fragen könnte, wie man sich am saubersten um die Ecke bringt. Oder vorher ein Reinigungskommando beauftragt, eine Stunde später den Ort des Geschehens zu säubern.«

Ewer hört fasziniert zu. Offensichtlich hat Penny den richtigen Knopf gedrückt. »Und dann?«, fragt er.

»Hat das Telefon geklingelt, ich hab vor Schreck abgedrückt und das Knie zerschossen. Leider konnten auch drei Operationen mein Bein nicht retten. Am Ende musste amputiert werden.«

»Wie grausam«, bedauert Ewer mit aufrichtig bedrückter

Miene. »Erst den Mann verlieren und dann auch noch das Bein.«

»Ja, es war die schlimmste Phase meines Lebens«, entgegnet sie und zwinkert mir unauffällig zu. »Aber meine lieben Freunde haben mich aufgenommen und getröstet. Heute bin ich froh und glücklich, damals danebengeschossen zu haben – trotz der Behinderung.«

Zustimmendes Gemurmel wabert durch den Salon.

Ewer lässt den Kopf sinken. »Meine Freunde haben sich schon lange verabschiedet, aus Angst, angepumpt zu werden.«

»Aber Sie haben immer noch eine Bleibe, oder?« Penny hebt kurz die Hand, als wolle sie ihm übers braune Haar streichen, lässt es dann aber bleiben. Sieht ganz danach aus, als würde sie ihn als Nächstes in ihr breites Messingbett einladen.

»Mein Haus gehört mir nur noch ein paar Stunden«, antwortet er geknickt. »Bis morgen Abend achtzehn Uhr, um genau zu sein. Da ist der Vollstreckungs...« Er stockt, als könne er die Katastrophe nicht benennen.

Ein beklemmendes Gefühl drückt auf meine Brust. Ich kann mir gut vorstellen, wie es mir nach Igors Tod ohne Freunde ergangen wäre. »Wie wär's, Herr Fuchs, wenn Sie alles Unangenehme erledigen und danach bei uns vorbeikommen? Gemeinsam finden wir eine annehmbare Lösung.«

»Ehrlich?« Ewer blickt mich ungläubig an.

»Logisch«, antwortet Penny für mich.

»Ja, ganz ehrlich«, bestätige ich. »Und vielleicht können Sie uns auch einmal behilflich sein.« Ich liebäugle mit seinen Aufsperrkenntnissen. Sobald ich Sergejs Adresse weiß, könnten wir mit Ewers Hilfe dort mal bei Nacht und Nebel einfallen. Aber das muss ich ihm jetzt noch nicht auf die schwarz verschmierte Nase binden.

# 10

Zwei Tage später sitzen wir nachmittags zur gewohnten Teestunde wieder gemütlich am Kamin. Langsam wird's brenzlig, denn es fehlt immer noch eine halbe Million. Auch die 50 000 können wir vermutlich abschreiben. Wie wir gestern aus Zeitung und Lokalfernsehen erfahren mussten, ist Bongard spurlos verschwunden. Er wird beschuldigt, Falschgeld über die Bank zu waschen, sowie Kunden im großen Stil betrogen zu haben. Ich war sprachlos. Margot hielt es für eine Falschmeldung und rief selbst bei der Bank an. Genauere Einzelheiten wollte man ihr zwar nicht verraten, doch die Zeitungsmeldung wurde bestätigt. Bongard sei flüchtig und würde polizeilich gesucht. Margot hat sich natürlich auch in das neue Konto eingeloggt, es war kein Geldeingang verbucht. Am Telefon erfuhr sie, dass es auch keinen Einzahlungsbeleg gäbe. Für mich ist der Mann ab sofort gestorben.

Erfreulicherweise gibt es auch gute Nachrichten: Ich habe die *Kelly-Bag* wieder, und die Seniorenvilla hat einen neuen Mitbewohner. Ewer Fuchs. Damit er nicht noch einmal irgendwo einbrechen oder sonstige Straftaten begehen muss, zu denen ihm jegliches Talent fehlt, durfte er eines der Dachgeschosszimmer beziehen. Auf Probe, wie er selbst sagt, bis er seine Firma, den »Aufsperr-Fuchs«, verkauft hat. Mit dem Erlös beabsichtigt er, sich in die Seniorenvilla einzukaufen. Ob der Verkauf aber so schnell über die Bühne geht, dass wir davon profitieren, davon kann ich nur träumen. Es ist zwar unökonomisch, den gut gehenden Laden zu veräußern, doch er glaubt, dass ihn die Firma ständig an seine verstorbene Frau erinnern würde, die sich um die Büroarbeiten gekümmert habe. Penny hat ihm uneingeschränkt zugestimmt, denn nach dem Schuss ins Knie habe sie ihre Mitgliedschaft im Schützenverein gekündigt und das Vereinsheim nie wieder betreten. Jedenfalls war das die offizielle Version für Ewer, als er nach der Herkunft der Waffe gefragt hat, mit der sie sich verletzt hat.

Im Moment sind Ewer und Wastl damit beschäftigt, eine genaue Liste der anstehenden Reparaturen zu erstellen. Die zwei bilden ein prächtiges Team, wie sich bald herausgestellt hat. Kann uns nur zugutekommen. Ein doppelter Hausmeister ist allemal besser als einer, in dessen Kopf auch noch ein ständiges Wirrwarr herrscht. Vor allem, wenn der neue gelernter Schlosser und handwerklich hochbegabt ist.

»Welche Kosten sind realistisch?«, frage ich Ewer, als er und Wastl uns den zweiseitigen Bericht überreichen.

»Minimum Hunderttausend. Aber nur, wenn wir vieles in Eigenleistung erledigen.«

»Na, hab ich das nicht schon gesagt?«, meldet sich Margot, die Herrscherin aller Zahlen. »Dabei ist das nur geschätzt, meistens endet das locker beim doppelten Betrag, wie bei allen Bauarbeiten. Egal, ob es sich um kleine Baustellen oder Riesenprojekte handelt wie Bahnhöfe oder Hauptstadt-Flughäfen.«

»Tun wir alles selber machen«, versichert Wastl eilig und klopft seinem neuen Partner so begeistert auf die Schulter, dass der fast aus dem Stuhl kippt.

Ich übergebe die handgeschriebenen Berechnungen an Margot, die das Ganze in den Computer tippen und vorzeigefähig ausdrucken wird, um sie Harro zu präsentieren. Aber vorerst tun wir nur so, als ob wir etwas tun. Die Mängelliste dient lediglich zur Argumentationshilfe beim vorgetäuschten Villen-Verkauf. Margot ist tatsächlich eine raffinierte Finte eingefallen, wie wir die Nummer über die Bühne bringen können. Wenn Harro der Supermakler ist, für den ich ihn halte, wird er die Schwachstellen der Villa natürlich monieren, ja sogar danach suchen, um den Preis zu drücken. Mit der Mängelliste untermauern wir unsere »Ehrlichkeit«. Wir verheimlichen nichts. Nicht den kleinsten Kratzer im Parkett. Trotz der Macken und Schäden ist die Villa für drei Millionen ein Superschnäppchen. Margot hat im Internet recherchiert: Im Vergleich mit ähnlichen Anwesen wäre unseres ohne Mängel schlappe fünf Millionen wert. Harro war *enchanté*, also total aus dem Häuschen über den Verkaufsauftrag. Wie erhofft, hat er weder nach Testament noch nach Grundbucheintrag gefragt, aber sofort einen Interessenten aus seiner noblen Kartei gezogen. Eine holländische Adlige, die sich unbedingt an einem bayrischen See niederlassen möchte. Morgen Vormittag erscheint sie zur Besichtigung. Ob sie ihr Vermögen mit Tulpenzwiebeln oder Tomaten macht, wollte Harro nicht verraten. Ist mir aber auch egal, der Handel ist ohnehin nur Schwindel. Die holländische Prinzessin muss sich ein anderes Gewässer suchen, falls sie auch in Bayern Gemüse züchten möchte. Wir wollen nur ihr Geld.

Die Türklingel unterbricht meine Vorfreude. Ich überlege, ob Harro eine Vorbesichtigung erwähnt hat, zu der er alleine kommen würde.

»Tu ich öffnen.« Wastl schnellt hoch und erscheint nach wenigen Minuten wieder. Im Gesicht grau wie unsere Wände, als wäre er einem Geist begegnet. »Da ... «

»Was ist los, Wastl?«

»Da ... da ... «, stottert er mit flackerndem Blick.

»Ist jemand an der Tür?«, ergänze ich seine Gestammel.

Ein schwaches Nicken ist die Antwort. Sehr merkwürdig für den sonst so unerschrockenen Wastl.

Roderich bietet an nachzusehen und taucht nach wenigen

Sekunden kopfschüttelnd auf. »Teuerste, du solltest dich auf die Überraschung deines Lebens gefasst machen«, sagt er geheimnisvoll, als ich mich nach dem Besuch erkundige.

»Vielleicht der Oberschnüffler Mayer, der das Diebesgut bereits gefunden hat?«, scherze ich gut gelaunt. »Dann würde er mir direkt noch sympathisch werden.«

Gespannt öffne ich die Tür zu dem geräumigen Vestibül, das für Besucher mit einem zierlichen Sofa aus dem frühen Biedermeier möbliert wurde. Ich erblicke einen Mittsechziger mit Kinnbart und Übergewicht in einfacher Kleidung aus derbem Drillichstoff. Sein Haar ist stark ergraut und wirkt ungewaschen. Doch es sind nicht die Klamotten oder das ungepflegte Haar, die mein Herz in doppelter Geschwindigkeit schlagen lassen. Die mir derartig heftige Schwindelgefühle verursachen, dass ich mich neben ihn aufs Sofa fallen lasse.

Höflich steht er auf. »Guten Abend, Frau Varelli. Bitte entschuldigen Sie den Überfall. Ich bin ...«

»Sergej Komarow!«

Er blickt mich irritiert an. »Ja, woher wissen Sie?«

»Sie sehen aus wie Igor mit Bart.« Der aber niemals so nachlässig gekleidet war, füge ich in Gedanken hinzu. Befremdet mustere ich das grüne Hemd mit der gleichfarbigen Jacke, die blaue Hose, die verstaubten schwarzen Schuhe. Alles zusammen erweckt den Eindruck von Anstaltskleidung. Fragt sich nur, aus welcher Anstalt er entwichen ist? Angst verursacht mir das aber nicht, denn er ist Igors Bruder, daran besteht kein Zweifel. Die gleiche Gesichtsform, die gleichen faszinierenden Augen, die gleiche sympathische Ausstrahlung. Allerdings riecht er nicht wie Igor nach teurem Aftershave, sondern eher nach Schweiß und Schwierigkeiten.

»Bitte verzeihen Sie, dass ich einfach so reinplatze«, hebt er von Neuem an.

Nein, ich verzeihe nicht, schon gar nicht die Probleme, mit denen ich mich Ihretwegen seit drei Wochen rumplage, würde ich gerne schreien. Noch lieber würde ich ihn aus dem Haus werfen. Es grenzt an Belästigung, unangemeldet aufzutauchen. Noch dazu mit Igors Gesicht von vor zehn Jahren. Stattdessen ringe ich mir ein hochnäsiges Diven-Lächeln ab, blicke ihn verächtlich an und sage mit vorwurfsvollem Unterton: »Sie wurden auf der Beerdigung Ihres Bruders vermisst.«

Verlegen tritt er von einem Bein aufs andere. »Ich war ... ähm ... verhindert.«

»Ihr Anwalt meinte, Sie hätten geschäftlich in Südamerika zu tun.« Ein glatte Lüge, wie mir beim Anblick seiner fahlen Hautfarbe klar wird. Was immer das für »Geschäfte« waren, viel Sonne scheint er dabei nicht abbekommen zu haben.

»Darf ich Sie um etwas bitten?«, fragt er ausweichend.

»Hmm?« Ich bin ja kein Unmensch, auch wenn ich ihn zu gerne aus dem Haus jagen würde.

Überraschend bittet er um einen Ort, wo wir ungestört wären, und ein Glas Wasser. Letzteres bringt mich ins Grübeln. Wie lange ist er schon unterwegs? Woher kommt er? Und warum hierher? Beabsichtigt er etwa, das Kaufangebot zurückzunehmen? Oder schlimmer, die Anzahlung sofort kassieren zu wollen?

»Falls Sie mit mir über das Angebot sprechen möchten, die Frist läuft er in einer Woche ab, wenn ich Sie daran erinnern darf«, sage ich kühl.

»Nein, deshalb bin ich nicht hier«, versichert er eilig.

Die Tür öffnet sich einen Spalt. Margot steckt ihren Kopf durch. »Wo bleibst du denn so lange?« Sie guckt erst mich an, dann konsterniert auf Sergej. »Ach du grüne Neune!«, entfährt es ihr.

»Alles in Ordnung«, beruhige ich sie. »Das ist Sergej, Igors Bruder.«

Sie schluckt. »Schon klar, aber im ersten Moment ... Ich dachte echt, da steht ein Geist ... so eine Ähnlichkeit aber auch ... unfassbar ...«

»Bitte verzeihen Sie«, entschuldigt sich Sergej höflich und lächelt sie schüchtern an.

»Keine Ursache«, sagt Margot und wendet sich an mich. »Brauchst du meine Hilfe?«

»Nein danke, in ein paar Minuten bin ich wieder bei euch.«

Sie nickt und verzieht sich. Ich führe Sergej ins Souterrain, wo Igor neben der Küche einen Aufenthaltsraum für das Personal eingerichtet hat. Einen gemütlichen kleinen Raum mit Liege, Tisch, Stühlen und Minikühlschrank. Hier hält sich nach Feierabend niemand mehr auf.

»Bitte, nehmen Sie Platz«, sage ich, während ich den Kühlschrank öffne. »Mineralwasser und Apfelsaft?«

»Sehr gern, dankeschön.«

Ich stelle Wasserflasche, Safttüte und ein Glas auf den Tisch. »Bedienen Sie sich.«

Er bedankt sich erneut, füllt Saft und Wasser ins Glas und leert es in einem Zug wie ein halb verdursteter Arbeiter. Auch die Art, wie er sich mit dem Ärmel über den Mund wischt, spricht nicht für einen weltgewandten und weitgereisten Geschäftsmann, der in Südamerika vielleicht mit Gold und Diamanten handelt. Nur seine guten Manieren und die gepflegten Hände passen nicht zu meinen Überlegungen.

»Also, was führt Sie zu uns?«

»Ich habe ... ein Problem«, beginnt er zögernd.

»Wer nicht«, platze ich heraus. »Seit Igors Tod kenne ich nichts anderes. Probleme, Probleme, Probleme. Vom Aufstehen bis zum Zubettgehen. Früher war ich eine gefeierte Sängerin, habe mein Publikum begeistert, bekam Blumen, Geschenke, Ovationen und hatte ...« Ich breche ab. In letzter Sekunde, bevor ich die verräterischen Worte »niemals Geldsorgen« ausgesprochen hätte. Sergej darf auf keinen Fall davon erfahren. »Zeit, mir die Nägel zu maniküren.« Zur Ablenkung strecke ich meine Hände aus und betrachte sie missmutig. Der Lack ist tatsächlich abgesplittert. Es gibt zwar Schlimmeres, doch auch das wäre mir früher nicht passiert.

»Mein Beileid«, sagt er leise. »Ich weiß, dass Sie mit meinem Bruder verlobt waren. Es muss eine schwere Zeit für Sie sein. Aber Ihrer Schönheit kann alle Trauer nichts anhaben. Sie sehen immer noch hinreißend aus, wenn Sie mir erlauben.«

»Vielen Dank«, erlaube ich mit sanftem Lächeln, fühle mich geschmeichelt. Der Kloß in meinem Hals schwillt an. Sergej ist seinem Bruder nicht nur äußerlich sehr ähnlich. Auch die Art, wie er mich ansieht und mir schmeichelt, erinnert mich an Igor. Einmal mehr wird mir schmerzlich bewusst, dass mich mein geliebter Kuschelbär verlassen hat. Für immer. Dieser Mann in Anstaltskleidung hat zwar nichts mit seinem Tod zu tun, aber für meine momentane Zwangslage ist allein *er* verantwortlich. Der Gedanke bringt mich zurück in die bittere Realität. »Also, was gibt es so Wichtiges, das nicht warten kann?«, frage ich mit der genervten Stimme einer viel umschwärmten Operettendiva, die dringend Ruhe benötigt.

»Ich war im Gefängnis, deshalb konnte ich nicht zur Beerdigung erscheinen.«

Ungläubig starre ich ihn an. Eigentlich dachte ich in Zusammenhang mit Anstaltskleidung eher an Klapsmühle. Denn wie sollte er aus dem Gefängnis entkommen sein? Mit einer Feile? Nein, das wäre in der heutigen Zeit wohl kaum noch möglich. Sicher wird er gleich anfangen zu lachen und das Ganze als Scherz erklären. Doch er bleibt stumm. Ich fürchte, er sagt die Wahrheit. Seine Kleidung bestätigt es. Und dann ahne ich, was er von mir möchte. »Anscheinend sind Sie ausgebrochen und spekulieren darauf, sich hier zu verstecken. Das können Sie vergessen. Bei aller Liebe zur ›Familie‹, wenn ich einen Verurteilten verstecke, mache ich mich strafbar.« Nicht auszudenken, wenn Mayer ihn bei mir fände. Das würde den Herrn Superkommissar nur in der Vermutung bestärken, dass ich kriminell bin.

»Bitte, Frau Varelli, hören Sie mich erst einmal an, bevor Sie ablehnen«, bedrängt er mich.

»Eine Minute.«

»Ich bin kein Bankräuber, falls Sie das denken«, beginnt er zu erklären.

Wie kommt er denn auf Bankräuber? Weiß er etwas? Will er mich erpressen? »Was ich denke, ist unerheblich«, entgegne ich abweisend.

»Nicht in meiner Situation«, erwidert er lächelnd. »Ich wurde wegen Betrugs zu einer Haftstrafe verurteilt. Aber ich bin unschuldig.«

Gleichgültig zucke ich die Schultern. »Sagen das nicht alle Inhaftierten? Aber was haben wir damit zu tun?«

»Selbstverständlich nichts. Ich wollte Ihnen nur die Zusammenhänge erklären.«

»Die da wären?«

»Ich bin Zwischenhändler für Diamanten und wurde von einem Juwelier angezeigt, ihm falsche Edelsteine geliefert zu haben«, antwortet er mit ruhiger Stimme und sieht mir dabei direkt in die Augen. »Aber das war eine Lüge. Der Gauner hat Zirkonia, synthetische Steine, in seinen Schmuckstücken verarbeitet, sie als echt verscherbelt und mir die Schuld zugeschoben. Er wollte meinen guten Ruf schädigen und mich aus der Branche drängen. Was ihm gelungen ist. Niemand wird je wieder Geschäfte mit mir machen wollen, es sei denn, ich kann meine Unschuld beweisen. Darf ich?« Er deutet auf die Getränke.

»Bitte ... Aber ich verstehe immer noch nicht, was ich, oder wir, damit zu tun haben.«

Er füllt sein Glas und nimmt ein Schluck, bevor er weiterspricht. »Ich möchte Ihnen nur versichern, dass ich kein Verbrecher bin. Meine Ware war sauber! Ich wurde zu einer Geldstrafe von vierundzwanzigtausend Euro verurteilt, konnte aber nicht bezahlen und musste ersatzweise für drei Monat ins Gefängnis. Zusätzlich soll ich auch noch eine Entschädigung von Einhunderttausend an den Juwelier zahlen.«

»Ein Ausbruch ist wohl kaum dazu geeignet, seine Unschuld zu beweisen«, sage ich nachdenklich und bin jetzt doch neugierig. »Wie konnten Sie überhaupt entkommen?«

Er blickt mich belustig an. »Ich habe einen epileptischen Anfall vorgetäuscht, um in eine Klink verlegt zu werden. Einer der Krankenpfleger war Russe und hat mir geholfen, zu entwischen.«

»Trotzdem, hier wären Sie nicht sicher. Gestern wurde im Haus eingebrochen. Seitdem taucht ständig die Polizei auf«, erkläre ich. »Kein geeigneter Ort, um sich zu verstecken.«

Nachdenklich beißt er sich auf die Lippe. »Es handelt sich nur um ein, zwei Tage«, sagt er nach einer Weile. »Ich muss unbedingt meinen Großhändler aus Brüssel treffen, der die Sache aufklären kann. Vielleicht auch einen Detektiv engagieren, der diesem Juwelier mal auf den Zahl fühlt. Ich könnte im Heizungskeller bleiben, da ist es trocken und gar nicht so ungemütlich.«

Mir läuft es kalt den Rücken runter. Ist er etwa bereits unbemerkt hier eingedrungen? »Woher wissen Sie, wie unser Heizungskeller beschaffen ist?«

»Igor und ich haben die Villa damals zusammen erworben, daher bin ich mit dem gesamten Anwesen sehr gut vertraut«, antwortet er. »Er hat mich übrigens nie ausbezahlt. Zur Hälfte bin ich also immer noch Miteigentümer. Im Grunde müsste ich gar nicht fragen.«

Pardon? Ihm gehört bereits die Hälfte der Immobilie!? Da trocknet doch der See aus!

»Sie scheinen überrascht«, sagt er, als ich ihn ungläubig anstarre. »Demnach hatten Sie weder von mir noch von den Besitzverhältnissen Kenntnis?«

»Nein, ich war der Überzeugung, Igor wäre nach Irinas Tod ohne Familie gewesen. Wenn Sie ihm nicht so unfassbar ähnlich sähen, würde ich Ihnen kein einziges Wort glauben und die Polizei verständigen. Ihr Name taucht nämlich nicht in den Unterlagen auf. Nirgendwo. Es existieren auch keine Briefe oder Fotos von Ihnen. Bis zu dem Tag, als mich Dr. Kaltenbach von dem Testament unterrichtet hat, wusste ich nichts von Ihrer Existenz.«

»Wir haben uns bald nach dem Kauf zerstritten«, erklärt er bedrückt. »Und dass meine Name nicht in den Hausunterlagen verzeichnet ist, lag nur daran, dass ich erst zwanzig Jahre alt und nach damaligem Recht nicht volljährig war. Deshalb auch das Testament, in dem ich als Alleinerbe genannt werde. Wenn Sie das Datum überprüfen, werden Sie sehen, dass es am selben Tag ausgestellt wurde wie die Kaufverträge.«

»Na gut, lassen wir das mal so stehen. Aber sich mit seinem Bruder so zu verkrachen, dass der Kontakt vollkommen abbricht, finde ich ... nun ja, irgendwie seltsam.« Ich mustere ihn kritisch, denn ich glaube ihm nicht.

Er greift sich an den Hemdkragen und zerrt daran, als würde er keine Luft kriegen. »Mein Bruder hat mir die Frau ausgespannt. Irina. Meine große Liebe.«

»Reden wir über die Irina, mit der Igor verheiratet war?«

Er blickt mit wässrigen Augen auf. »Ja. Irina war mit mir verlobt und wir wollten heiraten. Aber Igor, der hinterhältige Hund, bestand darauf, dass wir bis zu meiner Volljährigkeit warten. Er war ja auch mein Vormund, nachdem unsere Eltern bei einem Zugunglück ums Leben gekommen waren.«

Von dem Unglück hatte Igor mir erzählt, sonst würde ich Sergejs Behauptungen für eine erfundene Geschichte halten. Trotzdem überzeugt mich das nicht. »Es heißt doch, dass immer zwei dazugehören«, sage ich provozierend. »Ich meine, Irina hat schließlich Ja zu Igor gesagt. Gezwungen wird er sie wohl nicht haben, oder?«

»Dazu war mein Bruder viel zu raffiniert«, behauptet er spöttisch.

Igor und raffiniert? Niemals! Er wusste, was er wollte, und bekam es normalerweise auch. Aber mit Charme, nicht durch Tricks und Raffinesse. »Und wie soll er das angestellt haben?«

»Er hat mich nach Odessa geschickt, damit ich unsere Kontakte zu den Kaviarproduzenten intensiviere. Der Handel mit Kaviar und Wodka war anfangs von uns dreien als gemeinsames Geschäft geplant. Irina war für die schriftliche Abwicklung zuständig, da ihre Deutschkenntnisse in Sprache und Schrift perfekt waren. Während meiner Abwesenheit hat er Irina dann weisgemacht, ich wäre mit einer anderen verreist, und hat sie dann ›getröstet‹, wenn Sie verstehen.«

»So, jetzt reicht es mit den Verleumdungen«, fahre ich ihn zornig an. »Igor war der liebenswürdigste und großzügigste Mensch, den ich kannte. Alle Bewohner dieser Seniorenvilla werden das gerne bestätigen.«

»Bitte, ich wollte Igor nicht verleumden. Das ist alles so lange her, vielleicht hat er sich geändert, das kann ich nicht beur...«

»Es wäre mir trotzdem lieber, wenn Sie jetzt gehen würden«, unterbreche ihn in. »Ich gebe Wastl Bescheid, er soll Sie hinausbegleiten.« Damit er merkt, wie ernst es mir ist, nehme ich die Getränke vom Tisch und stelle sie zurück in den Kühlschrank.

Abrupt steht er auf und wirft dabei den Stuhl um. »Hören Sie«, knurrt er wütend. »Ich habe das Haus geerbt, wie Sie sehr gut wissen. Es ist also mein Eigentum! Im Grunde müsste ich nicht um Asyl fragen, sondern könnte sogar offiziell hier einziehen ...«

»Ich würde die Polizei rufen!«, falle ich ihm ins Wort. »Und damit ist für mich die Diskussion beendet. Wenn Sie jetzt bitte gehen würden.«

»Sind Sie nach wie vor am Kauf der Villa interessiert?«

Wortlos blicke ich in an.

»Wie wär's mit einem Deal? Versteck gegen Preisnachlass!«

»Preisnachlass?«, wiederhole ich das letzte Wort, das im Moment so süß klingt wie eine eigens für mich komponierte Operette.

Siegessicher strafft er seine Schultern. »Sie haben richtig verstanden. Für zwei Tage Asyl lasse ich mit mir über den Kaufpreis reden.«

Jetzt wird's interessant!

# 11

Als ich noch auf der Bühne stand, hat sich mein Manager um lästige Geldangelegenheiten gekümmert. Nie im Leben wäre ich auf den Gedanken verfallen, meine Gagen selbst auszuhandeln. Deshalb fehlt mir auch jegliches Talent zum Feilschen. Margot dagegen liebt das Schachern. Sie hat noch nie den vollen Preis für irgendetwas bezahlt, weshalb ich sie gebeten habe, mit Sergej über den Kaufpreis zu verhandeln.

Wir haben uns nach dem Abendessen im Salon versammelt und uns bei Baldriantee, Caro-Kaffee oder Rotwein das Du angeboten. Sergej darf bleiben, nachdem alle Bewohner in die neue Situation eingeweiht und auch einverstanden waren. Er kann in der Remise wohnen. In dem Nebengebäude waren früher die Kutschen und Pferde untergebracht, später diente es als Garage. Igor hat es umbauen lassen, und nun verfügt es neben einem Stellplatz auch über ein winziges Zimmer mit Toilette und Waschbecken, das wir für Besucher nutzen. Duschen kann Sergej bei Wastl. Hanne hat ihm einen radikalen Haarschnitt verpasst und den Bart abrasiert. Aus Igors Sachen durfte er sich einen Anzug aussuchen. Er kann unmöglich in der Anstaltskluft rumlaufen. So verändert sieht er endgültig aus wie sein Bruder vor zehn Jahren, inklusive »Einschussloch« am Kinn. Was meine Trauer nicht gerade abklingen lässt. Jedes Mal, wenn ich ihn ansehe, wird mir bewusst, dass er nicht Igor ist.

Margot scheint die brüderliche Ähnlichkeit nicht im Geringsten zu stören. Fasziniert beobachte ich, wie sie mit Sergej feilscht, als wären wir auf dem Flohmarkt für schrottreife Immobilien. Sie hat sogar einige online angebotene Vergleichsobjekte ausgedruckt.

»Nehmen wir das hier als Verhandlungsgrundlage«, sagt sie und schiebt ihm einen der Ausdrucke über den Tisch. »Eine ähnlich große Jungendstilvilla, die im selben Jahr erbaut wurde, auch das Grundstück ist identisch, und der Zustand des Gebäudes wird als stark renovierungsbedürftig beschrieben. Der Kaufpreis beläuft sich auf zwei Millionen, und diese Summe finde ich auch für dein Erbe als gerechtfertigt.« Sie zeigt ihm die Liste mit den anstehenden Renovierungsarbeiten. »Denn diese Arbeiten dulden keinen Aufschub.«

Sergej hat ihr aufmerksam zugehört, und ich bilde mir ein, Bewunderung in seiner Miene zu erkennen. »Hmm«, grummelt er überlegend. »Ein Million Nachlass für zwei Tage Unterschlupf? Das nenne ich Luxus. Sind da außer Verpflegung noch andere Extras dabei?«, fragt er lauernd.

Das war eindeutig eine zweideutige Anspielung. Anscheinend sind sich die beiden sehr sympathisch und amüsieren sich prächtig.

»Wer garantiert uns, dass es sich tatsächlich nur um zwei Tage handelt?«, fragt Margot mit süßlichem Unterton, als hoffe sie auf seinen Daueraufenthalt.

»Niemand«, antwortet Sergej. »Aber sieh mich an, ich bin durch und durch ehrlich. Du kannst mir vertrauen.« Er lächelt sie zärtlich an.

»In den Gefängnissen sitzen jede Menge Unschuldiger«, kichert Margot wie ein kleines Mädchen.

»Auf die Unschuldigen«, kontert Sergej schlagfertig und hebt sein Rotweinglas.

Margot lässt ihr Glas an seinem klingen. »Sie sollen leben!«

Sergej erwidert ihren Toast: »Und auch die in den Todeszellen.«

Sie gucken sich dabei tief in die Augen.

»Zweieinhalb Millionen und nur zehn Prozent Anzahlung. Letztes Angebot«, setzt Margot dann ungerührt die Verhandlungen fort.

»In Ordnung«, antwortet Sergej und streckt ihr die Hand entgegen. »Schlag ein. Aber von den Zweihundertfünfzigtausend Anzahlung benötige ich sofort Hunderttausend.«

»Moment!«, mische ich mich ein. »So läuft das nicht. Die Bedingungen stellen wir.« Ich werfe einen Blick auf Igor im Bilderrahmen auf dem Kaminsims. Denn ich werde das Gefühl nicht los, dass er uns beobachtet.

»Bravo!« Roderich klatscht Beifall. »Teuerste zeigen erstaunliches Talent für die Finanzbranche.« Vergnügt zwinkert er mir zu.

Meint er etwa den Banküberfall? »Not ist ein guter Lehrmeister, oder so ähnlich«, entgegne ich kühl.

Sergej besteht auf seiner Forderung. »Für die Geldstrafe, die Entschädigung, und um meine Unschuld beweisen zu können, benötige ich etwas Kleingeld.«

Margot mustert ihn prüfend. »Nur Millionäre bezeichnen Hunderttausend Euro als Kleingeld«, sagt sie lauernd.

»Sobald ihr die Villa gekauft habt, bin ich einer«, behauptet er großspurig.

»Sobald wir bezahlt haben«, flötet Margot und streicht sich keck eine Haarsträhne hinters Ohr. »Im Moment bist du nur ein Ausbrecher auf der Flucht, wie Dr. Kimble.«

Erika blickt verträumt ins Leere. »Oh, das war eine tolle Serie. Wurde zweimal neu verfilmt, weil die Story einfach klasse ist.« Sie hebt ihre Teetasse und prostet Sergej zu. »Mögen die Bullen dich niemals erwischen, wie einstmals Richard Kimble.«

Sergej befühlt das Jackett. »In so einem feinen Zwirn kann mir nichts geschehen. Vorausgesetzt, ich bin flüssig. Abgebrannte Menschen sind per se verdächtig.« Er wendet sich wieder Margot zu. »Deshalb benötige ich den ersten Teil der Anzahlung auch wirklich dringend. Am besten sofort, spätestens morgen. Für die Nachforschungen bedarf ich der Hilfe eines Detektivs, und der wird ohne Anzahlung nichts unternehmen.«

Genervt werfe ich meiner Cousine einen mahnenden Blick zu. Wir haben abgemacht, dass sie die Anzahlung runterhandelt *und* den Stichtag um mindestens vier Wochen verschiebt. Es war nicht die Rede davon, sich von seinem Charme einwickeln zu lassen. Dennoch flirtet sie wie ein liebestoller Teenager. *Merde alors.* Es geht um die Existenz der Seniorenvilla, unser aller Zuhause, für amouröses Geplänkel ist später noch Zeit.

»Keine Sorge, Sergej, du bekommst dein Geld«, versichert sie großspurig, wobei sie ihm zulächelt, als verspreche sie ihm eine heiße Liebesnacht.

Unfassbar. Wir wissen kaum, wovon wir die laufenden Kosten bestreiten sollen, und sie verteilt mal eben Hunderttausender wie früher in ihrem Laden Gummibärchen an die Kinder. Ich muss sie unbedingt alleine sprechen. »Was für ein Tag«, sage ich und gähne hinter vorgehaltener Hand. »Bitte entschuldigt, ich werde mich zurückziehen. Den Rest können wir auch noch morgen besprechen.« Beim Verlassen des Salons blicke ich noch mal über die Schulter und zwinkere Margot zu. Gesehen hat sie es. Aber auch kapiert?

Als ich längst im Bett liege, klopft es endlich an meiner Tür. Margot, mit gerötetem Gesicht wie nach einem heißen Schäferstündchen.

»Hallo Cousinchen ... schon im Bettchen ... wolltest du noch was von mir?« Sie pustet sich eine Haarsträhne aus der Stirn. »Du hast so merkwürdig mit den Wimpern geklimpert.«

»Gut kombiniert«, fahre ich sie an.

»Was gibt's?« Leicht schwankend schlendert zu mir ans Bett.

»Wie konntest du Sergej solche Versprechungen machen?«, fahre ich sie zornig an. »Du weißt doch ganz genau, dass wir pleite sind und nur zahlen können, wenn der Deal mit Harro über die Bühne gegangen ist. Und selbst dann wird es noch eine Weile dauern, bis sämtliche Formalitäten abgewickelt sind und Geld fließt. Hast du mir doch erklärt.«

»Reg dich ab, ich hab alles im Griff.« Sie lässt sich neben mir aufs Bett fallen und legt ihren Kopf auf meine Schulter. »Ist er nicht einfach zum Knutschen?«

»*Parbleu*! Du hast dich doch hoffentlich nicht vergessen? Das würde unseren Plan gefährden.«

Sie lacht, dass das Bett wackelt und ich mit. »Manchmal redest du wie eine Figur aus dem vorletzten Jahrhundert.«

»Lenk nicht vom Thema ab, Margot Thurau«, mahne ich streng. »Und ich warne dich vor Sergej. Wenn du dich mit ihm einlässt, erlebst du vielleicht wieder eine Enttäuschung. Ich meine, falls er geschnappt wird und doch nicht unschuldig ist.«

»Dann besuche ich ihn im Gefängnis«, säuselt sie. »Ewig wird er da wohl nicht bleiben, schließlich hat er niemanden umgebracht.«

Tja, wo die Liebe hinfällt, da bleibt sie liegen, und wär's ein Misthaufen«, zitiere ich eine alte Weisheit.

Abrupt fährt sie hoch. »Sergej ist doch kein Misthaufen«, verteidigt sie ihn energisch.

»Jaja, schon gut«, winke ich ab. »Es geht darum, dass du ihm eine Anzahlung versprochen hast, die wir nicht haben«, werfe ich ihr vor.

»Ich habe überhaupt nichts versprochen«, wehrt sie sich. »Wortwörtlich habe ich gesagt: Keine Sorge, Sergej, du bekommst dein Geld. Wann das sein wird, davon war nicht die Rede.«

Stimmt, jetzt erinnere ich mich. »In Ordnung, gut gemacht«, lobe ich sie. »Aber er wird annehmen, dass er die Summe morgen erhält.«

»Bis dahin fällt mir schon was ein.« Sie gähnt herzhaft. »Ich muss ins Bett. Gute Nacht.«

»Moment, wie willst du ihn denn vertrösten?«

»Och, vielleicht behaupte ich, wir könnten so einen hohen Betrag erst in einigen Tagen lockermachen. Unser Vermögen wäre fest angelegt in Fonds oder ein Finanzprodukt ... die zu verkaufen ginge nicht von heute auf morgen ... und unser Bankberater ...«

Sie bleibt an der Tür stehen und streckt sich.

»Ist offiziell im Urlaub«, ergänze ich knurrend. »Innoffiziell sollte dieser Betrüger einen großen Bogen um mich machen, sonst borge ich mir eine Waffe von Penny und dann hat sein letztes Stündlein geschlagen.«

»So langsam hast du den Bogen raus, kleines Mimichen. Also gute Nacht, und süßes Geträume.«

»Du auch, kleines Margotchen«, flachse ich zurück und muss lachen. Als Kinder haben wir manchmal die Ferien zusammen verbracht und uns mit derartigen Kosenamen in den Schlaf gealbert.

Am nächsten Morgen findet die finale Rettungskonferenz beim gemeinschaftlichen Frühstück statt. Sergej ist bereits mit Wastl unterwegs, der seinen Leibwächter spielt. In Begleitung ist er auch weniger verdächtig, da die Polizei ja nur einen Mann sucht. Sie wollen erst am späten Abend zurück sein, Sergej kann also die Charade nicht boykottieren. Margot hat es tatsächlich geschafft, ihn mit ihren fadenscheinigen Ausreden auf morgen zu vertrösten. Dennoch bringe ich keinen Bissen runter. Mein Hals ist wie zugeschnürt bei der Vorstellung, in Kürze unsere Villa verhökern zu müssen. Pro forma oder nicht, es gleicht einem Drahtseilakt, die holländische Prinzessin davon zu überzeugen, dass unser marodes Anwesen ihr Traumobjekt ist.

»Hat sich jeder gemerkt, wie er reagieren muss, falls die Frage auftaucht, wo ihr nach dem Verkauf unterkommt?«, fragt Roderich in die Runde.

Begeistert hat er die Regie für die »Inszenierung« übernommen und sich für jeden einen »Verbleib« nach dem Verkauf ausgedacht. Er hat sich dermaßen reingehängt, als wollte er die ganze Nummer auf die Bühne bringen. Würde es nach Roddy gehen, sähe unsere Zukunft gar nicht mal so grau aus: Penny, Ewer und Wastl gründen einen privaten Hausmeisterservice inklusive Urlaubsbetreuung für Wohnungen und Häuser. Hanne nimmt das Lehrangebot einer Maskenbildnerschule in München an, wo sie den Nachwuchs dreimal wöchentlich unterrichten und zusätzlichen einen mobilen Friseur-Service für Altenheime anbieten wird. Sie hat bereits ein nettes Apartment in der City, nahe der Schule gefunden. Walther schippert auf einem »Bananendampfer« um die Welt, wird die Reise fotografisch dokumentieren und an eine Zeitschrift verkaufen. Ich werde mich nach einem kleineren Haus umsehen, das ich dann je nach Größe mit Margot, Roderich und den restlichen Mitbewohnern beziehe.

»Warum wollen wir überhaupt verkaufen?«, fragt Erika. »Das werden sie doch garantiert fragen.«

»Harro weiß seit seinem Kondolenzbesuch, dass mir die Mittel für die Erbschaftssteuer sowie für die beträchtlichen Renovierungen fehlen und ich deshalb das Anwesen nicht halten kann«, erkläre ich. »Schätze mal, dass er seiner Kundin diese Gründe genannt hat.«

»Das ist nämlich das ›Schnäppchenargument‹. Freiwillig würde doch niemand eine Traumimmobilie wie unsere veräußern«, ergänzt Margot, die sich über das dritte Brötchen mit Salami hermacht. Aufregungen erträgt sie nur mit maximaler Kalorienzufuhr. Zudem hat Sergej ihre Rundungen begehrlich beäugt, jetzt futtert sie ohne Reue.

Rudi seufzt vernehmlich. »Wie wahr. Das Schlaraffenland grundlos zu verlassen, grenzt an Schwachsinn.«

»Und in welchem Märchenland wirst du deine restlichen Tage verbringen?«, fragt Hanne. Fast klingt es ein wenig ängstlich, so als würde sie sich im Ernstfall nicht von ihm trennen wollen.

Rudi schmachtet sie an. »Ich folge dir bis ans Ende der Welt, meine Herzenskönigin.«

»Na gut, ich engagiere dich als Versuchsmodel für die Schüler«, lacht sie. »Wir könnten an dir üben, wie man Narben und Verletzungen schminkt. Wimpern kleben. Perücken richtig aufsetzen oder Augenbrauen zupfen.«

»Aua!«, stöhnt Rudi mit gespieltem Schmerz. »Aber stylt mich ruhig um zur Drag Queen. Vielleicht starte ich eine zweite Karriere. Rollstuhl-Rudirella mit dichten, langen Wimpern wie Markisen, künstlichen Fingernägeln und lila Haaren, das müsste doch super ankommen.« Er erntet tosendes Gelächter für seine durchgeknallte Vision.

Roderich klatscht in die Hände. Das Zeichen für eine gelungene Generalprobe. »Wunderbar, Kinder, ganz wunderbar. Und immer schön in der Rolle bleiben, verstanden? Nicht zu traurig aussehen, und auf keinen Fall heulen. Am Ende bekommt das edle Meisje noch Gewissensbisse, weil sie euch die Bleibe wegnimmt, und ändert ihre Meinung.«

»Alles klar, Chef.«

»Logo.«

»Wird schon schiefgehen.«

Wir klopfen auf Holz und wünschen uns »Toi, toi, toi«. Ich ziehe mich in mein Zimmer zurück, um mich frisch zu machen. Die anderen vertreiben sich die Zeit im Frühstückszimmer, damit die Interessentin nicht in jedem Zimmer über einen Bewohner stolpert und den Eindruck bekommt, sie würde stören.

Als ich in das schwarze Witwengewand von Chanel schlüpfe, ertönt die Klingel. Pünktlich um elf Uhr, wie vereinbart. Margot hat versprochen zu öffnen und die Herrschaften in den Salon zu führen. Es schindet mehr Eindruck, wenn die »Schlossherrin« nicht selbst zur Tür hastet.

Nachdem ich die Lippen nachgezogen habe, eile ich in den Salon. Harro hat es sich im Fauteuil bequem gemacht. Seine Hochwohlgeboren tritt heute in rustikaler Landadel-Kluft auf: grauer Lodenanzug, Hose mit scharfer Bügelfalte, weißes Hemd, grau-grün-gestreifte Krawatte. Ihm gegenüber sitzt ein junges elfengleiches Wesen, dessen weißblondes Haar in sanften Wellen über die Schulter fällt. Sie trägt eine edle cremefarbene Kleid-Mantel-Kombination, dazu schwarze Pumps, eine schwarze Birkin-Bag, keinen Schmuck.

Mit leicht ausgestreckten Armen schreite ich auf sie zu. »Harro, mein Lieber, herzlich willkommen«, begrüße ich ihn mit meinem strahlendsten Lächeln.

Harro springt augenblicklich auf. »Da wären wir, liebste Mimi. Darf ich bekannt machen: Undine, Baronin von dem Seestern. Undine: Mimi Varelli, die weltberühmte Operettensängerin.«

Sie reicht mir eine zarte Hand. »Guten Tag, Frau Varelli. Harro hat mir schon so viel von Ihnen erzählt«, sagt sie mit sympathischem niederländischen Akzent.

»Sehr erfreut, Baronin Seestern.« Wenn der Name echt ist,

könnte er nicht passender sein für so ein wunderschönes Geschöpf, das direkt aus dem Meer entstiegen sein könnte.

»Bitte, nennen Sie mich Undine.« Sie lächelt mich aus hellblauen Augen an, wobei sie eine Reihe perlengleicher Zähne entblößt.

*Mon Dieu*, dieses Mädchen würde wirklich perfekt in ein Anwesen am See passen. Beinahe bedaure ich, ihr unseres nicht verkaufen zu können. Bin sehr gespannt, womit sie handelt. Hoffentlich nicht mit profanem Käse. »Sehr gern, ich bin Mimi.«

»Nun, lieber Harro, ich dachte, wir beginnen sofort mit der Führung. Anschließend können wir dann bei einer Tasse Tee alles Weitere besprechen. Was meinst du? Undine?«

Harro ist einverstanden, und auch Undine kann ihre Neugier kaum zügeln. Bereits die privaten Zimmer im Erdgeschoss treiben Undine ein begehrliches Glitzern in die zart geschminkten Augen. Anschließend bitte ich zur Besichtigung des Frühstückszimmers. Die Mannschaft guckt Nachrichten auf dem Lokalsender. Möglichst unaufgeregt stelle ich Besucher und Bewohner einander vor. In dem Moment meldet der junge Moderator, Filialleiter Bongard sei immer noch flüchtig, und erklärt in wenigen Sätzen, was ihm vorgeworfen wird. Am oberen Bildrand erscheint ein kleines Bild des Gesuchten.

Bei seinem Anblick erhöht sich mein Pulsschlag um ein Vielfaches. Mir schießt das Blut in die Wangen. »Ist das zu glauben, noch so ein korrupter Banker«, schnaufe ich, um Dampf abzulassen.

»Ja, heutzutage kann man sein Vermögen kaum noch jemandem anvertrauen«, bestätigt der Graf. »Deshalb empfehle ich Immobilien. Da ist die Wertsteigerung garantiert.«

»Wenn man sein Wunschobjekt dann auch noch über

Freunde erwerben kann, ist man auf der sicheren Seite«, ergänze ich sein Statement und berühre zur Bekräftigung seinen Arm.

»Sollten Sie sich für die Immobilie entscheiden, werden wir natürlich umgehend ausziehen«, ergreift Roderich das Wort, der unsere kleine Unterhaltung aufmerksam verfolgt hat.

»Mich könnten Sie als Hausmeister übernehmen«, grinst Rudi frech unter seinem roten Helm hervor.

»Oh, vielen Dank«, sagt Undine freundlich. »Aber bitte, lassen Sie sich durch mich nicht stören.«

»Nein, nein, Sie stören überhaupt nicht. Wenn Sie Fragen haben, beantworten wir sie gern«, beteuert Roddy sichtlich enttäuscht, dass sein mühsames Einstudieren der einzelnen Rollen nun nicht abgefragt wird.

Ich dagegen bin erleichtert. Je schneller wir den Rundgang fortsetzen, desto schneller kommen wir zum wichtigsten Teil der Charade. Wir verabschieden uns, und ich schreite voran Richtung Treppe.

»Der Speziallift wurde erst vor Kurzem eingebaut, seither aber kaum benutzt und ist so gut wie neu«, erkläre ich auf dem Weg in die erste Etage.

»Mein aufrichtiges Beileid. Harro hat mir berichtet.«

Ich antworte mit einem schlichten »Danke« und wechsle das unangenehme Thema. »Alle Zimmer in diesem Stockwerk sind etwa gleich groß und verfügen über ein eigenes Bad wie auch die Privaträume im Erdgeschoss.« Bloß nicht über Igors Unglück reden, sage ich mir, sonst falle ich aus der Rolle der gelassenen Immobilienverkäuferin.

»Wasseranschlüsse in jedem Zimmer, das kommt deinen Plänen doch sehr entgegen?«, murmelt Harro.

»Doch, ja«, entgegnet Undine unverbindlich.

Wir haben das Zimmer von Hanne betreten, das über dem Esszimmer liegt und wie dieses einen kleinen Erker besitzt. Darin steht ein zierlicher Schminktisch mit Dreifachspiegel, an dem Hanne Haare schneidet, Locken zwirbelt oder Farbe auffrischt.

Undine dreht sich um die eigene Achse, geht zum Erker, schaut aus dem Fenster und wendet sich wieder uns zu. »Oh ja, perfekt«, sagt sie mit leuchtendem Blick. »Einfach perfekt.«

Ich kann meine Neugier nicht länger zügeln. »Darf ich fragen, was Sie mit dem Anwesen vorhaben, Undine?«

»Ich produziere Kosmetik aus Meeresalgen. Das Stammhaus liegt in den Niederlanden bei De Koog an der Nordseeküste. Daher mein Interesse an Objekten in Wassernähe. Nun wollen wir expandieren und eine exklusive Schönheitsoase in Deutschland eröffnen, in der man sich rundum verwöhnen lassen kann«, erklärt sie in akzentgefärbtem aber fehlerfreiem Deutsch.

»Das klingt verlockend«, entgegne ich. »Wenn man davon so schön wird, wie Sie es sind, haben Sie in mir die erste Stammkundin«, schmeichle ich noch ein wenig, was mich keine Mühe kostet. Neidlos gestehe ich ein, in den letzten Jahren keinem schöneren Wesen begegnet zu sein.

»Mich dürfen Sie als zweite Kundin eintragen«, schließt sich Margot an. »Ich freue mich jetzt schon darauf.«

Stolz betrachtet Harro seine Klientin, als wäre sie sein Eigentum. Undine bedankt sich verlegen. Na, das klappt doch prima. Die Anzahlung ist so gut wie auf unserem Konto, frohlocke ich im Stillen, während wir die Besichtigung im Dachgeschoss fortsetzen. Nachdem wir zum Abschluss das Souterrain und die Remise besichtigt haben, lotse ich Undine und Harro durch den parkähnlichen Garten.

»Sozusagen als Krönung möchte ich euch unser Seegrundstück präsentieren«, verkünde ich, als wir durch das alte schmiedeeiserne Tor treten.

Harro fehlen erst mal die Worte, als wir am Seeufer stehen. »Eine echtes Sahnehäubchen, liebste Mimi«, lobt er dann begeistert.

»Das Strandstück ist zwar nicht riesig, aber dafür uneinsehbar«, erkläre ich, bevor er die Größe bemängelt, und dann fällt mir ein, wie ich das Angebot noch attraktiver gestalten könnte. »Zudem sind wir in Besitz einer der ganz wenigen heiß begehrten Privatlizenzen für Motorboote. Es gibt nämlich nur ein festes Kontingent von lächerlichen zweihundertfünfundfünfzig. Die Wartezeit für neue Genehmigungen beträgt unfassbare dreizehn Jahre.« In Wahrheit besitzen wir keine Lizenz, aber wen interessiert das?

Margot verpasst mir einen leichten Schubs. Ich zwinkere ihr möglichst unauffällig zu, damit sie sich nicht verplappert.

Doch sie grinst nur frech. »Erzähl doch mal, wie viel uns schon dafür geboten wurde.«

»Ähm ... «, stammle ich überrascht von ihrer Schlagfertigkeit und überlege, wie viel so eine Lizenz wert sein könnte.

»Fünfzigtausend«, prescht sie vor. »Einer der Nachbarn wandte sich sofort nach Igors Tod an uns. Er meinte, wir würden doch schon lange kein Motorboot mehr besitzen und jetzt, nach dem Todesfall, sicher auch keines mehr anschaffen. Aber nachdem wir uns entschlossen haben, zu verkaufen, bleibt die Lizenz natürlich beim Anwesen.«

»Prächtig, prächtig«, murmelt Harro höchst angetan. »So ein netter Wasserflitzer würde mir auch gefallen. Bei Sonne über den See donnern muss ein erhebendes Gefühl sein.«

Über den See donnern? Über so viel rücksichtslose Egozentrik kann ich nur den Kopf schütteln. Doch ich will seine

Durchlaucht nicht verärgern, deshalb lächele ich und sage: »Macht bestimmt Spaß« und bitte zum Tee.

Leicht erschöpft landen wir wieder im Salon. Tatjana serviert zwei Sorten Tee mit Sahne, Zitrone, Sandwich und Gebäck. Etwas später gesellt sich Margot wieder zu uns. Sie hat die nötigen Dokumente aus dem Büro geholt und übergibt den Aktenordner direkt an Harro.

»Sämtliche Unterlagen finden Sie hier«, sagt sie in verbindlichem Ton. »Es fehlt lediglich das Testament, das noch beim Anwalt deponiert ist. Falls wir zum Abschluss kommen, werden wir es selbstverständlich beim Notartermin vorlegen.«

Ich liebe meine Cousine, wenn sie so gestelzt redet. Und besonders lieb hab ich sie, wenn sie sich derart raffinierte Tricks ausdenkt. Dass Igors Testament noch beim Anwalt liegt, ist ja nicht gelogen. Blöderweise steht mein Name nicht drin, aber sie wird auch dafür noch eine Finte aushecken.

Harro blättert. Liest. Blättert. Liest. Die Elfe nippt grazil an ihrer Teetasse.

»Wie hat Ihnen der Rundgang gefallen, haben Sie noch Fragen?«, wende ich mich an Undine. Ein kleines Geplänkel unter Frauen schadet nicht.

»Beeindruckend.« Sie setzt die Tasse auf dem Unterteller ab. »Ein wunderschöner Besitz«, antwortet sie. »Die Lage ist traumhaft, die Größe perfekt, einzig der Zustand ...« Den Rest lässt sie ungesagt, während sie das ramponierte Parkett anstarrt.

Ich erkenne deutlich ihre Verwunderung und Enttäuschung. Auch ihr Stirnrunzeln beim Anblick der durchnässten Decken in den Dachzimmern war mir nicht entgangen. »Harro hat die nötigen Reparaturen sicher erwähnt«, sage ich beiläufig.

»In der Tat, liebste Mimi, allerdings habe ich nicht mit diesen Ausmaßen gerechnet ...« Sein Blick wandert durch den Raum und bleibt ebenfalls am Fußboden hängen. »Mal abgesehen vom Zeitrahmen, den eine derart aufwendige Instandsetzung beanspruchen würde, müssen wir noch einmal über den Preis reden. Vor allem das Dach sieht mir nach einem größeren Posten aus.«

Mir wird übel. Gut, dass ich sitze. Sein Tonfall klingt extrem abwertend, als wäre die Villa eine morsche Holzhütte. Doch dann erinnere ich mich, was Margot mir diesbezüglich eingeimpft hat. »Da stimme ich dir uneingeschränkt zu, lieber Harro. Mit ein paar Malerarbeiten ist es nicht getan. Aber vergleichbare Objekte werden auf dem Markt für ein Vielfaches angeboten, insofern ist unsere Villa ein Schnäppchen. Und ich gehe davon aus, dass für ein Spa-Hotel ohnehin diverse Umbauten von Nöten sein werden, die Undine nach ihrem Geschmack und ihren Vorstellungen ausführen möchte. Oder?«

Undine streicht sich eine widerspenstige Haarsträhne aus der Stirn, als wäre sie gelangweilt. Doch mir ist aufgefallen, dass sie Harro immer mal wieder zunickt, wie eine heimliche Zustimmung. Auch jetzt.

»Bezüglich des Dachs hätten wir einen Vorschlag«, meldet sich Margot.

Harro klappt den Ordner zu. Undine richtet sich im Sessel auf.

»Wir übernehmen sämtliche Kosten einer kompletten Neueindeckung«, erklärt meine Cousine, legt eine dramaturgische Pause ein und blinzelt mir zu. »Natürlich erst nach unterschriebenem Vertrag und Erhalt der Anzahlung von zweihundertfünfzigtausend Euro. Bis zur Erledigung der Dacharbeiten bleiben wir hier wohnen. Je nachdem, wie schnell wir eine kompetente Firma finden, die den Auftrag übernehmen kann. Ich rechne aber mit höchstens drei Monaten.«

»Sollten wir trotz aller Anstrengungen den Termin nicht einhalten, erstatten wir die Anzahlung selbstverständlich in voller Höhe zurück«, ergänze ich ihren Vortrag, wie wir es geprobt haben. Wenn Undine jetzt anbeißt, bekommt Sergej die geforderte Summe und wir eine komfortable Frist von drei Monaten. In dieser Zeit müsste es locker zu schaffen sein, die Viertelmillion aufzutreiben und zurückzuzahlen.

Undine strahlt. »Klingt nach einem soliden Angebot.« Sie blickt zu Harro, der zustimmend lächelt. »Dann sehen wir uns beim Notar«, sagt sie an mich gewandt.

»Was ist denn hier los?«

Eine wütende Stimme verhindert meine Antwort. Als ich mich zur Tür umdrehe, sehe ich Sergej, der auf uns zurennt. Mir wird schwarz vor Augen, alles dreht sich. Was will der denn hier? Wie lange steht er schon da? Und wie viel von unserer Unterhaltung hat er gehört?

# 12

»Hallo, Sergej, schon zurück?«, säusle ich dümmlich grinsend, während ich verzweifelt überlege, wie ich ihn loswerden kann. Er ist verschwitzt, hat einige Schrammen im Gesicht und sieht aus, als habe er sich geprügelt.

»Du beabsichtigst, meinen Besitz zu verhökern!«, bellt er mit zornblitzenden Augen. »Was erlaubst du dir?«

*Merde alors.* Er hat tatsächlich gehört, was es mit den Besuchern auf sich hat. Ich bin verloren. »Ähm ... Nein, nein ... Es ist nicht ... also, wenn ich erklären darf ...«, beginne ich zu stammeln.

Margot presst erschrocken die Hand auf den Mund.

Undine fällt der Keks runter, an dem sie geknabbert hat.

Harro schnellt aus dem Sessel hoch. »Mimi, was ist hier los?« Zwischen seinen hochwohlgeborenen Augenbrauen hat sich eine ganz und gar proletarische Steilfalte gebildet. »Und wer ist dieser Mann?« Unfein zeigt er mit dem Finger auf Sergej.

Verlegen streiche ich über mein Haar. »Ja ... ähm ... wie soll ich sagen ... das ist ...«

»Ich bin Sergej Komarow, der Alleinerbe dieser Immobilie!«, blafft er Harro an, als könne der Graf die Villa sofort einpacken wie ein Spielzeughaus. »Und wer sind Sie?« Abfällig mustert er Harros Trachtenanzug. »Der Jäger vom Silberwald?«

Seine Hochwohlgeboren deutet eine Miniverbeugung an – er hat die Contenance wiedergefunden – und zieht in einer geschmeidigen Bewegung eine weiße Visitenkarte aus dem grauen Lodenjanker. »Harro Graf von Reitzenstein. Immobilien, Grundstücke, Anlageberatung.«

Wortlos steckt Sergej die Karte in seine Sakkotasche und baut sich vor mir auf. »Also, was geht hier eigentlich vor? Willst du mich genauso betrügen wie Igor mich über den Tisch gezogen hat?«

»Nein, nein, es ist alles nur ein bedauernswertes Missverständnis«, kommt Margot mir zu Hilfe. »Wir trinken Tee mit Freunden und plaudern über die Villa und was sie wert wäre, wenn sie zum Verkauf stünde. Wenn!«

In meiner Not wünsche ich, Mayer würde mal wieder auftauchen. Aus der Ferne höre ich sogar das Martinshorn.

»Gelogen!«, schreit Sergej. »Ich bin doch nicht bescheuert. Ich hab genau verstanden, was ihr vorhabt. Falsche Schlangen. Ihr Weiber seid doch alle gleich.«

»Wenn ich das erklären dürfte?«, bietet der Erbgraf wohlerzogen an.

Sergej dreht sich zu ihm. »Na, da bin ich aber gespannt!«

Ich flehe inständig zu allen Operettengöttern, dass ein Wunder geschieht.

»Nun, Baronin von dem Seestern ist an diesem Objekt interessiert«, beginnt Harro jovial, als habe er bereits akzeptiert, dass er in Sergej den Hausbesitzer vor sich hat.

Typisch Makler. Wer die Villa an Undine verkauft, ist unerheblich. Die Provision möchte er sich auf keinen Fall entgehen lassen.

Das Martinshorn kommt näher. Sergej scheint es ebenfalls zu vernehmen und wendet hektisch den Kopf. Sekunden später ist die Sirene so laut, dass der Polizeiwagen vor dem Haus stehen muss. Worauf sich der Alleinerbe auf dem Absatz umdreht und ohne ein weiteres Wort davonrennt. Harro und die Elfe blicken ihm konsterniert nach.

Aufatmend entschuldige ich mich. »Ich bitte vielmals um Verzeihung, das ist mir alles sehr unangenehm ...«

»Eigenartiger Auftritt, in der Tat«, unterbricht mich Harro. »Würdest du das bitte erklären?«

»Ich bedauere unendlich und kann nur noch einmal in aller Form um Verzeihung bitten«, versuche ich Zeit zu schinden. »Das war ... ähm ... wie soll ich sagen ...« Plötzlich erinnere ich mich an Roddys Vorstellung nach dem Banküberfall, dazu Dannys spektakuläre Erklärung, die ich mir als Schauspielerin ohne Probleme gemerkt habe. »Unser hauseigener Verrückter!«

»Ich verstehe nicht«, sagt Harro. »Verrückt wie irre?«

Undine blickt mich kühl an. Ihre hellblauen Augen haben sich dunkelgrau verfärbt. »Mich interessiert eigentlich nur, wem die Villa tatsächlich gehört.«

»Wie du weißt, Harro, war ich mit Igor verlobt, und natürlich hat er mir seine gesamten Besitztümer vermacht«, behaupte ich mit fester Stimme. »Dieser Mann ist, nein, war einer unsere Bewohner und Igors bester Freund. Doch er leidet seit Jahren unter der sogenannten Frontotemporalen Demenz oder auch Pick-Krankheit. Igor hat ihn manchmal im Scherz seinen Bruder genannt, weil er ebenfalls russischer Abstammung ist. Seit der Beerdigung erzählt er nun jedem, er wäre der Alleinerbe. Wir haben ihn in einem Heim für Demenzkranke untergebracht, da muss er ausgebrochen sein.« Ich blinzle Margot zu. Wenn sie jetzt nicht mitspielt, ist alles verloren.

»Genau«, stimmt Margot mir zu. »Er leidet an einer schweren Form der Demenz und ...«

»Unter den eben beschriebenen Wahnvorstellungen. Deshalb wurde er eingewiesen«, ergänze ich. »Wenn er tatsächlich Igors Bruder wäre, stünde ihm ein Pflichtteil zu, und ich könnte ohne seine Einwilligung nicht verkaufen. Aber wie wir bereits erklärt haben, liegt beim Anwalt ein aktuelles Testament, in dem ich als Alleinerbin genannt werde.«

Harro brummelt konfus vor sich hin. Undine schweigt. Ich frage mich, ob sie uns das Märchen vom hauseigenen Deppen abnehmen. Antworten erhalte ich keine, dafür klopft es heftig an der Tür. Einen Wimpernschlag später betritt Mayer den Salon. In filmreifer Pose mit ausgestreckter Waffe. Gefolgt von seinem Hilfssheriff.

»Wo ist er?«, schreit der Schimanski-Verschnitt und starrt böse in die Runde.

Harro schnellt erneut aus seinem Sessel hoch und stellt sich vor Undine, die einen spitzen Schrei ausstößt. Margot verschluckt sich am Keks und hustet Brösel aufs Parkett.

Ich erhebe mich ruhig. »Guten Tag, Herr Kommissar. Sehr erfreut, Sie zu sehen«, begrüße ich ihn und schenke ihm ein ehrliches Lächeln. Noch nie war ich so erleichtert, die Polizei zu erblicken. »Wen suchen Sie denn?«

Er lässt die Waffe sinken. »Sergej Komarow.«

Es kostet mich nur einmal Luftholen, um die vor Harro und Undine aufgestellte Behauptung zu untermauern. »Ich schätze, Sie sprechen von dem Mann, der aus der Anstalt entwichen ist? Es gab da ein Meldung in den Medien.« Stimmt zwar nicht, aber sein Ausbruch wurde sicher in irgendeinem Lokalsender oder vielleicht sogar in der Zeitung gemeldet.

»Richtig!« Mayer mustert mich durchdringend, als verstecke sich Sergej hinter meinem Rücken.

»Keine Ahnung.« Ich hebe die Hände. »Wie Sie sehen, ist außer uns niemand hier. Darf ich vorstellen: Undine Baronin zu dem Seestern. Harro Graf von Reitzenstein, ein langjähriger Freund des Hauses. Meine Cousine Margot Thurau ist Ihnen bereits bekannt. Die anderen Mitbewohner finden Sie im

Erkerzimmer nebenan. Falls eine Durchsuchung der Räumlichkeiten erforderlich wäre ... bitte schön ... sehen Sie sich ganz ungeniert um ...«

»Abmarsch«, befiehlt er Yilmaz und verlässt den Raum, ohne uns sein weiteres Vorgehen zu verraten.

Kaum sind die Beamten weg, erinnert sich Harro plötzlich an einen Termin. Die Besichtigung eines anderen Objekts stünde noch auf dem Plan. Mit dieser Bemerkung platzt mein rosiger Traum vom schnellen Euro.

Harro verabschiedet sich mit der höflichen Floskel, von sich hören zu lassen. Undine bedankt sich mit schmalem Lächeln für Tee und Gebäck.

Unter aufgeregtem Stimmengewirr aus einem der Zimmer – Mayer und Yilmaz drehen sicher wieder die Matratzen um – begleite ich meine Gäste zur Haustür.

Nachdenklich begebe ich mich dann zurück in den Salon. Margot räumt gerade das Geschirr auf ein Tablett. Bei meinem Eintreten setzt sich wieder und nimmt noch einen Keks.

»Das war's dann wohl«, sagt sie leise.

Erschöpft wie nach einer anstrengenden Vorstellung lasse ich mich in einen Sessel fallen. »Sieht ganz danach aus.«

»Was machen wir jetzt?«

»Daumen drücken, dass die Polizei Sergej findet und ihn wegsperrt«, scherze ich müde.

»Miiimiii, Hiiilfeee«, ertönt Roderichs aufgebrachte Stimme von draußen. »Der Tierpfleger will schon wieder meinen Schampus wegnehmen.«

Gleich darauf erscheint er prustend mit Schampus unterm Arm. »Dieser Bulle ist aber auch sehr leicht zu schocken«, zischelt er leise. »Heute habe ich ihn zur Abwechslung mal angebellt. Es hat ihm nicht gefallen.«

Auch wenn ich mich köstlich über Roddy amüsiere, mahne

ich doch, die Show nicht auf die Spitze zu treiben. »Mayer ist zwar nicht gerade die Zierde seiner Zunft, aber du weißt: Den Dummen lacht oft das Glück.«

Aufgescheucht durch Mayers Aktion tauchen die anderen Mitbewohner im Salon auf.

»So langsam nervt Sherlock Holmes aber mächtig«, motzt Pistolen-Penny. »Er wollte wissen, wo meine Waffen geblieben sind, und ob Sergej sie hätte. Der Oberschnüffler hat doch tatsächlich vergessen, dass er selbst den Diebstahl protokolliert hat. Kein Wunder, dass da draußen so viele Gangster rumlaufen.«

»Wie ist der Termin mit Harro gelaufen?«, wechselt Roderich das Thema. »Hat er angebissen?«

Ich gebe eine kurze Zusammenfassung der letzten halben Stunde und schließe mit der Feststellung: »Wäre Mayer nicht erschienen, hätte Harro mich für eine Betrügerin gehalten.«

Penny prustet los. »Ich lach mich kaputt, wenn der kleine Landpolizist Sergej einfängt und sich aus lauter Dusel ein Paar Epauletten verdient.«

»Nein, nicht schnappen«, jammert Margot. »Sergej ist unschuldig.«

»Behauptet er«, entgegne ich. »Könnte doch sein, dass er nicht aufrichtig war, oder? Wenn ich mich verstecken wollte, würde ich nämlich auch das Blaue vom Himmel lügen. Und sein aggressiver Ausraster von eben ...«

»Was ist damit?«, fährt Margot mich an.

»Irgendwie verdächtig.«

»Er hat niemanden betrogen«, verteidigt sie ihn, als kenne sie Sergej so gut wie sich selbst. »Blicke lügen nicht.«

Mayer stürmt erneut in den Salon. »Wo ist er?«

Eindeutig sein Lieblingssatz. »Wir haben immer noch keine Ahnung«, antworte ich.

Er beäugt uns misstrauisch. »Wurde nicht eben von Komarow gesprochen?«

»Nein!«, antwortet Margot mit unschuldigem Augenaufschlag.

»Wie kommen Sie überhaupt auf die Idee, dass Herr Komarow sich ausgerechnet bei uns verstecken würde?«, frage ich nach. Vorhin, in der Aufregung, war mir nicht aufgefallen, dass ihm irgendjemand einen Tipp gegeben haben muss. Warum sonst vermutet er ihn in der Villa?

»Das kam von den Kollegen aus München, die mit Komarows Anwalt telefoniert haben.« Seine Augen verengen sich zu Schlitzen. »Ich warne Sie, Frau Varelli: Ausbrecher zu verstecken ist eine Straftat.«

Yilmaz taucht auf und meldet, den Gesuchten nicht gefunden zu haben.

»Garten durchsucht?«

Der Hilfssheriff schlägt die Hacken zusammen. »Jawohl. Negativ.«

»Abmarsch!«, befiehlt Mayer und droht uns mit seiner baldigen Rückkehr.

»Sie sind uns jederzeit herzlich willkommen«, rufe ich ihm nach und setze in Gedanken hinzu: besonders gerne als Retter in der Not.

Nachdem die beiden verschwunden sind, durchkämmen wir selbst die Villa vom Dach bis in den Keller nach dem Ausbrecher – und nach Wastl. Wie wir erst jetzt bemerken, fehlt auch von ihm jede Spur. Doch die Suche verläuft ergebnislos.

Stunden später. Beim kargen Kartoffelsuppe-Abendessen mit Butterbrot und Mineralwasser tauchen die Vermissten wieder auf. Unvermutet stehen sie im Erkerzimmer und sehen irgendwie angestaubt und durchgefroren aus. Sergej hat den Kragen des Sakkos hochschlagen, und Wastl hält mit blau gefärbten Händen einen unbeschrifteten verstaubten Karton umklammert. Noch ehe irgendjemand fragen kann, in welchem Loch sie sich verkrocht haben, geht Sergej auf mich los.

»Raus mit der Sprache, was wollte dieser blaublütige Lodenfuzzi?«

Ich wage kaum, ihn anzusehen, weil er in seiner Wut Igor noch ähnlicher ist. Niedlich wie ein knurriger Teddybär und überhaupt nicht ernst zu nehmen. »Die Villa kaufen!«, sage ich schließlich in vollkommener Offenheit. »Du hast es doch selbst gehört. Harro ist ein alter Verehrer aus Bühnenzeiten und Immobilienmakler. Vor drei Wochen, als er von Igors Tod erfahren hat, ist er hier ohne Anmeldung angetanzt, um herauszufinden, ob ich das Haus verkaufen möchte. Ich habe abgelehnt. Frag Wastl, der war dabei.«

Wastl nickt. »Frau Mimi tut Wahrheit sagen.«

Sergej hat missmutig zugehört. »Und wieso tanzt er dann noch mal an?«

»Tja, er ist eben hartnäckig. Vielleicht wollte er auch nur vor dieser Frau den tollen Hecht mimen und angeben, was er für großartige Objekte anbieten könnte.« Ich nehme einen Schluck Wasser. »Ich habe natürlich sofort gesagt, dass von Kauf keine Rede sein kann. Aber wo er schon mal da war, dachte ich, eine kleine Schlossführung schadet nicht ... Davon abgesehen, sobald ich dir das Haus abgekauft habe, kann ich damit machen, was ich will. Oder etwa nicht? Also entspann dich und nimm Platz.«

Sergej bleibt ungerührt stehen. Abweisend verschränkt er die Arme. Er scheint unschlüssig, ob er mir vertrauen kann oder nicht.

Ich wechsle das Thema. »Was schleppst du denn da mit dir rum, Wastl?«

Er platziert den Karton auf den Fußboden, öffnet ihn und entnimmt eine Flasche, die er mir reicht. »Ganz alter Wodka. Tun wir im Versteck finden. Ist geschmuggelt, tut Sergej sagen. Gut zum Trinken, weil gefrierkalt im Versteck.«

Red Army Kalaschnikow lese ich auf dem vergilbten Etikett. Was ist hier los!? Rote Arme, geschmuggelter Wodka im geheimen Versteck und ein polizeilich gesuchter Beinahe-Schwager? Hätte ich um Haaresbreite in die russische Mafia eingeheiratet?

Roderich, der mir gegenüber sitzt, streckt die Hand aus und schnappt sich die Flasche. »Her damit, nach dem Besuch von ›Mayer dem Schrecklichen‹ und dem mageren Süppchen haben wir uns ein Trost-Schnäpschen verdient.«

»Oder auch zwei«, stimmt Rudi ihm zu. »Das füllt den Magen.«

»Und macht guuute Lauuuneee«, trällert Penny.

Die Botschaft wir begeistert aufgenommen. Penny beweist einmal mehr, wie flink sie trotz Prothese sein kann, und innerhalb weniger Sekunden stehen Gläser auf dem Tisch.

»Wo ist das Versteck, in dem ihr dieses Zeug gefunden habt?«, frage ich Sergej.

»Im ... Keller«, antwortet er zögernd.

Margot mustert Sergeje wie einen genialen Zauberkünstler. »Seltsam. Mayer und sein Hilfssheriff haben doch bestimmt auch sämtliche Kellerräume durchsucht. Habt ihr euch in Luft aufgelöst?«

»So ähnlich.« Sergej ist deutlich anzusehen, dass er die Situation genießt.

»Tun wir uns in Geheimkammer verstecken«, platzt Wastl voller Stolz damit raus.

Die Neuigkeit erregt die Gemüter mehr, als es Mayer je gelingen würde. Während Roderich die Flasche öffnet und die Gläser füllt, wird Sergej mit neugierigen Fragen bombardiert.

»Es handelt sich um das Kaviarlager«, erklärt Sergej schließlich. »Ursprünglich war es extrem groß, sodass wir auf die Idee kamen, eine Mauer einzuziehen. Dadurch bekamen wir ein Versteck für die illegalen Waren. Den Zugang über das davorgestellte Regal erkennt nur der Eingeweihte. Der abgeteilte Raum verfügt sogar über ein Fenster. Leider ist es dort gefrierkalt, wie Wastl es ausdrückt, und ein längerer Aufenthalt höchst unangenehm.«

Inzwischen hat jeder ein volles Glas in der Hand.

»Geheimversteck ... Schmuggelware ... wie in einem billigen Krimi«, spöttelt Erika.

»Aber effektiv«, fährt Margot sie hochmütig an, als habe sie eigenhändig die Mauer gezogen.

»Genau«, sagt Sergej, schnappt sich einen freien Stuhl und guckt den neben Margot sitzenden Walther feindselig an, der eilig Platz macht.

»Wie auch immer«, hebt Roderich an. »Wir kippen einen auf die Polizei. Mögen ihre Gehirnzellen sich vermehren, damit sie auch mal jemanden schnappen.«

»Auf Mayer!« Rudi hebt sein Glas. »Mögen seine kleinen grauen Zellen viele Junge kriegen. Damit er endlich begreift, dass die Sirene besser abgeschaltet sein sollte, statt die Gejagten zu warnen.«

Binnen kurzer Zeit ist die erste Flasche Red Army Kalaschnikow geleert. Ich beobachte Sergej, der nacheinander drei Gläser trinkt, und überlege, ob er ein guter Trinker ist oder sich nur mit dem Wodka aufwärmen möchte. Eine zweite Flasche wird geöffnet, die Stimmung steigt. Aber in unserem Alter dauern solche Spontanpartys nicht lange. Bald wird verschämt gegähnt. Es ist noch nicht mal zehn, als sich die Ersten entschuldigen. Rudi hat einen frühen Reha-Termin mit Aida. Hanne drei vormittägliche Haarschnitt-Verabredungen. Ewer muss zeitig raus, um einen Interessenten für sein Geschäft zu treffen. Penny wird ihn begleiten. Margot hat sie mit praktischen Verkaufsratschlägen versorgt, damit Ewer nicht über den Tisch gezogen würde. Roderich will sich neue »Frisuren« anmessen lassen. Am Ende bleiben nur Margot, Sergej und Wastl. Die Rolle als Bodyguard scheint ihm zu gefallen.

»Konntest du deine Angelegenheit erfolgreich regeln?«, frage ich Sergej, nachdem wir unter uns sind.

Er kippt das fünfte Glas auf ex. »Nein. Ich konnte lediglich etwas Dampf ablassen bei einer kleinen tätlichen Auseinandersetzung ... « Vorsichtig befühlt er die Schrammen auf seiner Wange. »Deshalb bin ich früher zurückgekommen, weil ich gemerkt habe, dass ich ohne Detektiv nichts aus diesem Juwelier herausbekommen werde. Und dafür benötige ich Cash«, erklärt er, ohne dass ihm der Wodka anzumerken wäre. Entweder er kann sich gut beherrschen, oder er verträgt Unmengen.

Ich sende Margot einen Hilfe suchenden Blick. Sergej darf auf keinen Fall merken, ja nicht einmal ahnen, dass wir die Hunderttausend nicht haben. Womöglich verkauft er dann direkt an Harro und wir stehen über Nacht auf der Straße.

»Geduldedisch noch bis morgen Naaachmittag«, säuselt Margot mit schwerem Zungenschlag. Drei Gläser Wodka sind eine Überdosis für sie. »Hab ... hicks ... alles veanlasst, Rubelchen schschooonauf Konto ... «

»Okay, bis morgen«, gestattet er großzügig, wobei er seinen Arm um Margot legt. »Aber keinen Tag länger. Sonst telefoniere ich mit dem Jäger vom Silberwald.«

Mir stockt der Atmen. »Darauf trinken wir noch einen«, schlage ich vor, denn ich habe plötzlich eine Idee. Wenn alles nach Plan läuft, schafft er mir das Geldproblem gänzlich vom Hals.

»Ooochnein«, nuschelt Margot. »Ischhabgenuch ... hicks ... Schuldigung.« Verschämt kuschelt sie sich an Sergejs Schulter.

Ich halte die Flasche hoch. »Sergej?«

Er schiebt sein Glas über den Tisch. Auch Wastl hält mit. Lächelnd gieße ich ein. »Nastrovje!«

»Auf Igor!«, sagt Wastl.

»Auf die Freiheit!«, erwidert Sergej.

Die beiden haben natürlich keine Ahnung von den Talenten einer Frau mit jahrelanger Bühnenerfahrung, der die Kollegen den Titel »Königin der Improvisation« verliehen hatten. Für die es eine Kleinigkeit ist, die Saufkumpane unter den Tisch zu trinken, indem sie ihr Glas hebt und den Inhalt elegant über die Schulter kippt, während die anderen ihres leeren. Nach zehn weiteren Gläsern auf Igor, die Freiheit und das wunderschöne Odessa am schwarzen Meer senken sich langsam auch Sergejs Lider. Margot schlummert längst mit hochroten Wangen an seiner Schulter. Wastl sitzt zwar noch aufrecht auf seinem Stuhl, stiert aber ohne erkennbare Regung geradeaus, als würde er mit offenen Augen schlafen.

»Spasiba, spasiba, spasiba, Mimi«, bedankt sich Sergej mit tränennassen Augen auf Russisch. »Du bist eine gute Frau, hast mich vor den Bullen gerettet. Ich bin dir was schuldig.«

Meiner Erfahrung nach haben Russen genug, sobald sie rührselig werden – auch wenn sie sich noch deutlich artikulieren. Endlich. Mittlerweile sitze ich nämlich in einer Wodka-Pfütze. Leider habe ich einige Male schlecht gezielt und dabei den Fußboden, Schultern und Schuhe mit Wodka getränkt. Alles klebt, und ich müffle, als würde ich unter der Brücke hausen. Ich muss dringend unter die Dusche.

»Ach was, eine Selbstverständlichkeit«, winke ich ab. »Du

gehörst doch zur Familie. Und Familie muss zusammenhalten, hat Igor immer gesagt. Vielleicht benötige ich eines Tages auch mal deine Hilfe.«

»Jederzeit«, sagt er und tätschelt Margots Kopf, als gelte ihr sein Angebot. Jetzt hab ich ihn so weit. »*Spasiba*, Sergej. Ich hätte tatsächlich eine Bitte, beziehungsweise einen Vorschlag.«

Er blinzelt mich durch halb geschlossene Lider an. »Lass hören.«

»Es gäbe eine Möglichkeit, wie ich dir den gesamten Kaufpreis innerhalb weniger Tage überweisen kann«, beginne ich.

Plötzlich scheint er hellwach. »Die ganzen drei Mios?«

»Zweieinhalb Millionen!«, verbessere ich und bitte ihn, einen Moment zu warten. »Ich muss nur kurz ins Büro, um das dazu nötige Schriftstück zu holen.«

Minuten später lege ich ihm einen simplen Kaufvertrag auf den Tisch. Margot hatte ihn an dem Tag vorbereitet, als wir auf der Bank nach einem Kredit nachgefragt haben. Sie hat Sergej als Verkäufer und mich als Käufer eingetragen. Da hatten wir noch fest mit einer Hypothek gerechnet und gehofft, die Villa schnellstens erwerben zu können.

Sergej entledigt sich der schlafenden Margot, deren Kopf auf den Tisch plumpst. Sie murmelt »Sahnetorte«, kichert albern und schnarcht dann leise weiter. Sergej beugt sich über das Blatt und liest laut vor:

»*Hiermit bestätige ich den Verkauf meiner Immobilie in Berg, Seestraße 7 für* _____ *Euro an Frau Mimi Varelli.*

Abrupt richtet er sich auf. »Was soll der Scheiß? Da fehlt was.«

»Natürlich, der Betrag und deine Anzahlung«, sage ich lächelnd und spüre, wie das gute alte Lampenfieber in mir erwacht. Was ich jetzt vorhabe, ist zwar nicht vollkommen illegal, widerstrebt mir jedoch zutiefst. Aber ich muss an meine Freunde und den Erhalt der Seniorenvilla denken. Es war Igors Lebenswerk, er würde mich unterstützen.

»Richtig! Wo ist das Geld?« Sein Blick wandert über den Tisch.

»Also, die Situation ist folgende«, beginne ich und übernehme Margots gestrige Erklärung. »Mein Vermögen ist in Fonds angelegt, was bei einem sofortigen Verkauf große Verluste einbringen würde. Kann ich aber einen Kaufvertrag vorlegen und damit beweisen, dass ich die Eigentümerin der Villa bin, gewährt mir die Bank eine Hypothek. Das wurde mir von meinem Berater zugesichert. Du musst nur unterschreiben, und du kannst in spätestens drei Tagen über den gesamten Betrag verfügen.« Ich lege den mitgebrachten Kugelschreiber auf den Tisch.

Murmelnd liest er den Text mehrmals durch. »Wenn ich unterschreibe und du nicht bezahlst, bin ich der Dumme«, sagt er schließlich.

*Merde alors.* Ich brauche überzeugende Argumente. Ich muss an Igor denken, der oft von gegenseitigem Vertrauen gesprochen hat. Einen Versuch ist es wert. »Du musst mir eben vertrauen, wie ich dir vertraut habe, als du versichert hast, kein Verbrecher zu sein.«

»Hmm«, brummelt er überlegend.

»Du kannst auch weiterhin in der Villa untertauchen und hast mich und die Situation somit unter Kontrolle.«

»Aha, das hört sich gut an.« Er nimmt den Stift zur Hand, liest aber erneut den Text durch.

In dem Moment fällt mir das ausschlaggebende Argument ein. »Bei einem Notar würde auch zuerst der Vertrag unterschrieben und danach bezahlt werden.«

Er setzt den Kaufpreis ein, schreibt das Datum und blickt mich überlegend an.

Mir bricht der Schweiß aus. »Wenn Igor nicht tödlich verunglückt wäre, hätte ich die Villa geerbt. Der Termin für die Testamentsänderung stand bereits fest«, rede ich einfach ins Blaue. »Das private Seniorenheim war sein Lebenswerk, er würde sich im Grabe umdrehen, wenn ich es aufgäbe. Auch wenn dir angeblich die Hälfte gehört, könnte ich das Testament anfechten. Vielleicht würde mir ein Teil zugesprochen, vielleicht auch nicht. Auf jeden Fall wäre ein Prozess zeitraubend, und du würdest vorerst nicht einen Cent ...«

Das Klingeln eines Handys unterbricht mich. Sergej legt den Stift weg, greift in die Tasche seines Jacketts und angelt ein Telefon heraus. Nach einem flüchtigen Blick aufs Display meldet er sich. Eine Weile hängt er nur stumm am Apparat, dann ist er plötzlich hellwach, spricht russisch, schreit, springt vom Stuhl auf, rennt nervös hin und her. Wastl erwacht aus seiner Starre und schnellt ebenfalls hoch. Nur Margot schlummert ungerührt weiter, den Kopf auf die Arme gebettet. Sergej beendet das Gespräch nach wenigen Sekunden.

»Lass uns morgen noch einmal darüber reden ...« Er deutet auf den Vertrag. »Ich muss jetzt sofort weg und würde gerne noch eine Nacht drüber schlafen. Ich melde mich dann.«

Nein, nicht überschlafen, würde ich ihn gerne anschreien, mir von Penny eine Waffe ausleihen und ihn zur Unterschrift nötigen. »Du vertraust mir nicht?«, frage ich stattdessen.

»Ich muss wirklich los. Tut mir leid, Mimi ...«

Wie immer, wenn ich panisch werde, drehe ich nervös an meinem Verlobungsring. Wer weiß, ob Sergej nüchtern und mit klarem Blick überhaupt unterschreiben wird. Einem verzweifelten Gedankenblitz folgend, ziehe ich den Ring vom Finger und halte ihn Sergej vors Gesicht. »Den hat Igor mir zur Verlobung geschenkt. Drei lupenreine Karat. Mindestens einhunderttausend Wert. Nimm ihn als Pfand und zum Beweis für meine Ehrlichkeit.«

Verwundert greift er nach dem Schmuckstück. Prüfend hält er es eine Weile gegen das Licht, nickt und unterschreibt.

## 13

Nachdem ich Margot ins Bett verfrachtet habe, schleppe ich mich unter die ersehnte Dusche. Doch das heiße Wasser tröpfelt nur spärlich, und das Vergnügen ist nach ein paar Sekunden vorbei. Ich schaffe es gerade noch, den Seifenschaum abzuspülen. Einmal mehr wird mir bewusst, dass ich nicht nur drei Millionen benötige, sondern noch dringender eine neue Heiz- und Warmwasseranlage.

Nachdenklich liege ich später im Bett, starre ins Dunkel und kann nicht einschlafen. Ein verrückter Gedanke hält mich wach: Theoretisch gehört mir die Villa bereits. Inzwischen weiß ich natürlich, dass mir ohne Grundbucheintrag nicht mal ein Grashalm gehört, aber ich könnte Sergej an die Polizei ausliefern, und meine Probleme wären gelöst. Zumindest vorübergehend für Monate, wenn nicht sogar für Jahre. Natürlich will ich ihn nicht komplett übers Ohr hauen. Igor würde mir jede Nacht im Traum erscheinen und mich verfluchen. Aber ich würde Zeit gewinnen.

Nein! Ich kann es nicht tun. Mein schlechtes Gewissen würde mich nie wieder schlafen lassen. Er ist Igors Bruder, und auch wenn die beiden zerstritten waren, so war es doch nicht mein Streit. Tja, dann zurück auf Anfang: Ich brauche zweieinhalb Millionen! Mit dem Kaufvertrag bin ich nun offiziell die Eigentümerin und könnte ich es noch einmal bei der Bank versuchen. Möglicherweise wurde ein neuer Filialleiter eingestellt, der ganz scharf darauf sein könnte, einen Kredit zu vermitteln. Sogar ich weiß, dass Banker Provisionen kassieren. Obwohl ich davon so viel Ahnung habe wie ein Huhn von Operettenmelodien.

Nachdem ich zu keinem Ergebnis gelange und auch nicht einschlafen kann, krabble ich aus dem Bett. Vielleicht hilft ein Glas warme Milch. Ich schlüpfe in einen Morgenmantel und begebe mich in die Küche.

Als ich an Rudis Zimmer vorbeischlurfe, höre ich leise Sägeräusche. Ich muss grinsen. Genau das ist der Grund, warum ich für die Seniorenvilla kämpfe. Das Gefühl, nicht allein zu sein. Immer jemanden an der Seite zu wissen, der Freud und Leid mit mir teilt. Natürlich hänge ich auch an dem Haus selbst und die Lage direkt am Starnberger See ist ein Traum. Vollkommen alleine würde ich trotzdem nicht hier leben wollen. Das Anwesen ist viel zu groß für eine Person. Und ich würde mich fürchten, wenn mich wie im Moment seltsam knackende Geräusche erschrecken, die einen befürchten lassen, dass bereits der nächste Einbrecher ums Haus schleicht.

Als ich die gewärmte Milch in eine große Tasse fülle und noch einen Löffel Honig dazugebe, sehe ich aus den Augenwinkeln einen Schatten am Fenster. Erschrocken fahre ich herum. Nein, da war niemand. Meine Phantasie ist mal wieder mit mir durchgegangen. Oder es liegt an dem scheußlichen Aprilsturm, der heulend ums Haus fegt und die Bäume schüttelt, als wolle er sie entwurzeln. Ich tröste mich mit dem Gedanken, dass durch die vergitterten Fenster im Souterrain niemand einsteigen kann. Beruhigt verlasse ich die Küche, als mich ein deutliches Klopfen erschreckt. Ich lasse die Tasse fallen und stehe prompt in einer Milchpfütze. Ohne mich darum zu kümmern, renne ich davon. Ich will gar nicht wissen, ob ich mir das nur einbilde, oder ob da tatsächlich jemand geklopft hat. Auf der Treppe nach oben pralle ich mit einem Wallegewand zusammen, das in der schwachen Nachtbeleuchtung des Treppenhauses märchenhaft glitzert, als wär's ein Flaschengeist auf der Suche nach seinem Meister.

»Teuerste, wohin so eilig?«

Es ist Roderich in einem bodenlangen Maharadscha-Kaftan aus grünem Brokat.

»Ach, du bist es!«, schnaufe ich erleichtert.

»Wer sonst? Was ist denn los? Du siehst aus, als wäre dir ein Geist begegnet, dabei ist es längst nach Mitternacht.«

Atemlos berichte ich von dem unheimlichen Klopfen am Fenster.

»Wirst du auf deine alten Tage noch hysterisch?«, scherzt er. »Wer soll denn bitte schön des Nachts bei uns Einlass fordern? Mayer sicher nicht, der kommt durch die Vordertür und kündigt sich mit Tatütata an. Los, wir gucken nach.«

»Nein!«, lehne ich ab. »Für einen nächtlichen Spaziergang bin ich falsch angezogen. Außerdem stürmt es.«

»Wer redet von Spaziergang? Ich meine zurück in die Küche.«

»Oh, na gut.«

Gemeinsam schleichen wir in die Küche. Das Außenlicht brennt noch, und wir sehen sofort das verzerrte Männergesicht am Fenster.

Ich verstecke mich hinter Roderichs breitem Rücken.

»Das ist doch … ich werd nicht mehr …«, lacht er. »Guck hin, Mimi. Ein alter Bekannter. Und noch einer, der rein möchte. Hab ich nicht gesagt, bei uns findet die Einbrecher-Olympiade statt?«

Ich überwinde mich, linse hinter Roddy hervor und – kann es kaum fassen, wer uns da vollkommen durchnässt anstarrt: Bongard! Noch weniger fasse ich, dass er sich überhaupt hierher wagt. Wild gestikulierend gibt er uns zu verstehen, dass er ums Haus zur Haustür laufen würde.

»Na gut, bei dem Sauwetter wollen wir nicht grausam sein«, sagt Roderich und bedeutet Bongard, dass er öffnen wird. »Vielleicht plagt ihn ja das schlechte Gewissen, und er bringt unser Geld zurück.«

»Haha«, lache ich auf. »Ehe Banker freiwillig etwas rausrücken, sprießen auf deiner Glatze wieder Locken. Der betrügerische Filialleiter wird sich mit papierdünnen Argumenten rausreden.« Ich spüre, wie sich meine Furcht in Wut wandelt und bin geneigt, mir von Penelope die nette kleine Pistole zu borgen. Ich könnte ihm zur Strafe den kleinen Zeh wegschießen oder zumindest einen Schreckschuss verpassen. Den hätte er verdient.

Keuchend betritt Bongard das Haus. »Vielen, vielen Dank, Frau Varelli. Sie haben mich gerettet.«

Ich lächle schief. Normalerweise würde ich ihn höchstens mit kühlem Divenblick mustern. Dummerweise bin ich bereits abgeschminkt, und ohne künstliche Wimpern fehlt jegliche Dramatik.

Roderich nimmt unserem nächtlichen Besucher den tropfnassen Trenchcoat ab und hängt ihn über die Türklinke.

»Danke.« Bongard, dessen Jeans und Pulli ebenfalls durchnässt sind, wischt sich übers nasse Haar und blickt dann auf seine Schuhe. »Ob ich die besser ausziehe? Nicht, dass ich Ihnen noch das Parkett versaue.«

›Das ist längst ruiniert‹, will ich sagen. Aber da schlüpft er bereits aus den handgenähten Schuhen und steht in Socken vor mir. In roten! Ausgerechnet, wo ich eine Schwäche für rotbestrumpfte Männer habe. Auch Igor ließ nur Rot an seine Füße, weil es die Farbe der Liebe ist. Dennoch, meinen Groll auf Bongard können die auch nicht wirklich schmälern.

Roderich schubst mich unauffällig aus dem Windfang in den Flur und wendet sich an Bongard. »Ich würde vorschlagen, Sie begleiten mich in mein Zimmer. Wo ich Ihnen ein Handtuch und trockene Sachen geben kann. Sie holen sich ja sonst den Tod, in den nassen Klamotten, was weder uns noch Ihnen nützen würde. Vielleicht ist Mimi ja bereit, einen heißen Tee zu kochen.«

Wie bitte? Für diesen Mann mache ich nicht den kleinen Finger krumm. Rote Socken hin oder her.

»Ein Handtuch wäre sehr freundlich. Tee ist wirklich nicht nötig«, sagt Bongard, während er die beschlagene Brille abnimmt.

Sein Glück. Sonst hätte ich deutlich werden müssen. Nachts ums Haus schleichen, wehrlose Frauen erschrecken und auch noch Tee wollen? Wir sind doch nicht die Bahnhofsmission! Das Einzige, was er wollen darf: 50 000 Euro abliefern. Aber durch den Schreck bin ich hellwach und habe selbst Appetit auf ein Tässchen Tee. Und um das Maß meiner Güte voll zu machen, bekommt er ein Schlückchen ab.

»In wenigen Minuten im Salon, Teuerste«, erteilt mir Roderich die nächste Regieanweisung, und zu Bongard: »Und Sie verraten uns dann, weshalb Sie bei diesem Wetter unterwegs sind.«

Ja, auf die Erklärung bin ich wirklich gespannt. Beim Wasser aufsetzen überlege ich, ob er sich auch hier verstecken möchte. Das wäre dann der zweite polizeilich Gesuchte, der um Unterschlupf bittet. Wenn das so weitergeht, sollten wir Miete verlangen. Tausend pro Ganove und Tag. Sergej hat doch garantiert Beziehungen aus seiner Gefängniszeit, da ließe sich Kundschaft akquirieren. Wir wären in Kürze saniert. Am Ende wird das noch ein sehr ertragreiches Business. Stopp, ermahne ich mich, Schluss mit den absurden Ideen. Es ist skandalös genug, dass sich hier die Kleingangster die Klinke in die Hand geben, als wäre die Villa eine billige Spelunke aus einem Edgar-Wallace-Film.

Als wir schließlich im Salon sitzen, frage ich Bongard ohne

langes Höflichkeitsgedöns: »Wo ist unser Geld? Das ist doch wohl der Grund für Ihren Besuch in dieser stürmischen Nacht!«

Roderich, der gerade Tee einschenkt, stellt die Kanne ab. »Stürmische Nacht«, seufzt er. »Da fällt mir doch der gute alte *Erlkönig* ein. Den haben wir mal inszeniert ... Wie ging der noch gleich? Irgendwas mit Vater und Kind ... ein Pferd war auch dabei ...«

Bongard scheint zu glauben, sein Wohltäter gibt mal wieder den Trottel, und deklamiert: »Wer reitet so spät durch Nacht und Wind ... Es ist der Vater mit seinem Kind ... Er hat den Knaben wohl in dem Arm ...«

»*Merde alors*!«, fahre ich dazwischen und springe aus dem Sessel hoch. »Jetzt habe ich aber genug. Roderich, schmeiß ihn raus – in Nacht und Wind!«

Bongard, der jetzt helle Hosen und ein rosa Hemd von Roderich trägt, springt auf. »Bitte vielmals um Verzeihung«, ruft er mir nach. »Selbstverständlich bin ich Ihnen ...«

Mit wehendem Nachtgewand verlasse ich den Salon. Die letzten Worte verhallen im Raum. Seine Erklärung interessiert mich nicht mehr als das olle Goethe-Gedicht.

In meinem Zimmer öffne ich das Fenster und atme in die frische Nachtluft, um mich abzuregen. Was bildet sich dieser ... dieser Provinzbanker eigentlich ein? Zitiert Verse, anstatt die Situation zu erklären. Was für ein Affront. Erziehung scheint er mit dem Schaumlöffel genossen zu haben. Ich ärgere mich aber auch darüber, dass wir überhaupt die Tür geöffnet und ihn reingelassen haben. Wie naiv von mir zu glauben, wir würden unser Geld zurückbekommen. Tja, man wird eben alt wie 'ne Kuh und lernt immer noch dazu.

Ich schließe das Fenster, schlucke zwei Baldrianpillen und begebe mich zu Bett. Durch gleichmäßige Atemzüge gelingt es mir, meinen Zorn zu besänftigt. Als auch meine Gedanken aufhören, sich wie verrückt im Kreis zu drehen, vernehme ich ein zaghaftes Klopfen.

»Geh weg, Roddy, ich schlafe schon«, rufe ich mürrisch.

Es klopft erneut. »Ich bin es, Siegfried Bongard. Ich würde Ihnen gerne erklären, was geschehen ist.«

Der hat Nerven. Entweder hatte er noch nie mit einer wütenden Frau zu tun, oder der Grund für sein Verschwinden ist tatsächlich plausibel. Möglich wär's. Und ich bin nun mal sehr neugierig. Also knipse ich das Licht wieder an, schäle mich aus dem Laken, schlüpfe wieder in den Morgenmantel und öffne. Da steht er in seinen roten Socken und lächelt schüchtern wie ein Pennäler.

Bevor er mir am Ende noch sympathisch wird, fahre ich ihn unfreundlich an: »Sie bekommen eine letzte Chance.«

Er bleibt auf der Schwelle stehen. »Darf ich eintreten?«

Wortlos weise ich ins Zimmer zu der hellgrünen Récamiere, vor der ein niedriger weißer Tisch und zwei zierliche Sessel stehen.

»Danke. Die Tür lasse ich offen, ja?«

Ich werfe ihm einen abschätzenden Blick zu. »Haben Sie etwa Angst vor mir?«

»Ähm ... nein, nein ... ich dachte nur«, stammelt er.

»Nun, ich fürchte mich jedenfalls nicht vor Ihnen. Sollten Sie dagegen unehrenhafte Absichten hegen, vergessen Sie's. Ein spitzer Schrei, und Penelope, unsere mehrfache Schützenkönigin, ist wach. Wir nennen sie übrigens Pistolen-Penny. Also Tür zu, wir wollen doch niemanden wecken, der falsche Schlüsse aus Ihrer Anwesenheit ziehen könnte.«

»Verstehe«, flüstert er verdattert, schließt die Tür und nimmt dann auf der Kante eines Sessels Platz.

»Sie dürfen es sich gerne bequem machen«, genehmige ich

großzügig und drapiere mich halb liegend in Diven-Position auf der Récamiere. »Um eines von vornherein klarzustellen: In welche unsauberen Geschäfte Sie auch immer verwickelt sind, interessiert mich nicht für zehn Cent. Ich möchte lediglich unsere fünfzigtausend Euro zurück.«

Bedrückt sieht er mich an. »Nichts würde ich lieber tun, Frau Varelli, aber ... der AKT hat es leider geschluckt ...« Er setzt sich etwas weiter zurück.

»Dieser Kassendingsbums?«, unterbreche ich ihn.

»Genau der.«

»Aber was meinen Sie mit leider geschluckt?«

»Es war Falschgeld!«

Fassungslos öffne ich den Mund, um etwas zu sagen, doch es dauert eine Sekunde, bis ich seine Antwort in vollem Umfang kapiere. »Wieso falsch?«, frage ich dann, und gleichzeitig überschlagen sich meine Gedanken: Wenn das Blüten waren, dann muss das Casino eine ... Ich kann den Gedanken nicht vollenden. Mir wird übel. In meinem Kopf dreht sich alles. Stöhnend sinke ich in die Seidenkissen.

»Alles in Ordnung?« Bongards Miene wirkt ehrlich besorgt.

Ich richte mich auf und mustere ihn argwöhnisch. »Ist das auch wirklich sicher? Verwechselung ausgeschlossen?«

»Ja, der Kassentresor registriert Fälschungen ganz automatisch ... und wir, also die Bank, sind verpflichtet ... das zu melden«, erklärt er zögerlich.

»Der Polizei!?« Meine Stimme überschlägt sich, und ich sehe mich bereits hinter Gittern. Ich könnte die Herkunft des Geldes doch niemals beweisen. Und der kleine Bonaparte würde sicher abstreiten, mich zu kennen. Wenn sein illegaler Laden überhaupt zu finden wäre.

»Bitte beruhigen Sie sich, Frau Varelli ...«

Beruhigen!? Wir reden hier über die Zukunft meiner Freunde und die meine. Aber wer weiß, ob Bongard die Wahrheit sagt. Ich atme einige Male tief durch. »Wollen Sie uns vielleicht etwas in die Schuhe schieben?«, fahre ich ihn dann an. »Die Meldungen in den Medien klangen nämlich ganz anders. Es hieß, Sie würden über die Bank Falschgeld waschen und Kunden im großen Stil betrügen.«

Aufstöhnend bedeckt er sein Gesicht mit den Händen, als schäme er sich. »Überlegen Sie doch mal«, sagt er nach einer Weile und sieht mich durch seine randlose Brille an. »Welcher Betrüger ist so dumm, Kontakt zu denjenigen aufzunehmen, die er hintergangen hat?«

»Hmm.« Ich zucke die Schultern. »Ein absolut ausgekochtes Schlitzohr?«, antworte ich, obwohl mir nicht ganz wohl dabei ist. Irgendwie trifft es ja auch auf mich zu. Nach dem Taschentausch war ich so unverfroren, an den »Tatort« zurückzugehen und um eine Hypothek anzufragen.

»Ich bin kein Schlitzohr. Ich schwöre ...« Er hebt tatsächlich die Hand: »Bei meinem Schweizer Bankkonto.«

Ich hebe auch die Hand. Aber nur, um sie mir vor den Mund zu halten, denn plötzlich bin ich unendlich müde. *Parbleu*! Der Baldrian beginnt zu wirken. Hoffentlich sacke ich nicht einfach weg.

Bongard räuspert sich verlegen. »Tut mir leid, wenn ich Sie langweile. Normalerweise haben Schweizer Bankkonten eine eher belebende Wirkung auf Menschen.« Er schmunzelt fast unmerklich. »Nicht, dass Sie denken, ich wolle Sie ...« Er stockt. »Vergessen Sie's ... ich rede Blödsinn.«

»Von Langeweile kann nicht die Rede sein, und ich habe durchaus etwas übrig für ausländische Konten – so sie tatsächlich existieren«, entgegne ich und zitiere Roderich: »Ohne Moos nix los, heißt es doch. Mir ist nur der Zusammenhang schleierhaft. Wieso werden Sie verdächtigt, wenn sich unsere Geldscheine als Blüten entpuppt haben?«

»Nun, wer untertaucht, macht sich zwangsläufig verdächtig«, antwortet er und blickt mir direkt in die Augen. »Aber ich habe es für Sie getan.«

Einen Moment fühle ich mich geschmeichelt, doch gleich darauf wird mir die Absurdität seiner Behauptung bewusst. »Glauben Sie etwa, wir drucken unser eigenes Geld im Keller? Wozu hätten wir dann um eine Hypothek anfragen sollen?«

»Nein, nein!« Er schüttelt den Kopf. »Aber wenn ich erklärt hätte, dass Sie die Scheine auf der Bank einzahlen wollten, die Quittung habe ich übrigens vernichtet, wäre hier wenig später die Polizei vorgefahren.«

Das tut sie ohnehin ständig, denke ich und frage: »Und wenn schon?«

»Vielleicht wären Sie sogar verhaftet worden.« Er streicht sich über das unrasierte Kinn. »Möglicherweise wäre auch die Handtaschen-Sache dann doch noch einmal näher untersucht worden.«

Mir schießt das Blut in die Wangen wie einer ertappten Diebin. »Ähm ... was ... wie ... ich weiß nicht, wovon Sie reden?«, stammle ich.

»Sie haben mich sehr gut verstanden«, grinst er. »Aber keine Bange, ich verrate Sie nicht und würde es auch niemals tun. Wollte es aber nicht unerwähnt lassen ... «

»Soso, nicht unerwähnt ... «, murmle ich nachdenklich und plötzlich geht mir sozusagen ein Licht auf. »Ach, dann sind Sie hier, um mich zu erpressen, oder wie?«

»Nein!« Er starrt mich entsetzt an. »Ich wollte damit nur andeuten, dass wir ... nun ja ... sozusagen in einem Boot sitzen. Außerdem wollte ich Ihnen erklären, warum der Betrag nicht auf dem neuen Konto verbucht wurde. Was Sie sicher bemerkt haben«, redet er weiter.

»Meiner Cousine ist es aufgefallen, sie erledigt alle Bankangelegenheiten. Es war ein ziemlicher Schock, als uns klar wurde, dass unser Geld futsch ist. Aus diesem Grund haben wir natürlich den Medienberichten geglaubt und dachten, Sie wären mit unserem Geld auf und davon. Wegen der laufenden Kosten für die Villa musste ich meinen Verlobungsring veräußern«, behaupte ich frech, strecke meine linke Hand aus und werfe einen wehmütigen Blick auf die leere Stelle am Ringfinger. »Wenn Igor das wüsste, er würde sich im Grab umdrehen.«

»Es tut mir sehr leid«, sagt er leise.

»In den letzten Tagen gab es gesundheitliche Probleme mit älteren Bewohnern, da treten banale Geldangelegenheiten in den Hintergrund«, deute ich wage an. Der Wirbel um Sergej geht ihn nichts an.

»Was mich interessieren würde, Frau Varelli ... «

»Hmm ... « Hoffentlich muss ich jetzt keine Krankheitsgeschichten aus dem Ärmel schütteln.

»Wie kamen Sie überhaupt in den Besitz von fünfzigtausend Euro in Blüten? Es ist doch ein ziemlich hoher Betrag.«

»Ja ... nun ... Die Scheine stammen aus einem privaten Spielclub«, gestehe ich und berichte detailliert vom Ablauf des Abends.

»Der Laden ist eine Waschanlage!«, folgert Bongard.

»Meinen Sie?«

»Eindeutig. Die Vorgehensweise lässt keine andere Schlussfolgerung zu. Sie verlieren und gewinnen später den gesamten Betrag wieder zurück. Die Spieler verlassen glücklich den Ort des Verbrechens und kommen gar nicht auf die Idee, dass etwas nicht mit rechten Dingen zuginge. *Chapeau*, kann ich nur sagen.

Wenn der Laden dazu noch häufig seinen Standort wechselt, hat er die beinahe todsichere Lizenz zur Geldwäsche.«

Bedauerlicherweise muss ich ihm zustimmen. Auch den Ortswechsel betreffend. Wastl hatte zuerst von einem Bungalow gesprochen, und uns dann in eine hochherrschaftliche Wohnung geführt. Aber diese Erkenntnisse bringen die echten Scheine auch nicht zurück. Es sei denn ... »Was halten Sie davon, wenn wir das Casino anzeigen? Damit wären auch Sie entlastet.«

Zwischen seinen Brauen entsteht eine Grübelfalte. »Warum wollen Sie das tun? Es gibt keine Garantie, dass man Ihnen Glauben schenken würde. Aber ganz bestimmt würden Sie in einen Rechtsstreit verwickelt, wenn nicht sogar in größere Schwierigkeiten geraten.«

»Ach, einen Versuch wäre es wert, um der Gerechtigkeit willen«, behaupte ich. Meine Schwäche für rote Socken werde ich ihm nicht auf die wohlgeformte Nase binden.

Seine Miene bleibt nachdenklich. »Das wäre nur sinnvoll, wenn Sie noch weitere Blüten besitzen, um Ihre Anschuldigung beweisen zu können.«

»Ähm ... dummerweise nein ...« Doch dann erinnere ich mich, dass Tatjana etwas von dem Gewinn bekommen hat. »Vielleicht unsere Chefköchin. Sie bekam einen kleinen Betrag für Einkäufe.«

»Nun ... sollten tatsächlich noch Beweise vorhanden sein ... wäre zu überlegen ... ob eine Anzeige tatsächlich den gewünschten Effekt hätte«, sagt Bongard nachdenklich.

»Würde ich denn die echten Scheine zurückbekommen?«

»Erst einmal sicher nicht«, antwortet er. »Die Polizei würde das Casino stürmen, so sie es findet, und sämtliche Beweismittel beschlagnahmen. Die Geldscheine gehen dann zum BKA, wo die falschen von den echten Scheinen getrennt werden. Da stellt sich die Frage, ob Sie warten wollen, bis sich der Amtsschimmel durchgewühlt hat. Das kann Monate dauern, bis Sie Ihr Geld wiedersehen.

»Hmm ... wenn die Polizei tatsächlich so schleppend arbeitet, zerfalle ich vorher zu Staub«, antworte ich und muss wieder gähnen.

»Sie sind erschöpft. Ich werde mich verabschieden«, sagt Bongard und erhebt sich höflich.

»Nein, nein«, winke ich ab, obwohl ich kaum noch die Augen offen halten kann. Aber ich bringe es nicht übers Herz, ihn zurück in die stürmische Nacht zu schicken, und behaupte: »Ich möchte unbedingt wissen, was wir weiter unternehmen wollen – wenn wir schon in einem Boot sitzen. Doch zuerst brauche ich einen starken Espresso, damit ich nicht über Bord gehe – um im Bild zu bleiben.«

Leise schleichen wir nach unten in die Küche.

Bongard stoppt vor der angetrockneten Milchpfütze. »Für die Katze?«

»Kleines Missgeschicke«, antworte ich ausweichend.

Ich nehme sein Angebot an, das Malheur zu beseitigen, suche inzwischen nach dem Kaffeepulver und werde hinter der zehnten Schranktür endlich fündig. Schlaftrunken fülle ich das Pulver in den Einsatz der altmodischen Espressomaschine und verschütte die Hälfte. Bongard beeilt sich sofort wieder zu helfen.

»Maschinen sind Männersache«, behauptet er und lächelt mich spitzbübisch an.

Ich stimme ihm zu und überlasse ihm gerne die Arbeit. Küchen waren noch nie mein Reich. Ich bin eine Niete am Herd und stehe mit sämtlichen Hausarbeiten auf Kriegsfuß. Nur am Bügelbrett macht mir so schnell keiner was vor. Selbst Hemden bügeln macht mir Spaß. Im Gegensatz zu Putzen. Lieber sitze ich zufrieden am Tisch und beobachte, wie Bongard geschickt die nötigen Handgriffe erledigt und auch das Kaffeemehl wegfegt. »Ein Mann für alle Fälle«, lobe ich.

Er befördert das Pulver in den Mülleimer. »Und für alle Notfälle«, ergänzt er. »Falls Sie hungrig sind, bereite ich Ihnen auch schnell einen Imbiss zu.«

Ein ehrlicher Banker in roten Socken *und* ein Held am Herd. Wenn ihm jetzt noch eine Lösung für unsere finanzielle Misere einfällt, könnte sogar eine frischgebackene Witwe schwach werden. »Zu einem kleinen Mitternachtssnack sage ich nicht Nein.«

Wenig später steht köstlich duftender Espresso auf dem Tisch, dazu ein Teller mit Käse, Salami und Radieschen. Raffiniert zubereitet in Blütenform.

»Wie passend«, sage ich und muss über die Anspielung lachen. »Wäre ich Guide-Michelin-Testerin, würde ich Ihnen glatt ein halbes Sternchen verleihen.«

Er bedankt sich augenzwinkernd. »Stets zu Diensten, verehrte Frau Varelli.«

Ich denke, wir haben genug geflirtet, und wechsle das Thema. »Was ist eigentlich an den Meldungen der Medien dran? Dem Lokalfernsehen zufolge haben Sie Ihre Kunden im ganz großen Stil betrogen.« Dass sein Verschwinden wegen Sergejs unerwartetem Auftauchen kurzzeitig in den Hintergrund gerückt ist, verschweige ich vorerst.

Er schnauft entrüstet. »Ich bin seit über fünfundvierzig Jahren im Bankgewerbe tätig und habe noch niemals auch nur einen Cent veruntreut. Aber manche Banken sind tatsächlich schlimmer als sämtliche kriminellen Vereinigungen zusammen. Für die Unregelmäßigkeiten, die mir angelastet werden, ist Kollege Adelholzer verantwortlich.«

»Und woher wissen Sie das?«

Bongards Miene verdüstert sich. »Adelholzer ist unser Anlage- und Vermögensberater und hat Kundenüberweisungen auf sein Privatkonto umgeleitet, um damit an der Börse zu spekulieren. Nach kurzer Zeit hat er die Beträge zwar wieder zurückgebucht, doch es bleibt Betrug, zu dem auch noch Steuerhinterziehung kommt. Gewinne müssen nämlich versteuert werden. Versteht sich, dass er auch das nicht getan hat. Ganz offiziell hat er auch ›Leos‹ abgezockt, ihnen dubiose Derivate oder Zertifikate aufgeschwatzt und was weiß ich nicht noch alles.«

»Leos?« Ich rühre zwei Löffel Zucker in den starken Kaffee.

Bongard trinkt seinen schwarz. »Ein abwertendes internes Kürzel für ältere Menschen, was übersetzt ... ähm ... ›Leicht erlegbare Opfer‹ bedeutet«, erklärt er peinlich berührt.

»Ich schäme mich, es auszusprechen. Genau genommen gehöre ich mit vierundsechzig nämlich auch in die Leo-Schublade.«

»Ich wäre auch ein leichtes Opfer«, sage ich, während ich die Salami verputze. Die schmeckt in Blumenform doppelt lecker. »Was ich aber nicht verstehe, wieso man Sie für Adelholzers Untaten beschuldigt?«

Er nimmt einen großen Schluck Kaffee. »Adelholzer muss sich in meinen Rechner eingehackt und darüber seine zwielichtigen Anlagen abgewickelt haben. Fatalerweise habe ich es kurz nach unserem Termin bemerkt. Mir war sofort klar, dass es wenig Sinn hat, den Vorfall der Bankenaufsicht zu melden. Mir fehlten ja Beweise, die meine Unschuld hätten belegen können. Deshalb bin ich untergetaucht, um nach einer Lösung zu suchen, und konnte nicht zu unserem Termin erscheinen.«

Stimmt. Übermüdet wie ich bin, habe ich tatsächlich vergessen, dass er uns den versprochenen Privatinvestor nicht vorgestellt hat. Aber wie hätte Igor gesagt: Wozu über verschütteten Wodka weinen.

»Ja, das war sehr schade, wir hatten all unsere Hoffnungen auf den privaten Interessenten gesetzt«, entgegne ich traurig. »Wäre es denn möglich, ihn doch noch zu kontaktieren?«

Bongard nickt. »Warum sprechen Sie nicht sofort mit ihm?«

»Um drei Uhr morgens jemanden wecken, um ihm eine Villa zu verkaufen?«, wende ich irritiert ein. »Keine guten Voraussetzungen für erfolgreiche Verhandlungen.«

»Sie müssen ihn nicht wecken. Er sitzt vor Ihnen.«

Mir fällt die Käseblume aus der Hand. »Wie bitte?«

Er strafft die Schultern und lächelt souverän. »Ich bin der Privatinvestor! Und obwohl ich noch kaum etwas von der Villa gesehen habe, bin ich begeistert. Allein Ihretwegen.«

Einen Wimpernschlag lang glaube ich ihm und bin kurz davor, ihm meine große Schwäche für rote Socken zu gestehen. Doch dann erkenne ich die perfide Absicht. »Wie können Sie es wagen, mich so zu verhöhnen?«, fahre ich ihn dann entrüstet an. »Es tut mir sehr leid, dass Sie durch unser Falschgeld in diese fatale Situation geraten sind, aber das habe ich nun wirklich nicht verdient.«

# 14

Morgens um sieben wecken mich Sonnenstrahlen. Beim Blick aus dem Fenster erkenne ich, dass sich das Wetter beruhigt hat. Die Sonne blinzelt durch die Wolke und lediglich ein paar dürre Zweige, die auf dem sattgrünen Rasen liegen, erinnern an den nächtlichen Sturm.

Was war das für eine verrückte Nacht. Nachdem ich Bongard so angeschnauzt habe, erklärte er mir glaubhaft, wie es sich mit dem Privatinvestor verhält. Danach konnte ich erst recht nicht mehr schlafen. Und jetzt muss ich erst zur Besinnung kommen. Eine leichte Joggingrunde ist die beste Entspannung. Ohnehin überfällig, denn seit sich die Katastrophen häufen, habe ich mein Fitnessprogramm sträflich vernachlässigt. Vor Igors Tod gab es kaum einen Grund, meine täglichen Runden ausfallen zu lassen. Höchstens bei sibirischen Temperaturen weit unter null. Von Mai bis September schwimme ich abschließend auch einige Bahnen im See.

Im Badezimmer starre ich entsetzt in den ovalen Spiegel über dem Waschbecken. Dunkle Augenringe, müder Blick, eine Frisur Marke geföhnter rosa Staubwedel. Da hilft nur noch eine Überdosis frische Luft. Reichlich Wasser ins Gesicht, Nährcreme auftragen und in einen fliederfarbenen Jogginganzug schlüpfen. Noch die grasgrünen Sportschuhe angezogen und los geht's. Normalerweise nehme ich den Weg zum See über den Salon, doch da schläft Bongard.

Ich verlasse das Haus durch die Vordertür und gelange auf dem von Wastl angelegten Plattenweg zum See. Unser privates

Uferteil ist nicht übermäßig groß, etwa zwei Meter breit und dreißig Meter lang. Aber uneinsehbar und deshalb von unschätzbarem Wert, wenn in den Sommermonaten die Stadtbewohner einfallen. Spaßeshalber hat Margot mal ausgerechnet, dass jeder von uns gute zwei Meter Platz für sich hat. Nur unwesentlich mehr als an den öffentlichen Seestränden, doch mit dem Vorteil, dass niemand Fremdes über einen drübersteigt.

Eine leichte Prise kräuselt die Seeoberfläche, und trotz des blauen Himmels schimmert das Wasser dunkelgrün-moosig. Möwen fliegen schreiend über mich hinweg, in der Hoffnung, ich würde sie mit Brot füttern. Aber ich bin nun mal nicht Margot. Die hat immer ein paar Krümel in den Hosentaschen.

Bevor ich loslaufe, beginne ich mit intensiven Atem- und Streckübungen. Anschließend dreißig Meter vor, eine kleine Kurve und wieder zurück. Bewegung an der frischen Luft bringt auch meine Gedanken auf Trab. Und ein Gedanke lässt mich nicht mehr los: Wie konnten ein paar harmlose Rentner innerhalb weniger Tage in derart dubiose Geschehnisse geraten? Am Anfang standen nichts weiter als zwei vertauschte Handtaschen. Es folgten zwei polizeilich Gesuchte, denen wir ein Versteck gewähren. Und als Krönung sind wir nun in eine Falschgeldaffäre verwickelt. Nichts davon war geplant. Schon gar nicht forciert. Die Ereignisse haben uns einfach mit sich gerissen.

Doch wer würde uns glauben, wenn wir unsere Unschuld beteuerten? Mayer sicher nicht, der hat mir noch nie ein einziges Wort abgenommen. Vermutlich würde er uns als Kriminelle einstufen und womöglich sofort einbuchten. Ich werde mich noch einmal mit Bongard besprechen. Vielleicht wäre es sinnvoll, das Casino doch anzuzeigen. Und zwar bei der Münchner Polizei. Der Spielclub befindet sich ja in der Stadt, und liegt somit nicht in Mayers Zuständigkeit. Entweder wir und Bongard entkommen dann dem Schlamassel, oder wir stecken noch tiefer drin.

Durchgeschwitzt und voller Energie freue ich mich auf die Dusche. Für den Sprung in das grüne Wasser ist es noch zu kalt. Leider kommt aus der Dusche wieder nur lauwarmes Getröpfel – das heiße Wasser wurde von meinen lieben Mitbewohnern verbraucht.

Bevor ich Bongard wecke, schminke ich mich sorgfältig, schlüpfe in das schwarze Chanel-Kleid und in die halbhohen Pumps. Noch die Blütenbrosche anstecken, fertig. Vornehm geht die Welt zugrunde, heißt es doch. Und nach meiner Erfahrung hat gepflegtes Aussehen noch nie geschadet.

Leise klopfe ich an die Tür zum Salon. Als ich nach einem weiteren Versuch keine Antwort erhalte, öffne ich vorsichtig.

Ich kann kaum glauben, was ich sehe – beziehungsweise nicht sehe. Den Herrn Filialleiter! Hat sich einmal mehr aus dem Staub gemacht. Wie sonst sollte ich die ordentlich gefaltete Decke und das Kissen auf dem Sofa verstehen? Dann fällt mir ein, dass er bei Roderich sein könnte, wo er sich gestern umgezogen hat.

Mein alter Freund steht gerade vor dem hohen Standspiegel und hadert mit seiner neuen »Frisur«.

»Ist es möglich, dass sich Bongard in deinem Badezimmer aufhält?«

»Bei mir?« Verwundert blickt er mich über den Spiegel an. »Ich habe ihn doch zu dir geschickt, als du in der Nacht so wütend davongestürmt bist. Er war nämlich zutiefst geknickt und hat mir von den Umständen berichtet. Ich fand, das sollte er dir alles selbst erklären. Außerdem liegt dir der Mann zu Füßen, falls Teuerste das noch nicht bemerkt haben. Oder ist er kommentarlos abgehauen?«

Ich setze mich neben Schampus auf das Samtsofa. »Nein, nicht gestern Abend, da war er bei mir und wir haben lange geredet ...«

»Und, wie verlief das nächtliche Rendezvous?«, unterbricht er mich neugierig, eilt mit Toupet in der Hand zu einem Sessel und nimmt Platz.

»Kein Liebesgeplänkel, wenn du das meinst. Ich bin nicht in Stimmung für romantische Gefühle. Erstens ist Igor gerade erst verstorben und zweitens brauchen wir Geld. Und zwar viel Geld, falls du dich erinnern magst.«

»Warum so dogmatisch, teuerste Freundin. Geld oder Liebe? Sein oder Nichtsein? Warum nicht Geld und Liebe? Also ich würde beides nehmen, wenn ich es kriegen könnte. Und mein Gefühl sagt mir, von dem schnuckeligen Banker bekommst du alles, was du dir wünschst.« Er strubbelt verträumt in seinem Toupet.

»Hmm«, murmle ich nachdenklich und mir fällt der liebevoll zubereitete Häppchenteller ein. Roderich könnte recht haben. Wie auch immer, jetzt hat er das Weite gesucht, und Taten sagen mehr als tausend verliebte Blicke. Ich berichte, wie die restliche Nacht verlaufen war. »Zum Schluss hat er mir eröffnet, er sei der Privatinvestor und wolle die Villa kaufen.«

Roderich schreckt sichtlich zusammen. »Teuerste, du wirst ihm doch nicht die Wahrheit verraten haben? Ich meine unsere halbseidenen Verkaufsabsichten.«

»Nein, ich bin doch nicht dämlich. Aber er durfte auf dem Sofa schlafen. Doch wie gesagt, er ist weg, hat auch keine Nachricht hinterlassen, und seine Kleider liegen noch auf deiner Heizung, wie ich sehe. Ergo hat er sich heimlich davongeschlichen. Von wegen Privatinvestor und Schweizer Bankkonto. Alles gelogen, um sich ein Nachtlager zu erschwindeln.«

Als wir im Vestibül nach Bongards Trenchcoat sehen, ist auch der verschwunden.

Roderich seufzt enttäuscht. »Noch ein ›Richard Kimble‹ auf der Flucht. Und ich habe mir das alles so schön ausgemalt. Du und der Bongard ...«

»Hör auf zu träumen«, fahre ich ihn an und hake ihn unter. »Lass uns lieber frühstücken.«

Im Erkerzimmer treffen wir die versammelte Oldie-Schaft. Auch Aida und Danny sind zu Besuch, wie oft an Samstagen. Die Verkündung der Blüten-Botschaft überlasse ich Roderich. Er wartet, bis alle zu Ende gegessen haben, um niemandem den Appetit zu verderben. Zu den letzten Tassen Kaffee serviert er dann die Nachricht.

»Der Gewinn aus dem Casino ist endgültig futsch. Es war nämlich Falschgeld. Und wie Mimi aus sicherer Quelle erfahren konnte, ist der Schuppen eine Geld-Waschanlage.«

Geschockte Gesichter blicken ihn an. Schließlich entlädt sich der Frust in wütenden Kommentaren.

»Tu ich nicht verstehen.«

»Betrügerpack.«

»Tatjana hatte uns gewarnt.«

»Genau, es gewinnt immer das Casino.«

»Ich darf gar nicht daran denken, wie viele Köstlichkeiten wir dafür hätten kaufen können«, jammert Margot und schnappt sich das letzte halbe Brötchen zur Stressbewältigung.

Danny, der neben seiner Mutter sitzt, streicht ihr beruhigend über den Rücken. »Vorwürfe bringen doch nichts, Mama, das konnte niemand ahnen.«

»Ich habe auf ein neues Haarteil verzichtet«, verkündet Roderich lautstark, als wär's eine heroische Tat.

»Warum habe ich mir von meinen mühsam erschnippelten

Trinkgeldern nicht die Tränensäcke operieren lassen?«, schnauft Hanne.

»Ich finde dich auch mit Säcken atemberaubend sexy«, säuselt Rudi unter seinem Fahrradhelm hervor. »Im Bett löschen wir einfach das Licht.«

Kichernd wirft sie ihm eine Weintraube an den Kopf. »Lahmer Lustmolch.«

»Tu ich nicht verstehen, Frau Mimi.« Wastls geknickte Miene kann einen zu Tränen rühren. »Bonaparte ist doch alter Freund von Igor. Und Freunde tut niemand nie nicht betrügen.«

»Mach dir keine Gedanken, Wastl. Es war ein Versuch, und der ging daneben«, erwidere ich.

Penny schlägt mit der flachen Hand auf den Tisch. »Jetzt reicht's! Ich würde vorschlagen, wir lassen den Laden hochgehen. Wer macht mit?« Ihre Augen glitzern förmlich vor Rachelust. »Ich besorge für jeden eine Waffe, und dann ...«

»Halt mal die Luft an, du Flintenweib«, unterbricht Erika sie. »Oder bist du lebensmüde?«

»Nein. Aber dreifache Schützenkönigin!«, kontert Penny selbstbewusst. »Und ich habe noch nie danebengeschossen. Der kleine Bonaparte ist so gut wie tot.«

»Trotzdem werden wir auf keinen Fall dort rumballern«, entscheidet Roderich. »Auch sonst nirgendwo, und damit ist die Waffennummer endgültig gestorben. Außerdem kann man einem Toten nicht in die Tasche fassen, und wir wollen doch unser echtes Geld zurück.«

Ewer räuspert sich. »Ich hätte einen anderen Vorschlag.«

Alle Augen richten sich auf unseren neuesten Mitbewohner.

»Lass hören«, ermutigt ihn Roderich.

»Wir spionieren die Öffnungszeiten aus, und wenn keiner da ist, verschaffen wir uns Zutritt, suchen Beweise und marschieren damit zur Polizei«, sagt er. »Wer weiß, ob Bonaparte nicht schon lange gesucht wird, dann könnte vielleicht sogar eine Belohnung für uns rausspringen.«

Wastl nickt begeistert. »Tun wir Belohnung kassieren.«

Ewer schließt sich seinem Kollegen an. »Die Öffnung der Türen übernehme ich.«

»Nein, Ewer, das lassen wir lieber«, sage ich. »Erstens würden wir damit eine Straftat begehen, und zweitens sind deine Qualitäten als Bankräuber und auch als Einbrecher ... nun ... eher bescheiden. Du hast die Bank ohne Handschuhe gestürmt.«

»Handschuhe waren unnötig«, antwortet er schmunzelnd. »Schließlich bin ich nicht vorbestraft und polizeilich nicht erfasst.«

»Das stimmt natürlich«, geben ich zu. »Trotzdem, wir verschaffen uns nirgendwo unerlaubt Zutritt.«

Unser Hausmeisterduo grummelt enttäuscht vor sich hin.

»Wir finden eine andere Lösung«, verspreche ich vollmundig, obwohl ich nicht den blassesten Schimmer habe, wie die aussehen soll.

»Wozu überhaupt zur Polizei?«, meldet sich Erika.

»Weil nur dann die Chance besteht, das echte Geld zurückzubekommen«, erkläre ich. »Selbst wenn wir uns Zutritt zum Spielclub verschaffen könnten, sind wir doch gar nicht in der Lage, die echten Scheine von den falschen zu unterscheiden.«

Erika blickt mich amüsiert an, als zweifle sie an meinem Verstand. »Wenn du meinst, dass die Polizei unser Freund und Helfer ist ... «

Ein Klopfen an der Tür unterbricht sie. Gleich darauf tritt Tatjana ein. Gefolgt von Bongard. Frisch rasiert, in weißem Hemd, grau-roter Krawatte, hellgrauem Anzug und schwarzer Papiertüte in der Hand. Damit habe ich nun wirklich nicht gerechnet. Und genau wie alle anderen starre ich ihn nur sprachlos an.

»Er hat ans Küchenfenster geklopft«, erklärt Tatjana.

Bongard blickt mich an. »Mein bevorzugter Raum in jedem Haus. Dort trifft man die schönsten Frauen.«

»Wie charmant, vielen Dank«, sagt Tatjana und erspart mir eine Antwort. »Dafür gibt's frischen Kaffee.«

Nachdem Tatjana das Erkerzimmer verlassen hat, stelle ich Bongard den anderen vor. »Die Zusammenhänge sind euch ja bereits bekannt.«

»Sehr erfreut, allerseits.« Bongard deutet eine leichte Verbeugung an und platziert die Tragetüte auf dem Tisch.

»Hugo« steht in weißer Blockschrift darauf. Er kramt drei kleine rote Päckchen hervor, die mit weißen Schleifen verschnürt sind. Die feminine Hülle suggeriert eher Kosmetik als Männermode. Er legt die Mitbringsel vor mir auf den Tisch.

»Geschenke für mich?« Ich spüre, wie ich erröte.

»Nicht direkt. Es wird Ihnen dennoch gefallen. Bitte, öffnen Sie.« Er lächelt mich liebevoll an.

»Setzten Sie sich doch.« Ich deute auf einen Stuhl, bevor ich jeweils ein Päckchen an Margot und Roderich weiterreiche. Beinahe gleichzeitig entknoten wir die Bänder, wickeln das Papier auf und starren mit großen Augen auf den Inhalt. Gebündelte Geldscheine! Margot hat Zwanziger ausgepackt, Roderich Fünfziger und ich Zehner.

Margot schiebt den Rest ihres Marmeladenbrötchens in den Mund und verschluckt sich vor Aufregung. Hustend nimmt sie einen Schluck Kaffee, bevor sie sagt: »Jetzt verstehe ich gar nichts mehr.«

»Gestern Nacht waren Sie nur ein ganz normaler Banker auf der Flucht, heute einer, der Geld mitbringt. Ganz nach meinem Geschmack«, sagt Roderich heiter.

Ich habe einen anderen Verdacht. »Sind das etwa unsere ... Blüten?«

»Richtig!«

»Sagten Sie nicht, der Zählautomat hätte alle Scheine geschluckt?«

»Ich war nicht ganz ehrlich, weil ich die hier zu Hause versteckt hatte und nicht wusste, ob die Polizei meine Wohnung durchsucht und die Scheine gefunden hat. Was im Prinzip genauso gewesen wäre, als hätte der AKT sie kassiert. Seit letzter Woche war ich nämlich nicht mehr zu Hause. Heute Morgen um vier habe ich es dann gewagt und hatte Glück im doppelten Sinn. Scheinbar wird meine Wohnung nicht überwacht, oder nicht mehr, und so konnte ich mich umziehen.«

Tatjana bringt frischen Kaffee. »Ah, was für ein seltener und höchst erfreulicher Anblick.« Begehrlich starrt sie auf die Geldbündel. »Fällt da auch was für die Einkäufe ab?«

»Tatjana, ist noch etwas von dem Geld übrig, das wir Ihnen für Einkäufe gegeben haben?«, frage ich unsere Küchenkönigin.

Sie lacht herzhaft.

Margot schüttelt den Kopf. »Weißt du denn nicht, wie rapide die Lebensmittelpreise ständig steigen, Mimi?«

»Erwischt«, grinse ich und gestehe, mich nicht zu erinnern, wann ich das letzte Mal einen Supermarkt betreten habe. »Deshalb übernehme ich auch lieber die Verpflichtung, die nötigen Mittel für Einkäufe zu besorgen.«

»Finde ich gut.« Tatjana deutet auf die Geldscheine: »Dann dürfen wir das hier ausgeben? Die Küchenhilfen fragen nämlich nach ihrem Lohn. Der letzte Monat steht noch aus, und der aktuelle ist auch schon fast wieder vorbei.«

»Da muss ich Sie leider enttäuschen«, antworte ich. »Denn das sind die im Casino gewonnenen Scheine. Und die sind falsch!«

Sprachlos fixiert sie die Geldpakete. Doch dann scheint sie zu begreifen. »Wollen Sie damit andeuten, ich habe Falschgeld verteilt!?«

»Ja, so unangenehm mir das auch ist«, bestätige ich. »Hat das denn niemand bemerkt?«

Sie zieht die Brauen zusammen. »Ähm … nein. Den größten Batzen habe ich bei Bauer Holzgruber gelassen. Von ihm beziehen wir Eier, Käse, Milchprodukte. Er steckt die Scheine immer gleich in seine Hosentasche, ist selber eine absolut ehrliche Haut und würde nicht mal im Traum an Falschgeld glauben. Schon gar nicht, dass ihm irgendjemand welches unterjubeln wollte. Aber woher wissen Sie denn so genau, dass die Scheine falsch sind, Frau Mimi?«

»Herr Bongard«, ich deute mit einer Kopfbewegung zu ihm, »Filialleiter unserer Bank, hat sie geprüft.«

Tatjana schluckt und lässt sich auf einem der freien Stühle nieder. »Dann sind Sie der … ähm … Werden Sie nicht von der Polizei gesucht?«

»Ja«, bestätigt er verzagt.

»Aber er ist unschuldig, weil er die Scheine ja von uns bekommen hat«, erkläre ich. »Vielleicht wären Sie so freundlich, Herr Bongard, und würden für meine Freunde auch den Rest zur Gänze erklären?«

»Selbstverständlich … Also, der automatische Kassentresor nimmt Scheine nur in begrenzter Anzahl entgegen. Füttert man den Kasten zu schnell, streikt er. Das lässt sich vermeiden, wenn man nur kleine Packen eingibt. An diesem Tag war bereits Schalterschluss und ich allein in der Bank. Als nach der Eingabe der Fünfer-Scheine die Falschgeldmeldung kam, habe ich das restliche Geld mit nach Hause genommen, um Sie zu warnen, Frau Varelli. Natürlich wusste ich, dass mein Stellvertreter die Sache mitbekommen würde, aber ich hatte mir überlegt, die Blüten auf meine Kappe zu nehmen. Es handelte sich lediglich um einhundert Euro, für die ich mir eine Ausrede überlegen wollte. Am Nachmittag wurde ich dann zufällig Zeuge, wie Adelholzer mit einer Schweizer Bank telefoniert hat und seltsame Andeutungen machte. Kurz danach entdeckte ich seine Machenschaften, die er über meinen Rechner abgewickelt hat. Mir war sofort klar, dass es wenig Sinn hat, der Bankenaufsicht etwas zu melden, wofür mir die Beweise fehlen, um meine Unschuld zu untermauern. Deshalb bin ich untergetaucht und konnte nicht zu unserem Termin erscheinen, Frau Varelli. Ich wollte Adelholzer am nächsten Tag zur Rede stellen, doch er war vor mir in der Bank, vermutlich, um die nächsten illegalen Transaktionen zu tätigen. Dabei muss er die Falschgeldmeldung des AKTs registriert haben. Er wusste, dass ich am Vorabend allein in der Bank war, muss eins und eins zusammengezählt und die Angelegenheit der Polizei gemeldet haben, denn die stand bereits mit Blaulicht vor der Bank. Ich vermute, er hat den Bankrevisor verständigt und die Gelegenheit genutzt, die Kontenmanipulationen mir anzuhängen. Er wird sich als tugendhaften Wächter hingestellt haben, der mich in seiner Eigenschaft als mein Stellvertreter schon lange beobachtet habe. Das Falschgeld sei der endgültige Beweis meiner unlauteren Machenschaften.«

Bongards Bericht klingt nach wildester Räuberpistole. Meine Freunde scheinen ebenso geschockt wie ich, denn eine Weile hört man unwilliges Gemurmel, nur begleitet von Tassengeklapper.

»Wenn Sie wussten, was dieser Adelholzer treibt, warum haben Sie ihn nicht schon längst angezeigt?«, fragt Margot.

Bongard rührt in seinem Kaffee. »Ganz sicher war ich erst an jenem verhängnisvollen Tag, aber mir fehlten und fehlen immer noch stichhaltige Beweise, um nachweisen zu können, dass er sich auf meinen Rechner eingehackt hat. Im Moment sieht es so aus, als wäre ich der Betrüger.«

»Aber irgendetwas müssen Sie doch unternehmen«, sage ich schließlich. »Oder wollen Sie sich ewig verstecken?«

»Herr Bongard.« Überraschend meldet sich Aida zu Wort. »Um welche Beträge handelt es sich?«

Verwundert wenden sich alle Köpfe Dannys exotischer Freundin zu.

»Minimum fünf Millionen«, antwortet Bongrad. »Ergaunert durch unrechtmäßige Umleitung von Kundengeldern, mit denen er an der Börse spekuliert hat.«

Herlinde, unsere dauernadelnde Souffleuse, pfeift anerkennend. »Alle Achtung.«

»Vielleicht wäre es das Klügste, der Polizei die ganze Wahrheit zu erzählen«, meint Erika.

Bongards Miene zeigt wenig Begeisterung für Erikas These. »Nichts würde ich lieber tun. Aber ohne Beweise?«

»Es fehlen nur welche für Adelholzers Betrügereien«, stimmt sie ihm zu. »Aber wir haben das Falschgeld, und das wiederlegt ...«

»Adelholzers Behauptung, dass Sie Geldwäsche betreiben, wenn wir das Casino anzeigen«, beendet Aida den Satz.

Bongard strahlt sie an. »Vollkommen richtig, meine Damen! Warum bin ich nicht selbst drauf gekommen? Wo befindet sich das Casino?«, fragt er mich. »Dann werde ich vorgeben, dort gespielt und gewonnen zu haben.«

»Keine gute Idee«, findet Erika. »Sie, und auch wir, sollten bei der Wahrheit bleiben. Sonst verstricken wir uns immer mehr in Halbwahrheiten, am Ende glaubt uns niemand mehr und wir landen doch noch hinter schwedischen Gardinen.«

Ich biete Bongard an, ihn zur Polizei zu begleiten, seine

Aussage zu bestätigen und das Casino anzuzeigen. Solidarisch erklären sich Margot, Hanna, Penelope, Roderich, Rollstuhl-Rudi und auch Wastl bereit, uns als Zeugen zu begleiten.

»Das wollen Sie wirklich für mich tun?« Bongard ist sichtlich gerührt. »Aber was ist, wenn das Casino nicht mehr existiert? Wer würde uns dann noch glauben?«

»Erika, fällt dir nicht eine Lösung ein?«, fragt Roderich. »Irgendein raffinierter Dreh, den uns alle abnehmen? Du hast doch massenhaft Drehbücher und Theaterstücke geschrieben ... «

»Aaach«, schnauft unsere Geschichtenerfinderin. »Und deshalb verfüge ich auch über kriminelle Energie?«

»Nein, nein ... nicht doch ... was für 'ne absurde Idee ... Du bist einfach nur wahnsinnig kreativ ... unverschämt kreativ ... «, beschwichtigen wir.

Schmunzelnd nimmt sie die Huldigungen entgegen. »Also gut, ich werde mal darüber schlafen.

Bittend sehe ich sie an. »Kannst du nicht im wachen Zustand träumen?«

»Die besten Sachen fallen mir aber nur abends bei einem Glas Rotwein ein. Und auf einen Tag mehr oder weniger wird es wohl nicht ankommen.«

»Leider doch«, wendet Bongard zaghaft ein. »Adelholzer könnte sich aus dem Staub machen, dann bleiben seine Betrügereien für immer an mir hängen. Aber ich will den Kerl nicht davonkommen lassen.«

»Nägel mit Köpfen!«, meldet sich Penny und fragt Bongard: »Wissen Sie, wo der Kerl wohnt?«

»Ja.«

»Super, dann besuchen wir den Herrn, halten ihm einen Pistolenlauf vor die Nase und bringen ihn zum Plaudern.«

Roderich wirft ihr nur einen strengen Blick zu.

Schmollend hebt Penny die Hände. »War nur ein Vorschlag.«

»Es gibt noch eine andere Möglichkeit«, sagt Aida. »Ihr wisst doch, dass ich vor meiner Ausbildung zur Physiotherapeutin ein paar Semester Informatik studiert habe. In einem Kurs ging es darum, Computer vor unbefugten Eingriffen von außen zu schützen. Da habe ich einiges gelernt. Und ich glaube, es gibt da eine Lösung. Nicht ganz legal, aber auch nicht richtig kriminell. Ich bräuchte ein paar Informationen über die Bank und vor allem müsste Adelholzer tatsächlich noch immer in der Bank arbeiten. Der Plan sieht nämlich so aus ...«

Als sie uns die Lösung verrät, sind wir erst einmal sprachlos. Ich kann kaum glauben, dass das einfach so funktionieren könnte.

# 15

Doch damit Aidas genialer Plan überhaupt klappt, ist es wichtig, Adelholzers Aufenthaltsort herauszufinden. Ist er noch im Lande oder vielleicht über Nacht ins Ausland geflüchtet? Da heute Samstag ist, wird er sich wohl nicht in der Bank aufhalten, das könnte auffallen, wie Bongard meint. Aber er kennt die Privatadresse seines Stellvertreters, also werden wir uns zusammen mit Roderich vor Ort auf die Lauer legen. Mit etwas Fortune kann Aidas Vorhaben noch dieses Wochenende in die Tat umgesetzt und Bongard damit entlastet werden.

Roderich erscheint zum Beschattungstermin im zerknitterten Trenchcoat und breitkrempigen Hut statt »Frisur«. Fertig ist Humphrey Bogart – wie er vielleicht als übergewichtiger Rentner ausgesehen hätte. Ich gehe als Jacqueline Onassis: im Nacken gebundenes Kopftuch, große dunkel Sonnenbrille, *Kelly-Bag*. Überraschend erwartet uns Bongard an Tatjanas Wagen, den sie uns borgt. Er besteht darauf, mitzukommen – obwohl es gefährlich für ihn werden könnte. Deshalb bestehe ich darauf, dass er sich im Fond unter einer Decke versteckt. Langsam wird die ganze Sache zu einer richtigen Farce. Doch Vorsicht ist besser, als geschnappt zu werden, es wäre immerhin möglich, dass wir Mayer begegnen. Obwohl er nicht cleverer zu sein scheint als ein Fischbrötchen, könnte ihm Kommissar Zufall zu Sternen am Kragen verhelfen.

Wir düsen also zum Starnberger Tannenweg. In komfortabler Sichtweite zu einem hässlichen grauen Wohnblock, in dem Adelholzer wohnt, fixieren wir den Eingang. Anfangs geschieht nichts. Niemand verlässt oder betritt das Haus. Es werden weder Fenster geöffnet noch Betten geschüttelt, ja nicht mal Autos gewaschen. Letzteres könnte am Nieselregen liegen und wäre vergebene Liebensmühe. Wie scheinbar auch unsere Beschattung. Außer einer Familie und zwei jungen Mädchen verlässt niemand das Haus. Wir beschäftigen uns mit Scheiben putzen, die mangels Standheizung immer wieder aufs Neue anlaufen. Zudem ist es unangenehm klamm, und die Stunden ziehen sich wie im Wartezimmer bei Arztbesuchen. Einzig die von Tatjana mitgegebene Thermoskanne Kaffee und die Packung Notkekse lassen uns durchhalten. Belohnt werden wir jedoch nicht für unsere Ausdauer.

»Es gibt drei Möglichkeiten«, sinniert Roderich, als wir gegen sechs immer noch warten. »Erstens: Der Schuft sitzt in der Bankfiliale, um neue Schadtaten zu begehen. Zweitens: Er ist längst ins Ausland abgedampft, dann können wir hier hocken bis zum letzten Atemzug. Drittens: Er ist zu Hause, dann heißt es: warten bis es dunkel wird.«

Bongard linst hinter seiner Decke hervor. »War das nicht ein Thriller mit Audrey Hepburn, in dem sie eine Blinde spielt, die von Gangstern überfallen wird?«

»Ein Mann mit Bildung«, freut sich Roderich. »Die göttliche Audrey war für diese Rolle sogar für einen Oscar nominiert.«

Im Hinblick auf unsere gemeinsame Zukunft freue ich mich natürlich, dass sich hier zwei Kulturliebhaber gefunden haben. Aber im Moment helfen uns auch keine noch so umfassenden Filmkenntnisse. Seufzend nehme ich meine Divenbrille ab. »Heiteres Filmeraten bringt uns leider nicht weiter. Und falls es dir nicht aufgefallen ist, die ersten Fenster sind bereits erleuchtet. In welcher Etage wohnt Adelholzer?«

Bongard hat zwar Ahnung von alten Hollywood-Schinken,

aber bedauerlicherweise nicht vom Stockwerk, in dem unser Zielobjekt lebt.

»Ich werde die Klingelschilder inspizieren«, verkündet Bongard heldenhaft. »Sollte er fatalerweise auftauchen, werde ich ihn zur Rede stellen.«

»Kommt nicht infrage«, sagt Roderich. »Das ist mein Job.«

»Aber er kann sich bestimmt noch an Sie erinnern«, wendet Bongard ein. »Ihr Auftritt bei dem Überfall war ziemlich spektakulär. Dann würden Sie in die Angelegenheit reingezogen, und das halte ich für kontraproduktiv.«

»Danke, danke.« Roderich grinst geschmeichelt. »Mir fällt schon eine plausible Begründung ein, warum ich vor dem Haus rumlungere. Ich bin schließlich Regisseur. Mein Zweitname lautet: Improvisation!«

Trotz meiner Anspannung muss ich lachen. »Na dann los, Roddy-Improvisation.«

»Schon unterwegs, Teuerste!« Umständlich schält er sich aus dem Wagen und eilt mit wehendem Mantel zielstrebig durch den Nieselregen zum Haus, als werde er erwartet.

Bongard und ich verfolgen gespannt jede seiner Bewegungen. Vor dem Haus angelt Roderich seine Brille aus der Manteltasche, studiert die Klingelschilder, streckt die Hand aus und – mir stockt der Atem – drückt tatsächlich irgendwo drauf. Wo auch immer er geklingelt hat, anscheinend ist niemand zu Hause. Zu meinem Entsetzen öffnet sich plötzlich die Haustür, und ein junger Mann tritt heraus.

Panisch stöhne ich auf. »Oh nein ... «

»Was ist los?«, grummelt Bongard unter seiner Tarnung hervor.

»Ein junger Mann ist aus dem Haus gekommen, Roderich spricht gerade mit ihm«, erkläre ich.

Bongard schält sich aus der Decke, wagt einen Blick durchs Fenster und gibt Entwarnung. »Das ist nicht mein Stellvertreter.«

Roddy tippt sich gerade an den Hut und macht sich gemütlich auf den Rückweg zum Wagen.

»Wie konntest du uns nur in solche Gefahr bringen«, pflaume ich in an, als er die Wagentür öffnet.

Selenruhig quetscht er sich hinters Steuer. »Keine Panik, Adelholzer ist nicht da ... das war sein Nachbar«, berichtet er gelassen.

»Trotzdem. Was hättest du denn gemacht, wenn Adelholzer aus der Tür getreten wäre und dich erkannt hätte?«

Schulterzuckend lässt er den Wagen an. »Entspann dich, Teuerste, es ist nichts passiert.«

Bongard bedankt sich für Roderichs Heldentat, seufzt aber leicht enttäuscht: »Leider wissen wir nun genauso viel wie vorher. Damit ist Aidas Plan erst mal geplatzt.«

Zurück in der Villa empfängt uns ein ungeduldig aussehender Wastl an der Haustür. »Tun wir uns Sorgen machen, Frau Mimi.« Die faltige Stirn und der bekümmerte Blick lassen ihn wie einen riesigen Bernhardiner wirken. Fehlt nur noch das Whiskyfässchen um den Hals. »Alle sich Sorgen machen.«

Roderich schiebt unseren besorgten Hausmeister durch den Windfang. »Keine Panik, Kumpel, ich war bei ihr.«

»Gleich zwei Männer haben mich beschützt«, bestätige ich, während wir noch in den Mänteln Richtung Salon eilen.

Dort werden wir sehnlichst von der gesamten Truppe erwartet, die sich die Wartezeit mit Tee und einem Louis de Funès-Film aus unserer DVD-Sammlung vertreiben. Sie amüsieren sich über zwei alte Männer, die einen außerirdischen Besuch erhalten. Rudi hält den Film an, wir entledigen uns der

Mäntel und nehmen Platz. Sofort werden wir mit Fragen überhäuft. Dem Bericht unseres Spionageausflugs folgen enttäuschte Mienen.

»Und jetzt?«, fragt Penny. Ihr verdächtiges Augenglitzern lässt ahnen, dass es sich um eine rein rhetorische Frage handelt. Im Geiste sortiert sie vermutlich schon wieder ihr Waffenarsenal.

Ewer murmelt etwas, das wie »Wastl und ich könnten in der Nacht Beobachtungsposten beziehen« klingt.

Ich begebe mich zum Sideboard, auf dem Tatjana drei Kannen heiße Getränke, Milch, Zucker und Geschirr bereitgestellt hat. »Jetzt wärme ich mich erst mal mit einer heißen Tasse Tee auf. Montagmorgen begebe ich mich dann persönlich auf die Bank, um ganz harmlos Bargeld von meinem privaten Konto abzuheben. Dann wird sich herausstellen, ob der kleine Gauner noch hinter dem Schalter steht.«

Margot wischt sich eine Ladung Keksbrösel vom Kleid. »Ich begleitet dich, damit es völlig normal wirkt.«

»Wir auch«, ertönt es von allen Seiten, als ginge es um eine Traumreise in die Karibik.

Gerührt schaut Bongard in die Runde. »Herzlichen Dank, dass Sie sich alle so für mich einsetzen!«

»Als ihr unterwegs wart, hat mir Aida eine weitere ebenso raffinierte wie kinderleichte Möglichkeit erläutert«, meldet sich Erika zu Wort. »So könnten wir den Kerl drankriegen.«

»Was immer es ist, ich bin dabei!« Rollstuhl-Rudi führt uns ein paar gekonnte Drehungen vor. »Nur bei Sprüngen vom Dach muss ich passen. So weit bin ich noch nicht.«

Erika winkt ab. »Halsbrecherische Künste sind hierfür nicht erforderlich. Aidas Talente dagegen unbedingt, sobald sie wieder im Haus ist.«

Rudi stoppt seine Darbietung. »Ach, soll der Gauner für

seine Untaten vielleicht auch noch in den Genuss von Aidas genialen Massagen kommen?«

»Ganz im Gegenteil«, antwortet Erika verschmitzt grinsend. »Wir werden ihm einen richtigen Schrecken einjagen. Und zwar per Computer. Wie genau das funktioniert, weiß nur Aida, aber es läuft in etwa so: Wir verfassen einen Text, in dem wir behaupten, Beweise für seine Veruntreuung zu besitzen, und schicken den per Mail an einen zentralen Server. Von dort aus wird Adelholzer angerufen, und eine elektronische Stimme wird ihm diesen Text vorlesen. Die Stimme soll täuschend echt klingen, und es kann nicht nachverfolgt werden, woher der Anruf ...«

»Moment, Moment«, fahre ich lautstark dazwischen. »Wir sind bereits in eine Falschgeldaffäre verstrickt und haben zwei Flüchtigen Unterschlupf gewährt. Was ihr da vorhabt, klingt verdächtig nach Nötigung oder Erpressung und ist auch nicht anders als ein anonymer Brief mit aufgeklebten Zeitungsbuchstaben. Selbst mit Alzheimer, Gehirnerweichung und Oldie-Bonus reicht das immer noch für eine saftige Vorstrafe wegen Beihilfe oder Verschleierung oder so ähnlich. Bei Erpressung hört der Spaß auf. Das ist x-mal schlimmer, als läppische Blüten zu unterschlagen. Also, vergesst es!«

»Könnte sogar unter Kapitalverbrechen laufen«, kommt Margot mir zu Hilfe. »Damit ist nicht zu spaßen.«

»Nun habt euch doch nicht so«, kommentiert Penny unsere Einwände. »Ich finde die Idee großartig.«

»Ich auch«, versichert Ewer solidarisch.

Sie schenkt ihm einen liebevollen Blick und redet dann weiter. »Wir könnten die Hälfte seiner erbeuteten Kohle verlangen. Sobald wir die haben, soll er in die weltweit größte Schlappenmetropole verschwinden. Andernfalls würden wir die Beweise an die Polizei ausliefern.«

»Schlappenmetropole?«, fragt Rudi.

»Rio de Janeiro.« Penelope lacht. »Badelatschen gehören dort zur Grundausstattung. Aber egal, Hauptsache, Adelholzer beißt an. Mit dem Geld kaufen wir Sergej die Villa ab, und schnipp schnapp sind wir aus dem Schneider.«

Andachtsvolles Schweigen breitet sich aus, nur Margot ist zu hören, die nervös ein Knäckebrot malträtiert.

»Angenommen, die Finte brächte den gewünschten Erfolg«, durchbricht meine Cousine nach einer Weile die Stille. »Wie deklarieren wir den unerwarteten Geldregen?«

Penny schüttelt den Kopf. »An dir ist 'ne superkorrekte Finanzbeamtin verloren gegangen. *Wir* müssen gar nichts deklarieren. Sergej bekommt ›Käsch in the Täsch‹, wenn er uns dafür die Villa ›offiziell‹ schenkt. Ein verlockendes Angebot, muss er doch für Schwarzgeld keine Steuern bezahlen, oder?«

»Hmm ...« murmelt Margot. »Könnte funktionieren. Soweit ich unterrichtet bin, unterliegen Einzahlungen aufs eigene Konto weder dem Tatbestand der Geldwäsche, noch müssen sie von der Bank gemeldet werden.«

Penny klopft dreimal auf ihre Prothese, als wär sie aus Holz. »Und ich entsorge freiwillig meine gesamten Eisenwaren, wenn Sergej da nicht zuschlägt.«

»Ja, nur weiter so«, echauffiere ich mich. »Warum nicht auch noch Steuerhinterziehung hinzufügen? Inzwischen ist die Liste unsere Straftaten länger als die der englischen Posträuber. Da kommt es darauf nun auch nicht mehr an. Wird ohnehin als Kavaliersdelikt eingestuft.«

»Papperlapapp.« Roderich wedelt mit den Händen. »Teuerste übertreiben mal wieder. Bis jetzt haben wir noch nicht mal eine Straftat begangen.« Er zählt an den Fingern ab: »Ein Casinobesuch ist nicht strafbar. Dass wir Falschgeld gewonnen haben, ist offiziell nicht bekannt. Wenn Sergej uns die Villa per Schenkung vermacht, ist es sein Problem, woher er die Millionen hat und auch, ob er sie in seiner Steuererklärung deklariert. Dass wir ihn hier kurzfristig verstecken, wissen nur die hier Anwesenden. Ergo? Du bist nach wie vor eine Frau von untadeligem Ruf.«

»Korrekt!«, bestätigt der »nichtanwesende« Filialleiter augenzwinkernd. »Und was mich betrifft: Ich habe nicht einmal die leiseste Ahnung, wo sich Ihre Villa befindet.«

Bravorufe und Beifall rauschen durch den Salon wie ein Frühlingssturm. Ich kann mich der Begeisterung nicht anschließen. Möglicherweise treffen Roderichs Behauptungen zu, doch in meinem Hinterkopf regen sich heftige Zweifel. Auf diese Art und Weise in den Besitz der Villa zu kommen, klingt natürlich äußerst verlockend. Viel zu verlockend. Wie kostenlose Daunendecken auf Kaffeefahrten. Ich kann nicht genau sagen, wo sich der Haken versteckt, aber ich spüre ihn so deutlich, als würde ich über Glasscherben laufen.

»Na los, Mimi, hab dich nicht so«, drängelt Roderich. »Es ist die einmalige Gelegenheit, um uns im Nullkommanix alle Schwierigkeiten vom Hals zu schaffen. Und was soll Großartiges geschehen, wo der Anruf nicht zurückverfolgt werden kann?«

Nachdenklich stelle ich die Teetasse zur Seite. Ich kann mich einfach nicht entschließen, bewusst zur Kriminellen zu werden. Selbst wenn es uns gelingt, Adelholzer aufs Kreuz zu legen, ihm seine Beute abzujagen und auch noch mit Sergej einig zu werden, bliebe ein Problem. Außerdem hat die Sache noch einen anderen Haken. »Vielleicht hätte diese merkwürdige Erpressung tatsächlich keine Nachteile für uns«, sage ich. »Aber was ist mit Herrn Bongard?«

»Was soll denn mit ihm sein?«

»Tun wir ihn verstecken.«

»Du sprichst in Rätseln, Teuerste.«

»Die Polizei würde ihn weiterhin verdächtigen, für die Kontobetrügereien verantwortlich zu sein. Er würde immer noch gesucht werden und sich verstecken müssen!«, erkläre ich. »Und zwar für lange Zeit.«

»Oh, stimmt ja.«

»Mist.«

»Saublöd.«

»Scheißdreck.«

»Wäre ja auch zu schön gewesen.«

»Wir müssen einen anderen Weg finden«, sage ich. »Am besten wäre natürlich, Adelholzer zu einem umfassenden Geständnis zu bewegen. Dann wären Sie von jedem Verdacht befreit.«

Schweigend wendet sich Bongard mir zu. Doch ich kann ihm ansehen, wie dankbar er für meinen Einwand ist.

Roderich schnappt nach Luft. »Wie willst du denn das anstellen? Adelholzer kidnappen und vielleicht auch noch mit dem Tode bedrohen?«

Pistolen-Penny ergreift sofort die Gelegenheit, um erneut ihre gesammelten Eisenwaren inklusive ihrer legendären Treffsicherheit anzubieten. »Für den Anfang würde ich ihm vielleicht nur ein paar Zehen wegschießen.« Sie kichert vergnügt in sich hinein, als habe sie Erfahrung, was die Wirkung angeht. »Ich verspreche euch, der gesteht und unterschreibt alles, was wir wollen.«

Ewer zögert nicht, seine professionellen Dienste als »Aufsperr-Fuchs« anzubieten. »Adelholzers Wohnung ist in drei Sekunden geöffnet.«

»Ich tu euch begleiten«, schließt Wastl sich dem Duo an. »Tu ihn gleich vor Ort als Sparringspartner testen.«

So langsam habe ich das Gefühl, meine Freunde empfinden

böse Taten inzwischen als Freizeitspaß, um das langweilige Rentnerdasein etwas aufzupeppen.

»Immer langsam«, stoppe ich die Rentner-Gang. »Montag, nach meinem Bankbesuch, sehen wir weiter. Bis dahin sind Sie natürlich unser Gast, Herr Bongard«, sage ich. Wir haben seine Misere mit verschuldet, und solange sein Konto gesperrt ist, hat er kein ›Käsch in the Täsch‹. Nicht zuletzt leide ich ja auch ... nun ja ... an einer Schwäche für rote Socken.

# 16

Montagmorgen nach dem Frühstück starten Margot und ich zu unserem Erkundungsgang auf die Bank. Wir sind doppelt aufgeregt. Zum einen hängt Bongards Freiheit von Adelholzers Anwesenheit ab. Zum anderen hat meine Cousine gestern in Igors Büro gründlich aufgeräumt und dabei einen Safeschlüssel gefunden. Wovon ich ebenso wenig wusste wie von Sergejs Existenz. Ob Igor ein russischer Geheimagent war? Ob sich in dem Safe geheime Dokumente befinden? Bänder von abgehörten Telefonaten? Oder ein Säckchen voller Diamanten, mit denen ich die Villa auf vollkommen legale Weise retten könnte? In Kürze werden wir das Geheimnis lüften. Aber es kommt darauf an, ob ich den Safe auch ohne Testament oder sonst einer schriftlichen Bevollmächtigung öffnen darf. Margot war sogar bereit, bei einem ehemaligen Kunden ihres Künstlerbedarfladens ein Testament in Auftrag zu geben. Der Mann ist ein sehr talentierter Typograf, und würde solch eine Lappalie in wenigen Stunden für eine kleine Entschädigung erledigen. Ich habe dankend abgelehnt. Wozu Geld ausgeben, wo sich die meisten Türen mit sicherem Auftreten öffnen lassen. Und was Selbstbewusstsein angeht, könnte ich Kurse geben. Unterstützend lege ich mein bewährtes schwarzes Witwenkleid an und betone den Trauerzustand mit der halbdunklen Divenbrille. Margot hat sich von Hanne frisieren lassen, in ein braun-orange gemustertes Kleid gehüllt, das ihre Rundungen vorteilhaft überspielt. Zudem scheint heute die Sonne und es ist herrlich warm, da hat alle Welt gute Laune. Wir haben überlegt, ob es sinnvoll wäre, sich wegen des Safezugangs bei der Bank anzumelden, uns dann aber dagegen entschieden. Selbstsichere Frauen haben es nicht nötig, sich anzumelden. Nirgendwo. Sie schreiten direkt auf ihr Ziel zu und äußern mit fester Stimme ihre Wünsche.

In dieser Absicht erstürmen wir den Schalterraum.

Das rechter Hand liegende Büro von Bongard ist verwaist, wie ich durch die Glastür erkenne. Adelholzer hat sich also den Stuhl seines Chefs noch nicht erobern können. Hinter dem Schalter erblicke ich die mir gut bekannte junge Angestellte. Eilig, aber nicht gehetzt, bewegen wir uns auf sie zu.

»Guten Morgen, Frau Varelli.« Freundlich erkundigt sie sich nach unseren Wünschen.

Ich lege den Safe-Schlüssel hin. »Wir möchten an das Schließfach.«

»Selbstverständlich, einen Moment bitte.« Sie greift zum Telefon, drückt zwei Tasten und erklärt, was wir wollen. Nach dem Auflegen sagt sie: »Wenn Sie einen Moment Platz nehmen möchten, Herr Adelholzer wird Sie begleiten.«

Margot und ich tauschen triumphierende Blicke. Wenn jetzt noch die erhofften geheimen Millionen im Schließfach liegen, ist alles perfekt.

»Heute ist unser Glückstag, das spüre ich ganz deutlich«, flüstert Margot aufgeregt, als wir uns an den kleinen runden Tisch setzen. Jener Platz, an dem ich Ewer vor die Füße gefallen bin. Ein kurzer bizarr-nostalgischer Moment erfasst mich beim Anblick der buschigen Grünpflanze. Aus der Erinnerung betrachtet, verändert sich Ewers Überfall von Mal zu Mal. Wird immer skurriler. Als habe er nie wirklich stattgefunden. Als sei er nur ein seltsamer Traum gewesen, über den ich mich inzwischen amüsiere.

»Abwarten«, dämpfe ich ihre Euphorie. »Noch haben wir nichts weiter als einen Schlüssel.«

Nach wenigen Minuten erscheint Adelholzer. Wenn ich nicht genau um die Machenschaften dieses hinterhältigen Gauners wüsste, würde ich mir den sympathischen jungen Mann als Schwiegersohn wünschen – so ich eine Tochter hätte. Mit dreißig Kilo weniger auf den Rippen wäre er sogar ein echter Frauenschwarm.

Er streckt mir die Hand entgegen. »Guten Tag, Frau Varelli.«

Ein verbindliches Lächeln umspielt seinen weichen Mund, und in seinen blauen Augen erkenne ich keine Arglist. Kaum zu glauben, dass er mich verpfiffen hat, wo seine Weste alles andere als blütenweiß ist.

»Wir würden gerne an das Schließfach«, sage ich, nachdem die üblichen Höflichkeitsfloskeln ausgetauscht wurden.

»Selbstverständlich. Bitte folgen Sie mir.« Er führt uns vorbei an Bongards Büro, durch einen kurzen Flur, an dessen Ende sich eine schwere Stahltür befindet. Dahinter treten wir in ein Treppenhaus, in dem er uns nach unten geleitet. Eine weitere Stahltür öffnet er mittels Chipkarte. »Bitte, da wären wir.« Er weist mit einer Handbewegung in den kleinen fensterlosen Raum, der an drei Seiten mit Schließfächern versehen wurde und in der Mitte über einen rechteckigen Tisch als Ablage verfügt. »Wenn ich vorgehen darf.«

»Sehr gerne«, sage ich knapp und ziehe die staunende Margot möglichst unauffällig mit.

»Wenn Sie mir bitte die Fachnummer verraten.«

»Elf«, antworte ich ohne Zögern. Die Nummer konnte ich mir leicht einprägen, da ich an einem Elften geboren wurde. Seit wann Igor das Fach besaß, ob er absichtlich diese Zahl gewählt hat, oder ob es sich um einen Zufall handelt, darüber kann ich nur rätseln. Im Moment verdränge ich den Gedanken an russische Geheimdokumente und berausche mich lieber an der Vorstellung, gleich ein Vermögen zu finden und alle Schwierigkeiten vergessen zu können.

Adelholzer wendet sich nach links. »Hier ist es. Lassen Sie sich Zeit, ich warte draußen.«

Es handelt sich um keines der Fächer, die man aus Filmen kennt, zu dem die Bank einen Schüssel besitzt und der Inhaber den zweiten. Dieses Fach wird allein mit dem Schlüssel des Inhabers geöffnet.

»Ich bin so aufgeregt«, zischelt Margot, als ich aufschließe, sie dann die darin befindliche Metallkassette entnimmt und auf dem Tisch platziert.

Unschlüssig beäugen wir beide die mattglänzende Kassette.

»Ich werde sie jetzt einfach öffnen«, verkünde ich mutig, greife nach dem schlichten Klappmechanismus des Deckels und ziehe ihn hoch.

»Das ist doch ...«

»Nicht zu fassen«, vollende ich Margots Ausruf.

Zu Hause erwartet uns Wastl an der Tür. »Frau Mimi, dein Telefon, Penny tut rangehen. Der Anwalt tut drei Mal anrufen. Wegen Sergej, ganz dringend«, erklärt er keuchend vor Aufregung.

Als ich in meinem Zimmer den Hörer in die Hand nehme und die Nummer der Kanzlei von Dr. Kaltenbach per Rückruffunktion wähle, kann ich das kommende Unheil quasi körperlich spüren.

»Hier ist Mimi Varelli, Sie haben versucht mich zu erreichen?«, sage ich, als er sich meldet.

»Richtig, Frau Varelli ... Sergej Komarow wurde in München aufgegriffen und wieder in die JVA verbracht.«

*Mon Dieu!* Vor Schreck plumpse ich auf meine Récamiere. Dass der Erbe nicht wieder aufgetaucht ist, habe ich vollkommen verdrängt. Ist aber auch nicht verwunderlich, wo jede Nacht ein anderer Flüchtiger anklopft.

Als ich nicht antworte, wiederholt er langsam: »Sergej. Komarow. Sitzt. Wieder. Im. Gefängnis.«

»Was ist los?«, fragt Margot, die mir gefolgt ist.

»Sergej wurde geschnappt«, flüstere ich ihr zu und sage in den Hörer: »Das tut mir sehr leid. Aber ich wüsste nicht, wie ich helfen könnte.«

»Ich soll Ihnen bestellen, dass Herr Komarow die gewisse Summe sofort benötigen würde. Sofort! Verstehen Sie?«

Ein unangenehmes Flimmern entsteht vor den Augen. Mein Hals wird trocken. Mein Herz rast. »Die gewisse Summe«, wiederhole ich apathisch.

»Richtig!«, bestätigt er. »Herr Komarow hat Ihnen ja bereits erläutert, dass er nur gegen die Begleichung der Geldstrafe aus dem Gefängnis entlassen wird.«

»Ähm … ja, schon …« Ich fühle einen dicken Kloß in meinem Hals. »Aber was ist mit meinem Verlobungsring?«, wechsle ich das Thema.

Schweigen am anderen Ende. Dann ein Räuspern. »Verstehe ich richtig, Sie haben sich mit dem Bruder Ihres Verlobten verlobt?« Er klingt gleichermaßen belustigt wie verwundert.

»Nein, nein«, versichere ich genervt. »Ich habe Sergej den Ring sozusagen als Pfand überlassen für eben jene Summe. Und den hätte ich im Austausch gerne zurück. Nicht dass er im Gefängnis verschwindet. Man hört da ja die verrücktesten Geschichten. Richtigen Sie ihm bitte aus: Geld gegen Ring.«

»Bedaure, Frau Varelli, ich weiß nichts von einem Ring. Aber ich werde mich danach erkundigen, versprochen. Und jetzt notieren Sie bitte die Kontodaten von Herrn Komarow …«

»Sekunde.« Ich bedeute Margot, dass ich etwas zu schreiben benötige. Sie hat tatsächlich Block und Stift in ihrer Handtasche. »Ja bitte, ich höre.«

Er diktiert mir zwei ewig lange Zahlen. »Dahin überweisen Sie den Betrag. Sollte er nicht binnen drei Tagen verbucht sein, hat mich Herr Komarow gebeten, einen gewissen Harro von Reitzenstein mit dem Villenverkauf zu beauftragen.«

Mir wird übel. »Sie können sich auf mich verlassen«, beteure ich unter heftigen Magenkrämpfen. So viele leere Versprechungen wie in den letzten Wochen habe ich in meinem ganzen Leben nicht gemacht.

»Wem hast du denn jetzt schon wieder was versprochen?« Margot guckt mich zweifelnd an.

»Sergej, also seinem Anwalt. Der Erbe wurde gefasst, sitzt im Gefängnis und verlangt die versprochenen Hunderttausend noch heute. Am liebsten gestern!«, erkläre ich.

»Mist.« Margot lässt sich neben mir auf der Chaiselongue nieder. Stöhnend greift sie in ihre Handtasche, wühlt darin herum und fördert schließlich zwei Bonbons zutage, die sie beide in den Mund steckt. »Hmm ... wir haben das Geld aber ... hmm ... nicht.«

»Weiß ich doch. Aber was hätte ich machen sollen?«

»Tut Sergej Probleme haben?«

Wastl steht im Türrahmen. Offensichtlich hat er das Gespräch belauscht und verstanden, worum es ging. Behutsam erkläre ich ihm, was mit Sergej geschehen ist.

Entschlossen kneift er die Augen zusammen. »Tun wir ihn rausholen?«, fragt er, als ginge es lediglich darum, Sergej vom Bahnhof abzuholen.

»Irgendeine Möglichkeit finden wir bestimmt, Wastl«, antworte ich ausweichend und frage: »Wo sind die anderen?«

»Mittagessen«, sagt er.

Im Erkerzimmer herrscht Friede, Freude, Eierkuchen. Im wortwörtlichen Sinne. Hanne bestreicht gerade einen Pfannkuchen mit Tatjanas selbst gemachtem Pflaumenmus. Rudi grummelt, keinen abbekommen zu haben. Worauf sie die Eierkuchenrolle zerschneidet, und ihm die Hälfte auf seinen Teller schiebt. Er schickt ihr ein Luftküsschen über den Tisch. Und die Sonne taucht die ganze Szene in warmes Licht. Ach ja, das Rentnerleben könnte so schön sein, seufze ich erschöpft in mich hinein – wenn da nicht der ewige Ärger mit den Finanzen wäre.

Die Klinke der Zimmertüre noch in der Hand, werde ich mit Fragen überhäuft.

»War Geld im Safe?«

»Wie viel?«

»Hoffentlich genug!«

»Ja, damit wir endlich die Sorgen los sind.«

»Nun sag schon!«

»Oder hat Igor dort Goldbarren gebunkert?«

Erwartungsvoll blicken mich fünfzehn Augenpaare an.

»Keine Goldbarren, keine Diamanten, nicht mal ein einziger Cent!« Ich angle ein mit Gummiband zusammengehaltenes Päckchen Schwarz-Weiß-Fotos aus meiner Kelly-Bag und lege sie auf den Tisch. »Nur das hier.«

Penny schnappt sich die von einem weißen Zackenrand umgebenen Fotografien als Erste. »Das sind doch die Brüder Komarow in jungen Jahren«, stellt sie beim Durchblättern fest und reicht sie weiter.

»Klingt wie Die Brüder Karamasow von dem guten alten Dostojewski«, sagt Roderich.

Ich nicke stumm. Was die Dramatik betrifft, können die Komarows absolut mithalten.

»Und wer ist die Frau?«, fragt Rudi.

»Vielleicht Irina«, antworte ich. »Gib das Foto mal Wastl, der kannte sie.«

Er nimmt das Bild entgegen und betrachtet es kurz. »Tut Irina sein. Tut sie Schönheitskönigin in Odessa gewesen sein. Ich Trauzeuge bei Hochzeit«, berichtet er mit einem verträumten Blick ins Leere, als sähe er die Szene vor sich. Dann reicht er mir das Foto.

Wie beim ersten Anblick im Safe muss ich daran denken, was Sergej mir über Irina und Igor erzählt hat, und ich erkenne deutlich, dass er nicht gelogen hat. Das Bild wurde an einem schönen Sommertag hier im Garten aufgenommen. Sergej sitzt neben Irina auf der Gartenbank, die Wastl jährlich mit einem speziellen Öl wetterfest imprägniert. Sergej lächelt direkt in die Kamera, Irinas Blick ruht auf ihm. Igor steht etwas dahinter, hat seine Augen wiederum auf Irina gerichtet und eine Hand besitzergreifend auf ihrer Schulter gelegt. Und wie vorhin auf der Bank frage ich mich, warum Igor die Bilder aufgehoben und sie nicht einfach vernichtet hat. Plötzlich werde ich traurig; warum hat mir Igor die ganze Zeit über weisgemacht, dass er nach Irinas Tod keine Verwandten mehr hat? Warum hat er mir nie davon erzählt, dass er einen Bruder hatte? Ich merke, wie mich seine fehlende Offenheit enttäuscht.

»Was machen wir denn jetzt?«, unterbricht Hanne meine Gedanken.

»Wir haben die Wahl zwischen Pest und Cholera«, erwidert Rudi feixend. »Ich kann aber auch immer noch in den See springen.«

Hanne verzieht den Mund. »Das könnte dir so passen, mich einfach alleine zurücklassen.«

»Vielleicht sollten wir noch einmal mit Aida sprechen«, mische ich mich in das Gespräch und wende mich an unseren Rollstuhl-Casanova. »Wann hast du den nächsten Reha-Termin?«

»Ah, Teuerste sind jetzt doch bereit für ein paar kleine Gaunereien«, schließt Roderich aus meiner Frage.

»Abwarten«, vertröste ich ihn. »Erst möchte ich mir alles noch einmal genauer erklären lassen.«

»Abwarten musst du auch«, antwortet Rudi. »Aida befindet sich nämlich die ganze Woche in Hamburg auf einem Workshop und kommt erst am Samstag zurück.«

*Merde alors!* Wenn ich schon mal in die Gauner-Branche wechseln möchte, funkt das Schicksal dazwischen. Oder ist es nur ein alberner Zufall? Was auch immer, Mittwoch ist zu spät. »Aida kommt erst am Donnerstag zurück, schaffen wir das auch ohne sie?«, frage ich Margot, die sich als Einzige wirklich gut auskennt in der Internetwelt.

Entrüstet zieht sie die Brauen zusammen. »Ich muss doch sehr bitten, auch wenn ich computertechnisch nicht unbegabt bin, so besitze ich doch keine Hacker-Erfahrung.«

»Entschuldigung. Man wird doch mal fragen dürfen.«

»Wieso hast du es denn plötzlich so eilig?«, erkundigt sich Roderich.

Möglichst unaufgeregt berichte ich von dem Telefonat mit Sergejs Anwalt. »Und deshalb benötigen wir die Kleinigkeit von Einhunderttausend umgehend.«

»Ich bin auch völlig unbegabt, was dergleichen angeht«, ergreif Bongard das Wort. »Sehr zu meinem Nachteil, wie ich leidvoll erfahren musste.« Er legt das Besteck ab. »Mein Sohn hat auch Informatik studiert, er könnte vielleicht helfen?«

»Kommt nicht infrage«, wehre ich ab. »Je weniger Leute über unsere zweifelhaften Aktivitäten Bescheid wissen, desto besser. Aber vielen Dank für das Angebot. Es wird uns schon eine andere Lösung einfallen. Irgendwelche Vorschläge?« Ich mustere einen nach dem anderen. Alle schweigen betreten und starren auf den Boden.

Plötzlich springt Roderich auf: »Ich habe eine Idee!«.

»Wenn du jetzt Casino sagst, kündige ich dir die Freundschaft«, drohe ich.

»Nicht so voreilig, Teuerste«, protestiert er. »Casino wollte ich zwar vorschlagen, aber nur, um den kleinen Bonaparte und seine Falschgeldhölle hochgehen zu lassen. Eventuell besteht daneben auch die Chance, die echten Fünfzigtausend zurückzubekommen. Das wäre dann schon mal die halbe Miete. Aber wir besuchen den Laden nicht allein.«

»Sondern?«

»In Begleitung von Mayer dem Schrecklichen!«, antwortet er lässig, als wäre das so logisch wie sein haarloser Kopf. »Es gibt keinen glaubwürdigeren Zeugen, und er könnte sich mit dem Coup eine Beförderung verdienen.«

»Gelungener Scherz, Roddy«, lache ich. »Schon vergessen, Mayer hält dich für einen verrückten alten Mann mit Realitätsverlust!? Jeder Versuch, unseren Lieblingspolizisten von was auch immer überzeugen zu wollen, wäre vergebene Mühe. Im Zweifel lässt er dich noch in die Geschlossene einweisen.«

»Na gut, dann musst du ihn eben weichklopfen«, bedrängt er mich weiter. »Aber der Plan ist genial: Wenn Mayer entdeckt, dass im Casino Geldwäsche betrieben wird, ist Bongard entlastet, kann wieder auftauchen und endlich ganz offiziell als Investor in unserer Villa auftreten. Im Moment kommt er ja nicht an sein Erspartes. Außerdem spricht nichts dagegen, auch als Oberdepp ein Casino zu betreten. Schampus untern Arm und los geht's.«

»Blöd nur, dass der kleine Bonaparte den Braten sofort riechen würde, weil er dich doch nicht als durchgeknallten Sonderling kennt«, erinnert Penny ihn. »Ansonsten finde ich die Idee ausbaufähig.«

»Sehe ich auch so«, pflichtet Rudi ihr bei. »Wenn der Plan

klappt, würde ich euch gerne begleiten und noch einmal mein Glück versuchen.«

»Ich hätte auch noch mal Lust zu spielen«, sagt Penny, »nur, wie kriegen wir Mayer dazu, uns zu begleiten?«

Ich kann nicht glauben, was ich höre. »Aufwachen, Freunde, dort verliert man nur echtes Geld und gewinnt falsches.«

Enttäuschtes Protestgemurmel breitet sich aus.

Bongard, der unserer absurden Unterhaltung aufmerksam zugehört hat, räuspert sich vernehmlich. »Wie wäre es, wenn Sie mich als Lockvogel benutzen?«

Verwundert starre ich ihn an.

»Behaupten Sie einfach, aus sicherer Quelle zu wissen, dass ich an einem bestimmten Abend dort anzutreffen ...«

»In diesem Fall wäre es ziemlich unlogisch, wenn wir Mayer begleiten wollten«, unterbreche ich ihn. »Und was, wenn Mayer die Sache nach München weiterleitet, weil er sich nicht zuständig fühlt? Oder seine Revier-Kollegen davon Wind bekommen und querschießen? Ähm ... Sie wissen, wie ich das meine.«

Roderich klatscht in die Hände. »Wir müssen Mayer hierherlocken!«

»Willst du ihn zu Kaffee und Kuchen einladen?« So langsam habe ich den Verdacht, mein alter Freund und Weggefährte ist tatsächlich nicht mehr ganz zurechnungsfähig. Oder sind das die ersten Anzeichen von Alzheimer? Anscheinend hat er vergessen, dass Mayer unnahbar ist wie eine verschlossene Auster und sein Humor nicht mal unter einem Mikroskop zu finden wäre.

»Papperlapapp.« Er wedelt mit den Händen. »Wir müssen uns nur einen plausiblen Grund ausdenken, warum er hier antanzen soll. Wir wollen die Anzeige doch nicht offiziell auf dem Revier erstatten. Das würde er uns nie glauben. Er muss schon selber darauf kommen, das Casino unter die Lupe zu nehmen.«

Alle grübeln vor sich hin.

Penny stößt plötzlich einen Schrei aus. »Alle meine Waffen wurde gestohlen.«

Ewer, der neben ihr sitzt, reißt entsetzt die Augen auf. »Oh nein, wann ist das passiert?«

»Gar nicht, wir könnten es aber behaupten«, erklärt sie ihrem neuen Verehrer. »Das müsste Mayer doch aus der Reserve locken. Ich meine, Waffendiebstähle werden von wirklich bösen Jungs und nicht von harmlosen Einbrechern begangen.«

Ewer nickt heftig. »Ich würde nie eine Waffe anrühren.«

»Musst du auch nicht, dafür hast du ja mich«, entgegnet Penny und lehnt sich an seine Schulter.

Stumm lausche ich dem albernen Geplänkel der beiden und kann nicht anders, als mich zu amüsieren. Unser Flintenweib und der Aufsperr-Fuchs. *Bonnie und Clyde* als Rentnerduo.

»Also, was ist, Mimi?« Penny löst sich von Ewer und guckt mich fordernd an.

»Würden wir offiziell einen Diebstahl melden, käme Mayer vermutlich in Yilmaz Begleitung, dann könnte es schwierig werden, ihn auf die Casino-Fährte zu locken. Sein Kollege scheint viel schlauer zu sein als er«, gebe ich zu bedenken. »Und falls er doch alleine erscheint, wie geht's dann weiter?«

»Dann übernehme ich«, sagt Roderich und wirft in großspuriger Geste den rosa Seidenschal über die Schulter, direkt in Hannes Gesicht.

»Aua, pass doch auf.«

Ich verdrehe genervt die Augen. »Du willst allen Ernstes wieder den Schwachsinnigen mit der Pick-Krankheit geben?«

»Ich dachte, auch ein Glatzkopf kann mal eine Glückssträhne haben«, murmelt er zerknirscht und nimmt einen Schluck aus seiner Tasse, wie ein Kater, der gerügt wurde.

»Ködern Sie ihn mit dem Falschgeld und einer dramatischen Geschichte!«, sagt Bongard und erklärt, wie wir Mayer auf ganzer Linie austricksen könnten. Vor allem der dramatische Teil hat komödiantisches Potenzial.

»Sitzt die Bandage auch nicht zu straff?«, fragt Danny besorgt, als er mir ein Kissen unter den Fuß schiebt.

»Nein, nein. Hauptsache, sie wirkt. Zudem sieht sie richtig schick aus, soweit das für einen Verband überhaupt möglich ist.« Zufrieden betrachte ich den auffällig violetten Druckverband, der ganz wunderbar zu meinen rosa getönten Haaren harmoniert. Um den Dramaeffekt zu perfektionieren, liege ich in einem pflaumenblauen Negligé mit üppigem Rüschenvolant und gleichfarbigem Nachthemd auf der Récamier.

»*Quel dramatique*«, urteilt Roderich vergnügt, als er in blassblauer Schlabberhose, bordeauxroter Brokatjacke und mit Schampus unterm Arm den Raum betritt. »Teuerste sehen höchst bedauernswert aus. Im positiven Sinne, versteht sich.« Er begutachtet den Fuß fachmännisch. »Gute Arbeit, Herr Doktor, Sie sollten eine Karriere als Orthopäde bei einem Fußballverein starten.« Freundschaftlich klopf er Danny auf die Schulter. »Was sind wir schuldig?«

Unser von allen geliebter Mediziner lacht. »Keine Ursache, geht aufs Haus.«

Wastl tritt zögernd über die Türschwelle, kommt langsam näher und überreicht mir einen Strauß gelber Osterglocken. »Tu ich im Garten pflücken, damit Frau Mimi schnell wieder gesund werden tut.«

»Vielen Dank, Wastl, die sind wunderschön«, sage ich und frage, ob er sich gemerkt hat, was er zu Mayer sagen soll.

»Frau Mimi hat schwere Verletzung, tu ich Sie zu ihr führen«, leiert er gehorsam runter.

»Perfekt«, lobe ich ihn und mahne Roderich: »Keine allzu übertriebenen Aktionen bitte.«

Er fährt sich mit dem Finger quer über die Lippen und macht am Ende eine Drehbewegung, als würde er sie abschließen. »Meine Lippen sind versiegelt. Ich gebe zur Abwechslung mal den Stummen.«

»Wie spät?«, frage ich Margot.

»Kurz nach sechs. Mayer wird jede Minute eintrudeln. Bist du nervös?« Sie mustert mich prüfend. »Du hast hektische Flecken am Hals.«

»Solange die künstlichen Wimpern gut sitzen, kann mich nichts erschüttern.« Vorsichtig befühle ich mit den Fingern meine Lider. Alles bestens, kein Grund zur Sorge. Die Vorstellung kann beginnen. Wenn alles nach Plan läuft, wird Bongard in Kürze von jedem Verdacht befreit sein und Adelholzer hinter Gitter sitzen. Auch ohne Aidas Computerwissen.

Tatjana serviert mir noch ein Tablett mit schwarzem Tee und zwei Tassen, dann verlassen mich meine Freunde. Bis auf Danny, der ohne Hast die Utensilien im Arztkoffer verstaut.

Als die Türglocke durchs Haus schrillt, zucke ich trotz der perfekten Vorbereitungen plus meiner festsitzenden Wimpern kurz zusammen. Es wird ernst. Urplötzlich bin ich hibbelig wie vor einer Premiere. Auch das ist kein Grund zur Panik. Lampenfieber verstärkt die Kunst ebenso wie exaltiertes Benehmen eine echte Diva kennzeichnet. Forsche Schritte im Flur lassen meinen Adrenalinspiegel weiter ansteigen. *It's Showtime!*

»Herein«, rufe ich, als es klopft.

Die Türe wird geöffnet, Mayer betritt den Raum, in Zivil und ohne seinen Hilfssheriff. Als er Danny erblickt, der demonstrativ eine Spritze hochhält, zögert er, näherzutreten.

»Das war's, die Schmerzen sollten sehr bald nachlassen«, sagt Danny eine Spur lauter, als nötig wäre, und packt die Spritze weg.

»Störe ich?«, fragt Mayer.

»Nein, nein, bitte setzen Sie sich doch, Herr Kommissar.« Ich weise auf einen der Sessel. »Darf ich Ihnen etwas zu trinken anbieten?«

Danny klappt die Tasche zu und verabschiedet sich. »Ich rufe später noch einmal an und erkundige mich nach Ihrem Befinden.«

»Oh, dann bin ich beruhigt. Schönen Abend, Dr. Thurau«, sage ich lächelnd und bitte ihn beim Rausgehen, die Tür offen zu lassen. »Roderich sucht mich im Moment ständig, nicht dass er ausrastet.«

Mittlerweile hat Mayer seinen dunkelblauen Blouson abgelegt, ihn lässig über die Sessellehne geworfen und Platz genommen. »Was gibt es so Geheimnisvolles?«, fragt er, ohne auch nur eine Sekunde mit Höflichkeiten zu verschwenden.

»Vielen Dank, dass Sie sich herbemüht haben«, säusle ich verbindlich und deute auf die Bandage. »Sie sehen ja ...«

»Hmm ...« Er wippt ungeduldig mit der Schuhspitze.

»Tässchen Tee gefällig?«

»Nein, danke«, lehnt er ab. »Bitte, kommen Sie zur Sache.«

»Es handelt sich um Herrn Bongard und ...« Ich stocke, um seine Reaktion abzuwarten.

»Ich höre!«

*Mon Dieu*, was für ein Pokerface. Ob dergleichen auf der Polizeischule unterrichtet wird? »Genauer gesagt habe ich Informationen zum Falschgeld.«

Mayers Augen verengen sich zu Schlitzen. »Was wissen denn Sie über die Machenschaften des flüchtigen Filialleiters?«

»Ich kann mit Sicherheit sagen, dass er nichts mit den Blüten zu tun hat«, antworte ich.

Mayers undurchdringliche Miene bleibt starr. Es ist ihm nicht anzusehen, ob er überrascht ist oder verwundert oder sich vielleicht sogar auf den Arm genommen fühlt.

»Die stammen nämlich von uns«, erkläre ich und zupfe der Spannung wegen lässig an meinen Rüschen.

Drei kurze Atemzüge später erreicht die Ungeheuerlichkeit seine kleinen grauen Zellen. »Sie behaupten also, in Besitz von Falschgeld gewesen zu sein und es Filialleiter Bongard übergeben zu haben?«

»Ganz genau. Und da«, ich deute auf die Boss-Tüte, die auf dem niedrigen Tisch steht »ist noch mehr drin.«

»Richtiges Falschgeld?« Er greift nach der Tüte und guckt konsterniert rein, als hätten wir gerade über Monopolygeld gesprochen. »Wie viel?«

»Hallo, Herr Tierpfleger, hast du mir was mitgebracht?«

Roderich, glatzköpfig und jetzt im Maharadscha-Kaftan schlurft ins Zimmer. Er hat Schampus unterm Arm, dem er sein Toupet aufgesetzt hat.

Mayers Blick flackert unruhig. »Was will der Mann?«

»Will wie Willi?«, entgegnet Roderich vergnügt. »Wo ein Willi, da auch ein Gebüsch!«

Ich presse die Lippen aufeinander, um nicht laut aufzulachen.

»Zum Kuckuck!« Mayer läuft rot an, springt auf und sieht aus, als würde er gleich platzen vor Wut. »Sie behindern eine Befragung. Also ab durch die Mitte.«

Roddy lässt sich nicht aus der Ruhe bringen. »Sag schön bitte, bitte, Herr Tierpfleger.«

Der »Herr Tierpfleger« streckt den Arm aus und deutet auf die Tür. »Es reicht.«

»Spielverderber.« Roderich zuckt die Schultern und schlurft davon.

Mayer schnauft kurz durch und wiederholt dann seine Frage. »Über welchen Betrag reden wir?«

»Knapp fünfzigtausend Euro, und ich würde Ihnen gerne erklären, wie wir dazu gekommen sind.«

Er nimmt wieder Platz. Sein Blick verdüstert sich mehr und mehr, je länger ich rede. »Reichlich verworren«, sagt er am Ende meiner Ausführungen. »Illegales Spielcasino, Falschgeld, Betrug an Bankkunden, das reicht ja für zehn Folgen »Tatort«. Sollten diese höchst unglaubwürdigen Geschehnisse allerdings der Wahrheit entsprechen, sieht es für mich so aus, als wären Sie Bongards Komplizin. Wer weiß, ob es da nicht auch eine Verbindung zu dem ominösen Banküberfall gibt. Die Aufklärung steht übrigens kurz bevor. Der Täter sitzt bereits mit einem Bein im Knast. Doch das nur nebenbei.«

Von wegen Aufklärung! Bongard hat doch glaubwürdig berichtet, dass außer der Perücke jegliche Spur fehlt. Und wo sich der gefährliche Täter zurzeit aufhält, weiß ich besser. Scheinbar phantasiert sich Mayer seine Erfolge einfach zusammen. Wie hat er es nur zum Kommissar geschafft? Ich atme tief durch und streiche eine Haarsträhne aus der Stirn. »Halten Sie mich für derart durchtrieben, dass ich Sie absichtlich in die Irre führe? Und ich betone noch einmal: Ich war das Opfer bei diesem albernen Überfall.«

»Für mich zählen nur Fakten«, knurrt er. »Selbst wenn ich den Überfall außer acht lasse und lediglich die Fakten zum Thema Falschgeld addiere, dann sind Sie ganz und gar nicht unschuldig, sondern in die Intrigen involviert.«

Addieren, Intrigen, involvieren? Fremdwörter hat er aber

drauf. »Das Leben schreibt eben die verrücktesten Geschichten, Herr Kommissar. Außerdem gilt doch die Unschuldsvermutung, solange die Schuld nicht bewiesen ist, oder? Und glauben Sie mir, hätte ich mir diese Story ausgedacht, wäre sie weitaus simpler konstruiert.«

»Glaubensfragen überlassen wir der Kirche. Bei der Polizei wird ermittelt«, entgegnet er streng.

Eine Sekunde lang bin ich geneigt, zu salutieren. Doch dann sage ich nur lächelnd: »Daran zweifle ich auch nicht eine Sekunde, Herr Kommissar. Deshalb habe ich mich ja auch an Sie gewandt, weil ich vollstes Vertrauen in Ihre Fähigkeiten habe. Ich wollte Ihre Unterstützung erbitten, um die Angelegenheit aufzuklären und Herrn Bongard zu entlasten.«

Abrupt steht er auf. »Sie verwechseln da etwas«, sagt er unfreundlich. »Nicht ich werde Sie unterstützen, sondern *Sie* unterstützen die Polizei! Und ich verlange, dass Sie mir unverzüglich sagen, wo sich dieses illegale Casino befindet und wo Herr Bongard ...«

»Bitte«, unterbreche ich ihn. »Hören Sie sich meinen Vorschlag wenigstens an.«

Zögernd nimmt er wieder Platz.

»Also, für den Spielclub benötigen Sie eine persönliche Empfehlung, unter Umständen landet man sogar auf einer Warteliste ...«

»Das lassen Sie mal meine Sorge sein«, unterbricht er mich abfällig grinsend. »Wir verschaffen uns schon Zutritt. Notfalls mit Gewalt. Sie glauben gar nicht, wie schnell sich Türen mit den entsprechenden Mitteln öffnen lassen.«

Penny würde jauchzen, aber ich lehne Gewalt in jeglicher Form ab. Ganz besonders in diesem Fall. Der kleine Bonaparte ist auf dergleichen sicher vorbereitet. »Ich verstehe«, sage ich verbindlich und beschließe insgeheim, Mayers dümmliche Aggression mit noch dümmlicheren Komplimenten außer Kraft zu setzen. »Aber ein kluger Mann wie Sie hat solch primitive Methoden doch gar nicht nötig«, schleime ich unverfroren und deute an, dass der Schuss unter Umständen auch nach hinten losgehen könnte.

»Polizeiarbeit ist nicht für jeden Normalbürger nachvollziehbar«, entgegnet er überheblich. »Und nun darf ich um die Adresse des Spielcasinos bitten. Den Rest erledigen wir schon, da können Sie ganz unbesorgt sein.«

*Parbleu*, was ist der Mann stur. »Wie wäre es, wenn ich Sie dort ganz gewaltfrei einschleuse, und Sie ermitteln sozusagen *undercover*?«

Er scheint einen Moment zu überlegen. »Wenn Sie glauben, das hier wäre ein amerikanischer Actionkrimi und Sie könnten als Spitzel mitmischen, dann sind Sie schief gewickelt, Frau Kammersängerin«, unterrichtet er mich schroff.

Mir reißt der Geduldsfaden. »Operette«, blaffe ich zurück.

»Wie bitte?«

»Ich bin Operettensängerin. Kammersängerin ist kein Beruf, sondern lediglich ein Ehrentitel, der die künstlerische Arbeit oder das Lebenswerk klassisch ausgebildeter Opernsängerinnen auszeichnet. Natürlich werden auch Sänger geehrt«, erkläre ich geduldig.

Er schnappt nach Luft. Entweder meine Ausführung oder die fehlenden Fremdwörter haben ihn aus dem Konzept gebracht. Ich nutze die Gelegenheit für einen neuen Vorstoß. »Wäre es nicht weitaus raffinierter, wenn Sie dort anonym erscheinen und dann den Schuppen hochgehen lassen?«

»Es reicht«, schnauzt er, ohne auf meinen Vorschlag einzugehen. »Ich fordere Sie zum letzten Mal auf, mir die Adresse des Spielclubs und den Aufenthaltsort des flüchtigen Filialleiters zu nennen, oder ich muss Sie …«

»Tut mir leid, Herrn Bongards derzeitiger Aufenthaltsort entzieht sich meiner Kenntnis«, unterbreche ich ihn mit unschuldigem Augenaufschlag.

Er springt vom Sessel auf. »In diesem Fall verhafte ich Sie wegen Behinderung von Ermittlungsarbeiten!«

Ungläubig starre ich den wildgewordenen Bullen an. Ich überlege noch, ob die Androhung meiner Verhaftung vielleicht ein humoristisches Aufflackern ist, als die Tür zum Badezimmer aufgerissen wird und Siegfried Bongard herausstürmt wie ein echter Held. Er hat darauf bestanden, sich in der Nähe zu verstecken, um mir im Notfall beistehen zu können.

»Hier bin ich!«, verkündet er und blinzelt mir zu.

Eine Minute später klicken Handschellen und Mayer führt Bongard ab. Meine verzweifelten Proteste ignoriert er mit abfälligem Grinsen.

# 17

Wie konnte das nur geschehen, frage ich mich wiederholend. Es war doch alles so genial eingefädelt. Margot hat ihren Sohn nicht lange bitten müssen, uns bei der kleinen Charade mit der vorgetäuschten Fußverletzung zu unterstützen. Danny würde alles für seine Mutter tun, was in seiner Macht steht, und damit auch für die Seniorenvilla. Aber Mayer war stur wie ein Stück Holz und einfach nicht zu überzeugen, dass er sich mit dem Casinobesuch ein paar Sporen verdienen könnte. Wäre Bongard nicht aus seiner Lauerstellung gekommen und bereit gewesen, alle nötigen Angaben zu machen, hätte Mayer mich dieses Mal tatsächlich aufs Revier geschleift. Pure Verhaftungslust blinkte auf seiner Stirn wie ein gigantisches Blaulicht. Als habe er in seiner gesamten Karriere noch nie jemanden verhaftet und wollte sich diese Gelegenheit auf keinen Fall entgehen lassen.

Mechanisch entferne ich die lila Bandage und schlüpfe in ein paar bequeme Schuhe. Dann schnappe ich mir die liegen gebliebene Bügelwäsche und schlurfe damit ins Souterrain in »Saubermanns Reich«, wie Igor die Wäschekammer nannte. Ich muss mich ablenken, sonst drehe ich noch durch. Und bei dieser stupiden Betätigung konnte ich schon immer prima entspannen. Während unserer Tourneen habe ich all meine Kostüme selbst gebügelt, nebenbei mein Repertoire einstudiert und oft die tollsten Einfälle für meine Rollen gefunden. Jetzt brauche ich eine zündende Idee für dieses unfassbare Desaster. Dringend. Sonst sitzen wir schneller auf der Straße, als sich Gebissreinigertabletten in Wasser auflösen.

»Ach Igor«, seufze ich vor mich hin. »Es ist wirklich nicht so einfach, dein Vermächtnis zu bewahren. Wäre schön, wenn du mir einen Tipp aus dem Jenseits zuflüstern würdest.«

Ich schalte das Bügeleisen ein und beginne mit einer Seidenbluse. Mechanisch widme ich mich dem Kragen, dann den Manschetten und anschließend dem Rest. Der Wäscheberg schmilzt dahin, doch der rettende Geistesblitz lässt auf sich warten. Dafür tauchen vor meinem geistigen Auge Bilder von kargen Gefängniszellen auf. Nicht gerade inspirierend. Bongard und Sergej in gestreifter Knastkleidung mit Fußketten wie in albernen Witzzeichnungen. Penny stürmt die Anstalt, um sie mit Waffengewalt zu befreien, was nicht klappt. Ich bilde mir sogar ein, das Rütteln an den Gitterstäben zu hören. Aber es ist nur die aufgehende Tür, wie ich eine Sekunde später registriere, als Margot die Wäschekammer betritt.

»Wie kannst du jetzt nur bügeln, während das Haus quasi in Flammen steht.«

Ich drehe mich zu ihr. »Ich versuche, mich abzulenken und hoffe immer noch, dass ich eine geniale Eingebung habe«

»Ich glaube, da brennt was.« Sie schnüffelt in Richtung Bügelbrett. »Es riecht ...«

Tatsächlich steigt mir ein unangenehmer Geruch in die Nase. *Mon Dieu*, mein bester Bettbezug. Als ich das Eisen anhebe, ist es bereits zu spät. Ein brauner Fleck hat die stilisierte blassrosa Rose ruiniert. Frustriert drehe ich den Temperaturregler auf null und ziehe den Strecker. »Lass uns nach oben gehen, Cousinchen, ich benötige dringend ein Betäubungsmittel. Wenn schon Leere im Gehirn, muss ich sie nicht auch noch spüren. Vielleicht ist noch was von dem Wodka übrig, den Sergej aus dem Versteck geholt hat.«

Im Salon treffen wir eine Stunde vor Mitternacht keinen

unserer Freunde mehr an. Nur im Kamin verglimmt ein letztes Holzscheit – als wär's ein Zeichen für das endgültige Aus unserer Villa. Sollte dem tatsächlich so sein, benötige ich die doppelte Dosis. »Für dich auch einen?«, frage ich Margot, als ich Red Army Kalaschnikow einschenke.

»Ein Schlückchen vielleicht.« Sie hält Daumen und Zeigefinger im Abstand von einem Zentimeter übereinander.

»Hmm.« Sie nippt an ihrem Wodka und verzieht dann den Mund, als habe sie bittere Medizin getrunken. »Ich hole mir etwas Orangensaft aus der Küche.«

Während Margot Saft holte, starre ich in den Kamin. Trübsinnig sehe ich zu, wie die Glut erlischt. Ein letzter Funke knistert leise, dann ist es still und plötzlich auch viel dunkler im Raum. Mit einem Mal füllen sich meine Augen mit Tränen, und als meine Cousine zurückkehrt, schüttelt mich ein heftiger Weinkrampf.

»Ach du Schreck.« Sie eilt zu mir und setzt sich neben mich auf das Sofa. »Was ist denn los, kleines Mimichen?«

»Nichts ... ist ... los«, schniefe ich, nehme noch einen Schluck aus meinem Glas und beruhige mich etwas. »Genau deshalb heule ich doch. Wir versuchen nun schon so lange, den Untergang abzuwenden. Aber es sieht nicht danach aus, als würde es uns gelingen. Ganz im Gegenteil. Durch unsere schrägen Aktionen wurden zwei Männer inhaftiert. Wir haben fünfzigtausend gute Euros gegen Blüten eingehandelt. Und mein Verlobungsring ist auch futsch. Am besten, wir fangen schon mal an, die Umzugskartons ... «

»Zum Donnerwetter!«, unterbricht sie aufgebracht meine Klage. »Weißt du, was aus mir und Danny geworden wäre, wenn ich bei jeder Kleinigkeit gleich aufgegeben hätte?«

Verblüfft sehe ich sie an. So resolut kenne ich sie gar nicht. »Es war bestimmt schwer für dich, all die Jahre allein mit Danny. Aber drei Millionen sind nun wirklich etwas mehr als eine Kleinigkeit.«

Sie leert ihr Glas in einem Zug. »Alles eine Frage der Einstellung«, sagt sie dann.

»Komm mir jetzt nicht mit dem halb leeren Glas«, fauche ich sie an.

»Halb leeres Glas?« Sie hebt ihres an und lacht vergnügt. »Meines ist komplett leer. Aber Scherz beiseite, wir haben noch genügend Optionen.«

Ich schenke ihr einen belustigten Blick. »Na klar, die Luxussuite im ›Chateau unter der Brücke‹ oder ein kühles Seegrab. Beides sofort beziehbar.«

»Aus welcher Operette stammt das denn?«, fragt sie spöttisch und hält mir einen langen Vortrag über Freunde, die man nicht im Stich lassen dürfe, verwöhnte Frauen wie ich, die allzu schnell aufgeben, und noch nicht ausgeschöpfte Möglichkeiten.

»Aber wir haben doch alles versucht!«, protestiere ich.

Sie schüttelt den Kopf. »Aidas Computertrick noch nicht. Wenn sie das zustande bringt, sind wir aus dem Schneider. Bongard wird entlassen und kann sich bei uns einkaufen. Sergej kriegt seine Hunderttausend, kann die Geldstrafe bezahlen und seine Unschuld beweisen. Wir sollten es auf jeden Fall probieren.«

»Nein, ich habe doch bereits deutlich gesagt, dass ich bei der E-Mail-Erpressung nicht mitspiele. Außerdem ist nicht gesagt, dass sich ein hinterhältiger Betrüger wie Adelholzer so leicht ausnehmen lässt. Was geschieht, wenn er über die Mail lacht und sich sofort ins Ausland absetzt? Dann hätten wir genau das Gegenteil erreicht. Bongard würde für Taten verurteilt, die er nicht begangen hat.« Allein die Vorstellung verursacht mir eine Kopfschmerzattacke.

»Ich rede von der anderen Sache ...« Sie steht auf, geht zum Sideboard und schenkt sich noch zwei Finger breit Wodka ein, den sie diesmal pur trinkt. »Die wesentlich schwieriger ist. Wir wissen doch jetzt, dass sich Adelholzer noch in der Stadt befindet. Und bei unserem Termin in der Bank wirkte er nicht so, als wolle er demnächst untertauchen.«

Mir entfährt ein tiefer Seufzer. »Ja, das wäre das Nonplusultra. Unsere letzte Rettung, obwohl ich noch nicht ganz verstanden habe, wie das funktionieren soll. Nur leider sitzt Bongard hinter Gittern, und Aida hat doch gesagt, dass wir für die Umsetzung ihres Plans Informationen von ihm brauchen. Außerdem ist sie die ganze Woche verreist. Genau einen Tag zu lang, um uns retten zu können. Wir brauchen ein Wunder. Andernfalls werden wird das Haus verlieren.«

Aber Wunder geschehen nicht über Nacht. Nicht mal über vier Nächte. Der letzte Vorhang ist also gefallen. Erschöpft und mutlos quäle ich mich durch Tage und Nächte. Ich bin so unendlich müde, als läge ich im Sterben, und kann mich nicht einmal aufraffen, mich mit einem DVD-Abend mit Marika Rökk aufzumuntern. Mit starkem Kaffee versuche ich zu überleben. Frage mich nur wozu, und wann wir den »Todesstoß« erhalten. Die Antwort erhalte ich am späten Vormittag, als sich Harro telefonisch meldet.

»Liebste Mimi«, näselt er mir ins Ohr. »Du ahnst nicht, warum ich anrufe.«

Was für ein Idiot! Seine Gründe interessieren mich so viel wie die Anzahl meiner Federboas. Zu gerne würde ich auflegen. Aber dann erwacht mein Galgenhumor. »Falls du mir einen Heiratsantrag machen möchtest, musst du dich hinten anstellen«, sage ich mit so viel Süße in der Stimme, dass mir beinahe der Hörer am Ohr kleben bleibt.

Es entsteht eine kleine Pause, in der seine Merkwürden schwer atmet. »Gelungen, wirklich gelungen, liebste Mimi.« Er lacht, als säßen wir gemeinsam in einer Theatervorstellung.

Seine aufgesetzte Heiterkeit rührt mich beinahe. Jedoch nicht genug, um freundlich zu werden. »Worum geht's also?«, frage ich in eiskaltem Tonfall.

»Nun ... wie sage ich es am besten ... « Er räuspert sich, als handle es sich um eine peinliche Angelegenheit, über die ein feiner Pinkel wie er nur ungern spricht.

»Sag's einfach, ich habe nämlich nicht ewig Zeit, mir dein Gestammel anzuhören«, fahre ich ihn an.

»Herr Komarow hat mich über seinen Anwalt mit dem Verkauf der Villa beauftragt.«

»Wie bitte?«, fauche ich ihn an. Auf meine Nachfrage wiederholt Harro seine Worte und bestätigt meine schlimmsten Befürchtungen. »Wie konnte er nur?«, setze ich nun spöttisch entgegen und spüre meinen Kampfgeist aufs Neue. So einfach werde ich es dem Blaublüter nicht machen. Wenn er glaubt, wir räumen widerstandslos das Feld, hat er sich geschnitten.

»Du beliebst zu scherzen«, sagt Harro. »Sergej ist der Eigentümer, hat also jedes Recht dazu.«

»Ich beliebe nicht, denn so leid es mir tut, Harro, aus dem Verkauf wird nichts!« In der Sekunde ist mir nämlich eingefallen, wie wir doch noch eine Chance haben.

»Ähm ... wie ... soll ich das verstehen?«, stammelt er.

»Nun, egal, was Sergej gesagt hat.« Ich lege eine kleine Spannungspause ein. »Du weißt doch genau, dass ich in Besitz eines aktuellen Testaments zu meinen Gunsten bin.«

»Seit wann?«

»Ich habe dich davon unterrichtet, als du und die holländische Gräfin das Haus besichtigt haben. Inzwischen habe ich mir überlegt, dass ich nicht an dich verkaufen werde. Wiederhören, Harro, war nett mit dir zu plaudern.«

Als ich die Auflege-Taste drücke, muss ich lachen. So heftig, dass Margot angerannt kommt.

»Alles in Ordnung? Du benimmst dich in letzter Zeit sehr merkwürdig. Gestern heulst du wie ein mutterloser Welpe, und jetzt dieser Lachanfall. Nimmst du irgendwelche Drogen?«

»Nein, nein, alles bestens«, beruhige ich sie und berichte von dem Gespräch mit dem durchlauchtigsten Makler.

Margot plumpst auf den Bettrand. »Sergej will uns auf die Straße setzten? Wie konnte ich mich nur so in ihm täuschen. Ich dachte, er mag mi ... ähm ... uns, wo wir ihn doch versteckt haben und damit ein ziemliches Risiko eingegangen sind. Du hattest vollkommen recht, Mimi, in Bezug auf Männer bin ich eine Katastrophe. Ich verliebe mich immer in die Falschen.« Sie schnieft. »Hast du mal ein Taschentuch?«

Ich reiche ihr die Papiertücherbox vom Nachttisch. »Nicht verzweifeln, Margotchen, alles wird gut. Nüchtern betrachtet verstehe ich Sergejs Wunsch. Er befindet sich in einer ausweglosen Lage, hat sogar den Kaufpreis reduziert und uns auch genügend Zeit gelassen, das Geld zu beschaffen. Er braucht das Geld doch, um aus dem Gefängnis zu kommen. Wir würden in seiner Situation genauso handeln.«

Sie putzt sich lautstark die Nase. »Meinst du?«

»Ich meine, liebe Cousine. Und jetzt nehme ich ein heißes Bad, und du besorgst mir inzwischen das falsche Testament. Wie lange kann das dauern?«

Überrascht blickt sie auf. »Ich dachte, du willst keine Geschäfte mit Gangstern machen.« »Machen wir auch nicht. Aber ich werde Harro das Testament, das mich als Alleinerbin nennt, zeigen. Wir müssen jetzt mit allen Mitteln kämpfen, um Sergejs Forderung zu begleichen und die Villa retten zu können.«

Sie strahlt mich an. »Und dann kommt Sergej aus dem Gefängnis?«

»Selbstverständlich«, verspreche ich.

»Bin schon unterwegs.« Damit saust sie aus dem Zimmer. Aus dem Flur ruft sie mir noch etwas zu, das klingt wie: »Zurück in zwei bis drei Stunden.«

Mir bleibt genug Zeit zur Entspannung. Heißes Wasser wird helfen, mich von einem halb toten Elendshäufchen in eine Frau zu verwandeln, der man ohne Bedenken den Traum vom Seniorenheim finanziert.

Als das heiße Wasser tatsächlich für eine volle Wanne ausreicht, steige ich voller neuer Hoffnung vergnügt in ein belebendes Pfefferminzölbad.

Der Witwendress bleibt dieses Mal im Schrank, stattdessen wähle ich ein klassisches dunkelblaues Kostüm, das die Exzentrik meiner rosa Haare etwas mildert. Noch von Hanne schminken und frisieren lassen, und ich bin bereit für den letzten Akt. Sobald Margot mit dem Testament eintrifft, kann es losgehen.

Kurz nach zwei ist sie zurück. Freudestrahlend präsentiert sie mir ein handgeschriebenes Testament, datiert auf das Jahr 2007, das sogar leicht verblichen wirkt.

»Unfassbar«, staune ich. »Es sieht dermaßen echt aus, dass es selbst vor Gericht standhalten würde. Wie hat er das nur hinbekommen?«

»Ich hatte diverse Schriftproben dabei«, erklärt sie. »Bei der eigentlichen Fälschung durfte ich aber nicht zusehen. Betriebsgeheimnis, meint er. Ich musste in einem Café warten. Doch das Beste: Es war kostenlos, weil ich ihn während seines Studiums mit Material aus meinem Laden unterstützt habe.

Er hat sogar behauptet, er sei mir noch einige hundert Mark schuldig und damit wären wir quitt.«

»Du hast uns gerettet, Margotchen«, lobe ich euphorisch und schnappe mir meine Handtasche.

Margot strahlt. »Gern geschehen.«

»Nur noch den Autoschlüssel von Tatjanas ...«

Das Aufheulen eines Motors unterbricht mich. Durchs Fenster sehe ich mit hoher Geschwindigkeit ein silbernes Mercedes-Cabrio anrauschen, das mit quietschenden Reifen direkt vor dem Tor hält. Dem staubfrei polierten Statussymbol entsteigt der Graf im Lodenanzug. Was er von uns will, ist klar. Aber hier ist nichts zu holen. Außer einer Abfuhr.

Und schon klingelt er Sturm.

Eilig laufe ich hinunter, öffne die Haustür und baue mich vor ihm auf: »Würdest du bitte deine Staatskarosse woanders parken«, rufe ich ihm zu.

Mit ausgestreckter Hand betätigt er den automatischen Schließmechanismus am Autoschlüssel, wohl, um seine Überlegenheit zu demonstrieren. »Gut, dass ich dich antreffe, Mimi.«

Ich kann mich gerade noch beherrschen, ihn nicht zu beschimpfen. »Tut mir leid, ich bin nicht da«, sage ich stattdessen. »Und wenn du jetzt bitte mein Grundstück verlässt, sonst wird dein silbernes Geschoss in Kürze den Abschleppwagen benötigen.«

Des Grafen hochwohlgeborene Miene verzerrt sich. »Du bist also nicht bereit, mich ins Haus zu lassen.«

»Wozu?«

»Wenn du gestattest, würde ich mich gerne selbst von der Existenz dieses ominösen Testaments überzeugen.«

Genau darauf habe ich spekuliert: »Aber selbstverständlich, lieber Harro«, sage ich, greife in meine Handtasche und ziehe das Kuvert mit dem Testament heraus. Noch ehe ich es aus dem Umschlag holen kann, zupft er ihn mir einfach aus der Hand.

»Dankeschön.« Er steckt das Kuvert in seinen Lodenjanker und eilt hämisch grinsend davon. »Ich werde es von einem Gutachter prüfen lassen.« Gewandt springt er in sein glänzendes Stahlross, fährt mit quietschenden Reifen los und hinterlässt eine Gummispur, auf die jeder Stuntman stolz wäre.

Eine Minisekunde bin ich baff. *Merde*, damit habe ich nicht gerechnet!

Doch dann sehe ich, wie sich Margot die Schlüssel zu Tanjas Wagen von der Kommode im Eingangsbereich schnappt und zu ihrem Auto eilt. Ich hinterher. Margot lässt schon den Wagen an und prescht los, kaum dass ich sitze. Leider dauert das Rennen nur bis zur nächsten Ampel. Harro rast mit überhöhtem Tempo bei Gelb durch, Margot hält an – ganz die vorbildliche Fahrerin.

»Warum bist du nicht weitergefahren?«, schnauze ich sie an.

»Es war doch gelb!«, sagt sie in vorwurfsvollem Ton, als habe ich von ihr gefordert, eine Massenkarambolage auf dem Münchner Stachus auszulösen.

Tja, mit einer anständigen, gesetzestreuen Frau ist eben keine Verfolgungsjagd zu gewinnen, denke ich leicht frustriert. Doch ich weiß, wo Harros Schloss liegt, und so starten wir zu einem Ausflug an den Ammersee.

Es muss fünfundzwanzig Jahre her sein, dass mich Harro zu einer seiner exquisiten Festivitäten eingeladen hatte. Damals war ich immens beeindruckt von dem ockergelben Landsitz mit den hohen Sprossenfenstern, Türmchen und angrenzenden Stallungen. Ich hatte mir durchaus vorstellen können, die Schlossherrin zu geben und in dem von Wäldern und Wiesen umgebenen Familienbesitz zu residieren. Nur für Harros steife Art konnte ich mich nicht erwärmen. Nicht mal, wenn er mir ein juwelengefülltes Kissen unters Haupt geschoben hätte.

»Das ist ja ein richtiges Märchenschloss«, schnauft Margot ehrfürchtig, als wir den Familiensitz derer von Reitzenstein über die von Pappeln gesäumte Zufahrt erreichen. Sie parkt den Wagen ganz unverfroren direkt vor dem mächtigen Eingangsportal und stellt den Motor ab. »Wie der wohl eingerichtet ist?«

Ich mustere sie irritiert. »Hoffst du auf eine Einladung zum Five O'Clock Tea? Wir wollen uns doch nur das Testament zurückholen.«

Sie strahlt mich an. »Das wäre doch toll. Oder denkst du, er ist so unhöflich, uns an der Türe abzufertigen?«

Er ist so unhöflich. Wir werden tatsächlich an der mächtigen eisenbeschlagenen Holztür abgefertigt. Allerdings ist es der Butler, der uns bedauernd mitteilt, dass der Herr Graf nicht anwesend sei und erst gegen Abend zurückerwartet werde. *Merde alors*, hoffentlich merkt er nicht, dass wir das Dokument gefälscht haben. Jetzt muss ich die traurige Mitteilung nur noch meinen Freunden beibringen.

Zu Hause angekommen, treffen wir zu unserer Überraschung nur fröhliche Oldies an, die sich gerade im Garten versammeln. Keiner fragt nach dem Stand der Dinge, alle warten auf Pistolen-Penny, die heute ihren Schützenkönigin-Jahrestag zelebrieren wird. Ich höre Igor aus dem Jenseits lachen: Du hast deine Zeit mal wieder mit Grübeln verschwendet, meine süße Mimi, man muss das Leben feiern.

Stimmt, über den ganzen Ärger und Trubel habe ich Pennys Jubiläum vergessen, welches jedes Jahr am letzten Freitag im

April nach der gleichen Zeremonie abläuft: Zuerst bittet sie Wastl, die Schießscheibe aufzubauen. Bei schönem Wetter, wie heute, im hinteren Teil des Gartens. Dann steigt sie in ihr Siegerdirndl, ein traditionelles schwarzes Trachtengewand mit Kettenverschnürung vor der Brust, an der unzählige gewonnene Silbertaler baumeln. Um die Taille bindet sie eine hellblaue Schürze, die Schultern ziert ein gleichfarbiges Fransentuch, dazu trägt sie handgestrickte Kniestrümpfe und schwarze Haferlschuhe. Dieser Tag ist auch der einzige, an dem sie sich von Hanne frisieren und ihren Haarknoten mit silbernen Schmucknadeln verzieren lässt. Derart rausgeputzt begibt sie sich in den Garten, wo sie Wastl neben der Schießscheibe erwartet. Wir postieren uns an den Seiten auf bereitgestellte Sitzgelegenheiten und beäugen gespannt das Jubiläumsschießen. Wastl fungieren als Schiedsrichter. Danach wird gegrillt, gefeiert und natürlich gepichelt. Aber das dauert noch, denn unser Flintenweib lässt auf sich warten.

Als Roddy uns erblickt, wedelt er mit einem weißen Briefkuvert. »Das wurde während eurer Abwesenheit per Eilbote gebracht.«

Er ist von einem Anwalt. *Dringend* steht quer über der oberen linken Ecke. Gespannt reiße ich den Umschlag auf und entnehme ihm ein kurzes Schreiben. Noch ehe ich die Mitteilung in vollem Umfang erfasst habe, erscheint die Schützenkönigin in ihrer ganzen Jubiläumspracht. Das Gewehr geschultert schreitet sie langsam auf uns zu. Dann begrüßt sie uns mit einem fröhlichen »Juhu« und ballert einmal in die Luft. Der Schuss donnert in die entspannte Nachmittagsidylle und löst erschrecktes Gekreische aus, das sich mit zwei weiteren Schüssen mischt.

»Bist du jetzt komplett übergeschnappt«, fahre ich sie an. »Willst du uns umbringen?«

»Gemach, gemach«, meldet sich Rudi. »Unser Flintenweib würde uns doch nie etwas antun, oder?«

»Erschießungen nur auf speziellen Wunsch«, lacht sie schallend, wozu die Silbertaler an der Brustverschnürung lustig klimpern. Dann nimmt sie ihre Position ein und legt an.

»Hallo ... Hallo« Die fordernden Rufe eines Mannes unterbrechen die Zeremonie.

»Hast du Jubiläumsgäste eingeladen?«, frage ich sie.

»Hallooo, bitte nicht schießen«, hören wir jetzt die Stimme erneut. »Ich suche Frau Varelli.«

Unerwartet lugt Harro hinter einem Rhododendrenstrauch hervor.

»Verschwinde«, rufe ich ihm zu. »Gräfliche Immobiliengeier sind hier nicht willkommen.«

Mit einer Hand schwenkt er einen weißen Umschlag wie eine Fahne. »Ich möchte etwas zurückgeben.« Vorsichtig und immer noch mit dem Umschlag wedelnd, tritt er einen halben Schritt hinter dem mannshohen Strauch hervor.

Es scheint sich um das mir vorhin entrissene Kuvert zu handeln. Ich drehe mich zu Penny, flüstere ihr etwas zu und gehe dann auf Harro zu. Immer noch halb versteckt wirkt er ganz und gar nicht wie ein tapferer Ritter, eher wie der Überbringer schlechter Nachricht. Siegessicher zupfe ich ihm nun meinerseits den Umschlag aus der Hand.

»Und, was meint der Gutachter?« Die Frage stelle ich nur, um ihn ein wenig zu ärgern. Er würde das Testament wohl kaum zurückbringen, wenn es als Fälschung eingestuft worden wäre.

»Ja ... ähm ... es fehlt ...«

»Eine Schriftprobe zum Vergleich«, vervollständige ich sein Gestammel. »Pech gehabt, liebster Harro. Und jetzt fordere ich dich auf, mein Grundstück schnellstens zu verlassen und dich nie wieder blicken zu lassen.« Spöttisch grinse ich ihn an. In dem Moment zerreißt ein weiterer Schuss die angespannte Atmosphäre.

Seine Grafschaft vollführt eine ungelenke Drehung wie ein verschrecktes Wild. Unter grölendem Gelächter meiner Freunde sprintet er um sein Leben. Was natürlich vollkommen übertrieben ist. Eigentlich müsste er sich nicht ängstigen – wenn er um Pennys Schießkünste und meine hinterhältige Abmachung mit ihr wüsste.

»Herr Graf hat die Hosen voll.«

»Das glaubt uns keiner.«

»Leg dich nie mit Mimi an.«

»Jetzt wird gefeiert.«

»Penny tut erst noch schießen.«

Mir ist ein wenig schwindelig, denn nun wird alles gut.

Später am Abend besuche ich Igor auf dem Friedhof und berichte, wie wir das Testament wiederbekommen und den Blaublütigen in die Flucht geschlagen haben. Jetzt können wir getrost auf Aidas Rückkehr warten, und dann ist die Villa gerettet! Da bin ich mir sicher, was nicht zuletzt an dem »dringenden« Anwaltsbriefs liegt, dessen Inhalt mir ein ähnlich berauschendes Hochgefühl beschert hat wie damals Igors Heiratsantrag.

# 18

Samstagmittag nach dem Essen startet dann die finale Rettung von Bongard, Sergej und natürlich der Seniorenvilla. Oder wie Ewer es nennt: Rache ist Blutwurst! Denn auch er lechzt nach Vergeltung. Allein Adelholzers Erwähnung oder die der Bank lässt ihn vor Wut schäumen.

Bei Rettungsaktionen sollte man den Kleidungsaspekt nicht unterschätzen. Wollte ich im dicken Pelzmantel ins Wasser springen, um einen Ertrinkenden rauszuholen, würde ich eher selber untergehen, als ein Leben zu retten. Ungeschützt ein brennendes Haus zu stürmen, brächte mir ein kahles Haupt und Verbrennungen dritten Grades ein. Und als aufgerüschte Diva mit rosa Haaren würde sich jeder an mich erinnern, dem ich begegne. Deshalb habe ich mir gestern Abend von Hanne eine dezente Waschtönung verpassen lassen, trage Lesebrille statt Make-up und habe mir von Erika ein blau-weiß-getupftes Schlabberkleid geliehen, das sie in sentimentaler Erinnerung an ihre wilden Zeiten aufbewahrt. Wobei ich mich frage, wie »wild« kann ein spießiges dunkelblaues Tupfenkleid sein? Meine neue Frisur krönt ein alberner Strohhut mit abgeschlaffter Stoffblume von undefinierbarer Farbe, und am Arm baumelt eine unfassbar skurrile selbst gestrickte Handtasche von Herlinde, die sie als ihr Meisterwerk bezeichnet. Darin verstaue ich neben der Geldbörse allen möglichen Frauenkram und den alles entscheidenden Anwaltsbrief. Derart ausgestattet erkennt mich nicht einmal Margot, die mich begleiten wird. Als ich sie abhole, starrt sie mich mit großen Augen an.

»Donnerlüttchen«, prustet sie dann los. »Von der Primadonna zur Putzfrau in weniger als einem Tag.«

»Danke für die Blumen. Das soll mir erst mal einer nachmachen.« Ich drehe mich im Kreis. »Aber du siehst auch *comme il faut* aus.«

Margots üppiger Rubenskörper steckt nämlich in einem Blaumann, den ihr Ewer geliehen hat. Auf dem Kopf sitzt eine von Wastls Schildkappen mit Boxclub-Label, die sie verwegen in die Stirn gezogen hat.

»Es kann losgehen!« Sie schnappt sich den schwarzen Handwerkerkoffer, der neben ihrem Bett steht.

»Jetzt übertreibst du aber«, wende ich ein. »So ernst musst du unsere Tarnung auch wieder nicht nehmen. In der Kluft erkennt dich ohnehin keiner. Oder hoffst du, jemand würde dich als Klempner engagieren?«

»Darin befinden sich wichtige Unterlagen und unser Laptop«, erklärt sie geheimnisvoll. »Ich habe nämlich eine Möglichkeit gefunden, wie wir die ganze Nummer durchziehen können, ohne dass irgendjemand Rückschlüsse auf uns oder unsere Komplizin ziehen könnte.«

Bewundernd sehe ich sie an. Offensichtlich steckt reichlich kriminelle Energie in meiner Cousine. »Was immer es ist, Margotchen, dafür ernenne ich dich zur stellvertretenden Geschäftsführerin.«

Grinsend tippt sie sich an die Schildkappe. »Angenommen – unter der Voraussetzung, dass ich dann auch Gehalt bekomme.«

»Sobald wir flüssig sind, bekommst du sogar einen Bonus«, verspreche ich.

Bevor wir uns in Tatjanas Wagen zum Tatort begeben, überprüfe ich noch unser wasserdichtes Alibi. Roddy sitzt im Garten bei herrlichem Frühsommerwetter im Liegestuhl und tankt

Vitamin D. Zwei Liegen wurden mit Handtüchern für Margot und mich reserviert. Falls jemand nach uns fragt, sonnen wir uns also ebenfalls, sind aber mal kurz auf der Toilette. Margot eher in der Küche, um sich etwas zum Knabbern zu besorgen. Was sie im Moment erledigt. In Kürze geht's ums Ganze, das kann sie unmöglich ohne Stressfutter aushalten.

Roderich schiebt die Sonnenbrille auf die hohe Stirn. »Soll ich euch nicht doch lieber begleiten?«

»Um was zu tun?« Ich muss mir ein Grinsen verkneifen. In dem rosaroten T-Shirt über den Leoparden-Boxershorts sieht er exakt so aus, wie sich Landpolizisten durchgeknallte Altstars vorstellen.

»Den Fluchtwagen fahren«, antwortet er mit gierigem Blick.

»Der Bankraub wurde längst gestrichen«, erinnere ich ihn. »Außerdem musst du die Stellung halten, um in Notsituationen die Regie übernehmen zu können. Stell dir vor, unser Lieblingskommissar taucht auf. Wäre doch schade, wenn du ihn nicht mit einer kleinen Extravorstellung erfreuen könntest.«

Enttäuscht schnaufend schiebt er die Brille zurück auf die Nase. »Langweilig.«

»Spätestens zum Abendessen sind wir wieder zurück«, verspreche ich und schnappe mir Margot, die mit einer Tüte Salzstangen und einer Dose Erdnüsse angewackelt kommt.

»Bis später!«

»Viel Spaß!«

»Und viel Glück!«

»Alles Gute!«

»Tust du anrufen, Frau Mimi, wenn Gefahr kommt!«

Lächelnd winke ich Wastl zu. »Ganz bestimmt.«

Der Tatort befindet sich in jenem romantischen Possenhofen, in dem einst die liebliche Prinzessin Sissi aufgewachsen ist. Unsere nicht weniger liebliche Komplizin wohnt in der Nähe des Possenhofener Bahnhofs, in einem zweistöckigen Holzhaus, dessen obere Etage von hellgrün gestrichenen Balkonen umgeben ist. Bayrische Romantik in Reinform.

Margot parkt den Wagen nicht direkt vor dem Haus, obwohl reichlich Platz wäre. Aus Tarnungsgründen, wie sie mir auf meine verwunderte Frage hin erklärt.

»Ich hoffe, dass uns auf dem Weg zum konspirativen Ziel jemand beobachtet, und unsere Verkleidung nicht umsonst war. Er oder sie würden dann bei einer Befragung nämlich eine falsche Beschreibung von uns abgeben«, erklärt sie. »Was bedeutet, dass nach einem Mann im Overall und einer dunkelhaarigen Frau im ollen Kleid gesucht würde.«

»Wirklich clever, Margotchen.«

Wir klingeln bei *Balance,* Aidas physiotherapeutischer Praxis. Kurz darauf öffnet sich die rustikale Haustür mit einem Summton. In der ersten Etage werden wir erwartet.

Verwundert betrachtet sie uns von Kopf bis Fuß, bevor sie uns im Flüsterton begrüßt. »Alle Achtung, wären wir uns auf der Straße begegnet, hätte ich euch nicht erkannt. Bitte, kommt rein.«

Schmunzelnd huschen wir in den Flur der Dreizimmerwohnung, in der ein Raum als Praxis für physiotherapeutische Behandlungen dient.

Aida führt uns ins Wohnzimmer, das sie mit Rattanmöbeln, afrikanischen Masken und anderen exotischen Accessoires eingerichtet hat. An dem hohen Balkonfenster hängen farbenfrohe Stoffe, die eindeutig aus ihrer Heimat Afrika stammen. Die gesamte Einrichtung ist ein bunter Mix, der in scharfem Kontrast zum Stil eines rustikalen voralpenländischen Hauses steht. Irgendwie aber auch passend für ein konspiratives Treffen.

»Ich habe unseren Laptop mitgebracht«, verkündet Margot. »Ein ziemlich neues Modell, hat Igor erst kurz vor seinem Tod angeschafft. Am besten wickeln wir die Aktion darauf ab, dann bleibt dein Rechner unschuldig. Ich vernichte anschließend die Festplatte, und somit sind wir alle auf der sicheren Seite.«

»Wäre nicht nötig gewesen«, sagt sie. »Es ist vollkommen egal, über welchen Computer wir die Sache regeln. Im Prinzip hätten wir es auch in einem Internetcafé erledigen können.«

»Möglich«, sagt Margot. »Aber wir bestehen darauf.«

Aida bietet uns Platz an, serviert noch frischen Orangensaft, den ich zu gerne mit einem doppelten Wodka verdünnen würde, und dann legen wir los. Als Erstes übergebe ich ihr den Brief vom Anwalt.

Halblaut liest Aida ihn durch:

»*Anbei die Zugangsdaten zu Herrn Bongards Bank-Computer, die er Ihnen im vereinbarten Sinne zu verwenden erlaubt. Bei Erfolg bitte ich Sie, mich umgehend zu verständigen.*«

Während sie sich an einen kleinen Schreibtisch setzt, Igors Laptop anwirft und mit Margot redet, versuche ich mich zu entspannen. Auch wenn ich vollstes Vertrauen in Aidas Talente habe, irgendwas geht doch immer schief, wie wir in den letzten Wochen erfahren mussten. Dieser beängstigende Gedanke krallt sich in meinem Hirn fest wie Stacheldraht. Plötzlich sehe ich uns auch hinter Gittern, mein Herz fängt an zu rasen und ich bekomme große Angst.

»Vielleicht sollten wir die ganze Aktion doch lieber abbrechen«, platze ich atemlos raus. »Sich in einen anderen Computer einzuhacken ist doch bestimmt strafbar. Und wenn wir auffliegen, dann …«

»Wie bitte?«, unterbricht mich Margot ungehalten, stemmt die Fäuste in ihre Hüften und mustert mich streng.

»Ich hab einfach kein gutes Gefühl dabei«, antworte ich entschuldigend.

»Ach was«, sagt Margot mit einer wegwerfenden Handbewegung. »Das ist nur Lampenfieber, weil das hier sozusagen deine Premiere in einer neuen Branche ist.«

»Sie müssen keine Bedenken haben«, beruhigt mich Aida. »Wir plündern keine fremden Konten, tätigen auch keine Einkäufe unter falschem Namen und bestehlen oder betrügen auch niemanden. Wir helfen lediglich mit ein paar Tricks, ein Verbrechen aufzuklären. Somit dienen wir der Gerechtigkeit. Und selbst wenn wir auffliegen, wer sollte uns anklagen für die Überführung eines Übeltäters?«

»Hmm, wenn wir es so betrachten, sind wir also Wohltäterinnen«, sinniere ich halblaut.

»Genau!«, bestätigt meine Overall-Cousine.

Eine gute halbe Stunde lang, in der ich mich etwas entspanne, geschieht überhaupt nichts. Aida unterhält sich leise mit Margot, was für mich größtenteils wie eine Fremdsprache klingt. Zumindest fallen unzählige Wörter, die ich noch nie im Leben gehört habe. Endlich dreht sich Aida zu mir um.

»Wir haben Glück«, sagt sie und strahlt mich an, als wären alle Probleme mit einem Mausklick gelöst.

»Das brauchen wir auch dringend«, erwidere ich erleichtert.

Vergnügt reibt sie sich die Hände. »Mit Bongards Zugangsdaten konnte ich mich über seinen Rechner auf den von Adelholzer einhacken und habe darauf seine digitale Unterschrift gefunden.« Damit dreht sie sich wieder dem Laptop zu.

Auch Margot kriegt sich gar nicht mehr ein vor Freude. »Weißt du, was das heißt, Mimi?«

Obwohl ich keine Leuchte bin, wenn's um die Geheimnisse der Computerwelt geht, ahne ich die Bedeutung. »Ist Adelholzer geliefert?«

»Treffer!«, bestätigt sie.

Aida tippt noch eine Weile auf den Tasten herum, dann fragt sie: »Wollt ihr hören, was ich geschrieben habe?«

Und ob wir wollen.

»Schuldeingeständnis: Hiermit gestehe ich, sämtliche Kontenmanipulationen und Betrugsdelikte in Siegfried Bongrads Namen über dessen Bankcomputer begangen zu haben. Hochachtungsvoll, Hartmut Adelholzer, stellvertretender Geschäftsführer.«

»Einfach genial«, versichere ich dieser überirdisch schönen Frau, deren Talent gefährlicher ist als Gletscherschmelze und Treibhausgase zusammen.

»Wenn alles nach Plan läuft, sind wir und Bongard aus dem Schneider«, frohlockt Margot.

Vor Aufregung wird mir ganz warm unter meinem ollen Blumenhütchen. »Und wie geht's jetzt weiter?«

»Das Schuldeingeständnis senden wir per Mail über Adelholzers Rechner an das Polizeirevier«, erklärt sie und drückt auf eine Taste. »Das war's!«

»Unglaublich, für mich sieht es so aus, als wäre es kinderleicht gewesen«, sage ich.

Margot kichert. »Wenn man es kann, ist alles einfach. Ich könnte einen Kurs bei Aida belegen, und dann steigen wir um auf Beseitigung von Cyberkriminalität. Wir nennen uns *Cyberengel*, helfen Betrogenen und nehmen zehn Prozent Erfolgshonorar.«

»Tolle Idee, Margot, aber können wir bitte erst einmal uns selber helfen?« Ich wende mich zu Aida. »Was denkst du, wann Bongard entlassen werden wird?«

»Wie lange der Polizeiapparat benötigt, um in Aktion zu treten, kann ich natürlich nicht sagen, aber der Zug fährt und ist nicht mehr zu stoppen.«

Genau drei Tage dauert es, bis der Zug ankommt, um Aidas Vergleich zu bemühen. Nach Adelholzers Schuldeingeständnis beschlagnahmte die Polizei seinen Bankcomputer und seine Akten im Büro und fand ausreichend Beweise für die Kontenmanipulation.

Inzwischen hatte mich Bongards Anwalt überzeugt, der Polizei die Adresse des illegalen Spielcasinos zu verraten. Roddy hatte zwar die absurde Idee, ich solle ihn als verschwunden melden, und da er ja offiziell als krankheitsbedingt verwirrt gilt, müsste Mayer dann eigentlich zu einer Suchaktion zu überreden sein. Schließlich sei er für Vermisste in seinem Revier zuständig. Ich hätte dann nur noch behaupten müssen, er, Roddy, habe angerufen und die Adresse des Casinos genannt, wo er abzuholen sei. Aber ich hatte genug von Roderichs verworrenen Plänen, wollte endlich meine Ruhe und habe Mayer die Casino-Adresse ohne großes Theater genannt.

Leider ergaben die polizeilichen Ermittlungen, dass der Laden bereits wieder umgezogen ist. Doch die verlassene Dachwohnung in der Königinstraße bestätigte meine Angaben. Außerdem waren auch beim BKA Vergleichsblüten aufgetaucht. Damit war Bongard also auch von dem Verdacht befreit, Falschgeld gewaschen zu haben. Es wird aber weiter ermittelt, wie Mayer uns überraschend freundlich mitteilte.

Schätze, mein »Lieblingskommissar« bekam eine Belobigung vom Vorgesetzten, denn er versprach, den Kollegen vom Diebstahl wegen der gestohlenen Sachen Dampf zu machen. Möglicherweise bekämen wir einiges davon wieder. Es seien ein Paar Boxhandschuhe aufgetaucht, die denen von Wastl glichen.

Würde uns natürlich freuen, wenn wir alles wiederbekommen. Auch wenn Margot meinte, es sei nicht mehr wichtig. Aber ich hätte die Erinnerungsstücke an Igor schon gerne zurück.

Bongard wurde einen Tag nach der Entdeckung des verschwundenen Casinos aus der U-Haft entlassen. Er kaufte die Villa, der Betrag wurde direkt an Sergejs Anwalt weitergeleitet, und kurz darauf konnte Margot den unschuldigen Erben aus der JVA abholen.

Nachdem wir alles notariell geregelt hatten, ist Siegfried – das unpersönliche Sie haben wir inzwischen abgelegt – in die Villa eingezogen.

Als neuer Besitzer bekam er natürlich das größte und schönste Zimmer im Haus. Ein wenig seltsam fühle ich mich schon dabei, denn es liegt direkt neben meinem und war Igors Schlafzimmer. Obwohl er es nur benutzt hat, wenn wir uns gestritten haben, was selten vorkam, oder einer von uns krank war, ist es in meiner Vorstellung doch Igors Zimmer.

Als Siegfried sich komplett eingerichtet hat, lädt er mich ein, den Raum zu besichtigen. Erleichtert registriere ich, wie sehr es sich verändert hat. Ewer und Wastl haben die Wände in einem maskulinen Hellgrau gestrichen und die Decke weiß abgesetzt. In Verbindung mit Siegfrieds modernen, schnörkellosen Möbeln ist der Raum kaum wiederzuerkennen. Auflockernde Farbflecke bilden abstrakte Gemälde und rote Kissen auf der anthrazitfarbenen Leinencouch.

Zur offiziellen Begrüßung habe ich mir ein neues Kleid in einem dezenten Bordeaux geleistet. Die kargen Zeiten sind vorbei, und mein geliebter Igor würde ohnehin nicht wollen, dass ich Schwarz trage. Ich bin sicher, er würde sagen, echte Trauer fühlt man im Herzen.

Auch Siegfried hat sich in Schale geworfen – in einen dunkelblauen Anzug, um genau zu sein.

Auf der Türschwelle überreiche ich ihm einen bunten Blumenstrauß. »Herzlich willkommen, lieber Siegfried. Ich hoffe, dass wir uns alle gut verstehen und noch viele schöne Jahre miteinander verbringen können.«

»Vielen Dank, liebe Mimi. Was unsere Zukunft betrifft, da habe ich überhaupt keine Bedenken.« Er nimmt den Strauß entgegen und küsst mir die Hand. »Bitte, tritt näher ...« Er weist zur Couch, wo auf dem niedrigen Glastisch eine Flasche Sekt im Kühler und zwei Gläser stehen. »Ich weiß, dass für heute Abend sozusagen eine Siegesfeier geplant ist. Aber würdest du mir die Ehre erweisen und vorab mit mir auf meinen Einzug anzustoßen? Denn ohne deine Hartnäckigkeit säße ich vielleicht immer noch in einer ungemütlichen Zelle.«

»Sehr gerne, Siegfried.«

Während Siegfried die Blumen im Badezimmer mit Wasser versorgt, nehme ich Platz.

Als wir anstoßen, blickt er mir tief in die Augen. »Ist es nicht verrückt, was alles geschehen musste, bis ich hier gelandet bin?«

»Wie wahr! Angefangen mit Ewers ...« Erschrocken halte ich inne. Siegfried hat ja keine Ahnung, wer den Überfall begangen hat.

»Banküberfall!«, sagt er zwinkernd. »Ich weiß es längst, würde ihn aber nie verraten.«

»Wenn Ewer doch noch überführt werden würde, könnte man dir Verschleierung einer Straftat zur Last legen«, gebe ich zu bedenken.

Er nickt. »Stimmt. Das könnte dir und Roderich auch blühen. Nebenbei bemerkt, fand ich Roderich als leicht Bekloppten zum Piepen. Ich musste mich damals sehr zusammennehmen, um nicht laut loszulachen. Aber jetzt ist alles gut, also vergessen wir diesen ebenso schrecklichen wie schicksalhaften Tag einfach. Kleinere Gedächtnislücken sind in unserem Alter doch vollkommen normal.«

Erleichtert erhebe ich mein Glas. »Dann sind wir jetzt Komplizen.«

Seinen Mund umspielt ein kleines Lächeln. »Könnte mir kaum etwas Schöneres vorstellen ...« Er macht eine Pause, als suche er nach Argumenten. »Mit dir würde ich jede Schandtat begehen ...«

»Das wird hoffentlich nicht nötig werden«, unterbreche ich ihn, wobei mir Margots Begeisterung beim Hackerangriff auf Adelholzers Computer einfällt.

»Wer weiß«, erwidert er augenzwinkernd, als errate er meine Gedanken. »Ich wollte dir nur versichern, dass du und natürlich alle Bewohner jederzeit auf mich zählen könnt. Nach unseren gemeinsamen Abenteuern, wenn wir es mal so nennen wollen, habe ich keine Angst mehr, im Ruhestand an Langeweile einzugehen, als habe mich jemand in einem Heim vergessen. Bei dir habe ich Freude, Lebenslust und die Prise Verrücktheit gefunden, wonach ich ein ganzes Leben lang gesucht habe ...«

»Vielen Dank, Siegfried, das hast du schön gesagt«, unterbreche ich ihn, bevor es zu rührselig wird. »Aber ohne meine Freunde hätte ich es nicht geschafft.«

»Bitte, lass mich ausreden, Mimi ...« Er stellt sein Glas ab, nimmt mir meines aus der Hand und ergreift sie dann. »Ich weiß ja, dass du erst vor kurzem den Mann verloren hast und ihr heiraten wolltet. Aber würdest du ... eines Tages vielleicht ... nach einer angemessenen Trauerzeit versteht sich ... würdest du dann einen Antrag von mir annehmen?« Lächelnd blickt er mir tief in die Augen.

»Oh, Siegfried ... ich fühle mich geehrt«, stammle ich verlegen, und mein Blick wandert seine Hosenbeine entlang, wo ich rote Socken erblicke. »Trägst du eigentlich immer rote Socken?«

»Ähm ... ja ... warum?«

»Ach ... ich habe eine große Schwäche für Männer in roten Socken.«

**LILLI BECK**
**Liebe verlernt man nicht**
Roman
320 Seiten
ISBN 978-3-7466-2946-9
Auch als E-Book erhältlich

# U50 – und zu allem bereit!

Als ihr Sohn heiratet, will sich Paula vor ihrem Ex-Mann und seiner (deutlich jüngeren) Neuen keine Blöße geben und engagiert den Bruder einer Freundin als Begleiter. Der Abend wird ein Erfolg, Aushilfsmann Karl ist ein echter Volltreffer, und Paula kommt auf den Geschmack. Nie wieder sollen Frauen in ihrem Alter an Männermangel leiden! Gemeinsam mit ihren Freundinnen Biggi und Traudl beginnt sie nun, den Verabredungsmarkt zu sondieren und macht sich auf die Suche nach Männern ihrer Altersklasse. Obwohl es immer wieder zu altersbedingten Zwischenfällen kommt und auch mal ein Notarzt gebraucht wird, eröffnen die drei bald ihre Agentur »Herzflimmern«. Währenddessen knistert es gewaltig zwischen Paula und Karl, der sich ein Dauerengagement an ihrer Seite vorstellen könnte. Aber dann taucht Ex-Mann Herbert wieder auf.

Drei Freundinnen jenseits der 50 haben genug davon, dass Männer nie da sind, wenn man sie braucht.

**Mehr Informationen erhalten Sie unter www.aufbau-verlag.de oder in Ihrer Buchhandlung.**

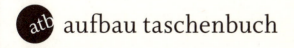

**ELLEN BERG**
**Ich koch dich tot**
(K)ein Liebes-Roman
320 Seiten
ISBN 978-3-7466-2931-5
Auch als E-Book erhältlich

# Schmeckt's dir nicht, Schatz?

Beim ersten Mal ist es noch ein Versehen: Statt Pfeffer landet Rattengift im Gulasch – und schon ist Vivi ihren Haustyrannen Werner los. Als sie wenig später vom schönen Richard übel enttäuscht wird, greift sie erneut zum Kochlöffel. Fortan räumt Vivi all jene Fieslinge, die es nicht besser verdient haben, mit den Waffen einer Frau aus dem Weg – ihren Kochkünsten. Dann trifft sie Jan, der ihr alles verspricht, wovon sie immer geträumt hat. Vivi beschließt, dass jetzt Schluss sein muss mit dem kalten Morden über dampfenden Töpfen. Als ihr aber mehrere Unfälle passieren, keimt ein böser Verdacht in ihr. Sollte Jan ihr ähnlicher sein als gedacht? Zu dumm, dass sie sich ausgerechnet in diesen Schuft verliebt hat. Doch Vivis Kampfgeist ist geweckt ...

Mit todsicheren Rezepten fürs Jenseits

**Mehr Informationen erhalten Sie unter www.aufbau-verlag.de oder in Ihrer Buchhandlung.**

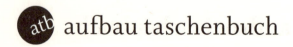

**ELLEN BERG**
**Gib's mir, Schatz!**
(K)ein Fessel-Roman
320 Seiten
ISBN 978-3-7466-2970-4

# Sex oder nie

Was tun, wenn Flaute im Bett herrscht? Ganz klar: her mit heißen Höschen, Handschellen und allem, was den Göttergatten von der Glotze ablenken könnte! Anne und Teresa scheuen weder Mühe noch Spielzeuge, um ihre müden Männer in Fahrt zu bringen – mit ungeahnten Ergebnissen.

Anne und Teresa teilen ein Problem: lendenlahme Männer. Anne wünscht sich ein zweites Kind, aber dazu müsste man wohl oder übel mal miteinander schlafen. Auch in Teresas Beziehung läuft es im Bett lau. Doch die Freundinnen wollen sich nicht von der ganz großen Leidenschaft verabschieden und sondieren unbekanntes erotisches Terrain – mit Hindernissen: Annes Mann reagiert verstört (»Was'n mit dir los!?«), während ihr Sohn seine Erzieherin in der Kita mit den Plüschhandschellen fesselt. Als Teresa dann noch ihren neuen Herrn und Meister gefunden zu haben glaubt, brennt die Hütte ...

**Mehr Informationen erhalten Sie unter www.aufbau-verlag.de oder in Ihrer Buchhandlung.**

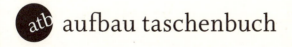